JE NE VEUX QUE TOI

POUR TOUJOURS #1

E. L. TODD

TABLE DES MATIÈRES

« Et si je tombais ?

Oh, ma chérie, et si tu volais ? »

Erin Hanson

1

CAYSON

J'AVAIS besoin d'un nouvel ordinateur portable. Cette foutue bécane ramait dans les moments les plus cruciaux. J'essayais de poster mon devoir sur le site web du professeur quand mon PC est tombé en carafe.

J'ai décidé d'appeler la seule personne qui s'y connaissait vraiment en informatique. Il travaillait pour une entreprise de logiciels florissante à New York, qui le payait une fortune pour s'assurer que leurs serveurs n'étaient pas piratés.

Il a répondu à la troisième sonnerie.

– Salut, fiston. Comment se passe ta vie étudiante ?

– Bien. Comment tu vas ?

J'ai pensé qu'il serait grossier d'éluder les politesses d'usage.

– Super. Ta mère et moi venons de rentrer du musée Van Gogh.

J'ai levé un sourcil.

– Vous n'y êtes pas déjà allés ?

– Si… mais ta mère l'adore.

Papa a écarté le téléphone et chuchoté quelque chose derrière lui. Il parlait probablement à ma mère.

– J'arrive dans une minute.

Il est revenu à notre conversation.

– Tu m'appelles pour une raison particulière ?

– Mon ordinateur se comporte bizarrement. Il est super lent.

– C'est un virus ?

– Si je le savais, pourquoi je t'appellerais ?

Mon côté provocateur ressortait.

– Tu commences à ressembler à ton cousin Slade.

– Je ne sais pas si c'est un compliment ou pas.

– Une insulte, en fait.

Il a soufflé dans le téléphone en se déplaçant. Puis j'ai entendu taper au clavier.

– Il est lent probablement parce que tu télécharges trop de porno.

– Je ne télécharge pas de porno, me défendis-je.

– Hé, je ne te juge pas.

– Eh bien, je ne le fais pas.

– Allons… soyons réalistes, me taquina-t-il.

– Je ne suis pas débile au point de télécharger. J'en regarde en streaming.

Il a ri.

– Gros malin.

Il a tapoté sur son clavier.

– Laisse-moi regarder.

Le curseur de la souris s'est mis à bouger sur mon écran.

– La vache, comment tu fais ça ?

– Oncle Sean et oncle Mike ne me paient pas une fortune juste pour que j'aie l'air d'un dieu au bureau.

– Tu n'as pas l'air d'un dieu. T'as l'air d'un vieillard.

J'ai vu la souris se déplacer d'elle-même sur l'écran. Je ne savais pas que mon père pouvait faire ça. Il a cliqué sur plusieurs icônes, puis il a accédé à l'écran de configuration du système.

– Je ne suis pas vieux. Ta mère me dit que j'ai la même vigueur qu'à vingt ans.

J'ai grimacé.

– Pas devant les enfants, s'il te plaît.

Il a pouffé.

– Quoi ? Tu crois que ta mère et moi t'avons conçu, puis qu'on a jeté le mode d'emploi ?

L'idée de mes parents en train de faire la chose était absolument dégoûtante. J'avais envie de vomir.

– Contente-toi de réparer mon ordi, papa.

– Mince, t'es si pressé ?

– Je dois envoyer un devoir avant... dis-je en regardant ma montre. Une demi-heure.

– J'aurai fini bien avant.

Sa souris a continué de s'activer avant de s'immobiliser.

– Voilà. Il est comme neuf.

J'ai utilisé ma souris pour accéder au site web. Puis j'ai joint mon article au bon dossier et je l'ai posté.

– Ça a marché.

– Et ça te surprend ?

J'ai levé les yeux au ciel.

–Tu devrais essayer d'être humble de temps en temps.

– Non. Comme dirait ta tante Janice : si t'en as, montre-les.

– Je pense qu'elle parlait d'autre chose, papa.

Parfois, mon père ne saisissait pas le sens des paroles d'autrui.

– Alors, comment ça va, sinon ?

– Comme d'hab.

J'ai haussé les épaules même s'il ne pouvait pas me voir.

– Ça se passe bien en cours ?

– Ouaip. Le cours de biochimie est soporifique, mais je m'en sors.

Il a ricané.

– Tu t'en sors, ça veut dire que t'as les meilleures notes ?

J'ai secoué la tête.

– Contrairement à toi, je préfère être humble.

– Les gens qui réussissent dans la vie ne restent pas dans leur coin en attendant qu'on les remarque par miracle. Ils se mettent en avant et n'hésitent pas à dire ouvertement au monde ce qu'ils ont à offrir. Garde ça en tête.

– Sérieusement ? Tu me fais un discours d'encouragement ?

– Juste de sages conseils de vieux père.

– Je croyais que tu n'étais pas vieux ?

Il a gloussé dans le téléphone.

– Ta mère dit que je suis comme le vin. J'ai meilleur goût en vieillissant.

J'ai grimacé de nouveau.

– Je sais que vous couchez encore ensemble, mais est-ce qu'on a vraiment besoin d'en parler ?

– Je sais que tu te branles, mais est-ce qu'on a vraiment besoin de parler de ton accès aux sites porno ?

J'ai roulé des yeux.

– Touché.

– Bon, je te laisse, fiston.

Dieu merci.

– Merci pour ton aide.

– Quand tu veux, petit. Je t'aime.

Il disait toujours ça quand nous étions au téléphone. Ma mère était pire. Elle blablatait pendant des heures sur le fait que je lui manquais ou sur sa photo préférée de moi bébé. Mon père était le moindre des deux maux.

– Je t'aime aussi.

– Appelle-moi si t'as besoin d'autre chose.

– Promis.

– Au revoir.

– Au revoir.

J'ai laissé tomber le téléphone sur mon bureau et j'ai regardé par la fenêtre. L'hiver arrivait à Boston, chargé d'air froid. Bientôt, les rues seraient recouvertes de neige. Tout le monde se regrouperait près des radiateurs dans le foyer des étudiants. Les filles porteraient des bottes et des écharpes. Mais l'hiver était ma saison préférée. Je ne savais pas pourquoi.

Je me suis dirigé vers la salle de bain et j'ai passé de l'eau sur mon visage. Quand je voyais ma tête dans la glace, je ne pouvais pas nier la ressemblance avec mon père. J'avais les cheveux blonds comme lui, des yeux bleu clair et une belle gueule. Je ne comprenais pas pourquoi je n'avais pas hérité des traits exotiques de ma mère. Ma sœur lui ressemblait. Parfois, les gens ne croyaient pas que nous étions frère et sœur.

J'ai quitté mon appartement et je suis allé chez Skye, car le match de foot allait commencer.

– Qu'est-ce qui t'a pris si longtemps ?

Slade s'est approché de moi, une bière à la main. De tous mes amis, il était le plus proche. Comme nos pères, nous étions les meilleurs amis du monde.

– Je devais envoyer un devoir, mais mon ordinateur a fait des siennes.

– Trop de porno ? lança-t-il.

Je l'ai fusillé du regard.

– Non.

– Parce que tu peux mettre ces trucs-là sur un disque dur externe pour que ça ne ralentisse pas ta bécane. Ou alors tu t'achètes un autre ordi juste pour le porno. Perso, c'est ce que je fais.

– C'est bon à savoir, dis-je d'un ton sarcastique. Mon père dit que l'écran de configuration du système était buggé. Un virus ou autre. Il l'a réparé.

– Oncle Cortland, le geek d'élite.

J'ai parcouru des yeux les tatouages sur son bras. Tout son dos était recouvert de dessins colorés, et son torse aussi. Il ne lui restait presque plus de surface de peau vierge.

– Au moins, mon père sait faire autre chose que tatouer les gens.

– Qu'est-ce qu'il y a de mal à faire des tatouages ?

Il a levé sa bière.

– Tu sais combien mon père fait de tatouages par jour ? Disons juste qu'il voit une flopée de petits culs — et qu'il est payé pour ça.

– Je suis sûr que ça réjouit tante Janice.

Il a levé les yeux au ciel.

– Ma mère est chiante. Qui se soucie de ce qu'elle veut ?

J'ai regardé le téléviseur.

– Quel est le score ?

– 27 à 0 pour les Seahawks.

– Merde. Je déteste les Seahawks.

Slade a secoué la tête.

– Ne dis jamais ça devant tante Scarlet ou mon père.

J'ai ouvert le frigo et j'en ai sorti une bière. L'appartement était impeccable. L'odeur d'églantier m'est montée au nez, le parfum particulier de Skye et de tout ce qu'elle touchait. Son mobilier blanc contrastait avec le parquet en bois, et les fleurs qu'elle avait disposées partout faisaient ressembler son salon aux photos qu'on voit sur Pinterest.

J'ai ouvert un tiroir et trouvé un ouvre-bouteille. Après avoir fait sauter la capsule, l'odeur d'églantier est devenue plus forte.

– Salut.

Skye s'est approchée du comptoir, vêtue d'une chemise blanche et d'un cardigan rouge. Elle portait une chaîne en argent autour du cou, avec un pendentif en diamant qui captait la lumière quand elle bougeait.

– Qu'est-ce qui t'a pris si longtemps ?

Je lui ai fait face en agrippant la bouteille.

– Je devais rendre un devoir pour mon cours de théologie.

Elle a grimacé.

– Dur, dur.

J'ai souri.

– Pourquoi tu crois que je bois une bière à... dis-je en regardant ma montre. Midi ?

Elle a ri. Le son joyeux a résonné dans mes oreilles. On voyait ses petites dents parfaites et le grain de beauté au coin de sa bouche. Elle a posé sa main sur son ventre en riant. Puis elle m'a souri.

– Tu préfères quelque chose de plus fort ?

– Non, c'est bon. Je pourrais trop facilement devenir alcoolique en ce moment.

– Pas faux.

Elle s'est appuyée au comptoir face à moi. Son jean moulant collait à ses courbes parfaites. Et elle avait une poitrine généreuse, comme sa mère.

– Les cours de commerce sont difficiles, mais ça n'a rien à voir avec la biochimie.

J'ai haussé les épaules.

– Tu ne peux pas comparer les deux.

Elle a fait un petit clin d'œil.

– Toujours aussi modeste.

Je n'avais pas de réponse à ça. J'ai bu ma bière, ne sachant quoi faire d'autre. Quand j'étais à côté de Skye, ça me rendait nerveux. Mon rythme cardiaque était toujours un peu plus rapide en sa présence. J'avais du mal à prêter attention à autre chose dans la pièce, car elle consumait mes pensées. J'avais mémorisé sa garde-robe et je reconnaissais son parfum à un kilomètre.

– Il y a des pizzas et des biscuits apéro sur la table.

Il m'a fallu un moment pour saisir ce qu'elle disait. J'étais trop occupé à regarder le grain de beauté au coin de sa bouche.

– Merci. Tu sais toujours recevoir.

Elle a levé les yeux au ciel.

– Telle mère, telle fille.

– Ce n'est pas un défaut.

– Tu te fous de moi ?

Elle a détendu ses épaules, puis s'est étiré le cou.

– Ces satanés seins me tuent le dos. Par moments, j'ai envie de les couper.

Je n'ai pas baissé les yeux, les laissant fixés sur son visage.

– Beaucoup de filles feraient n'importe quoi pour avoir tes formes.

– Puis elles changeraient d'avis en réalisant comme c'est pénible.

J'ai posé ma bière sur le comptoir et je lui ai attrapé le coude.

– Je peux te soulager si tu veux.

– Non, ça va…

Je l'ai retournée et j'ai posé la main entre ses omoplates. J'ai massé ses muscles, sentant leur tension. Ma main était assez large pour couvrir tout son dos. J'ai gardé l'autre sur sa hanche pour la maintenir en place.

Skye s'est tue immédiatement, gémissant doucement au contact de ma main. Elle a fait rouler sa tête et fermé les yeux.

Je la dépassais de plus de trente centimètres et j'étais deux fois plus large qu'elle. Sa petite taille me permettait de la masser plus facilement. Je pouvais faire des miracles avec une seule main. Je l'ai frottée du bout des doigts dans un mouvement circulaire, relaxant ses muscles. Avec sa taille menue et sa petite cage thoracique, j'ai compris pourquoi elle avait si mal au dos. Ses seins étaient disproportionnés par rapport à sa stature. Ma main est remontée vers l'arrière de son cou, et je lui ai massé la nuque. Être si près d'elle, la toucher, accélérait ma respiration.

J'ai regardé au-dessus d'elle et j'ai vu tout le monde vautré sur le canapé. Slade a arrondi les yeux et a fait le geste de se branler.

Je l'ai ignoré et j'ai continué de la masser.

Au bout de quelques minutes, elle a fini par se retourner, les yeux lourds de sommeil.

– Je crois que je vais aller faire la sieste.

J'ai ri.

– On est dimanche. T'as le droit.

– Ce serait impoli pour mes invités.

J'ai regardé les gens sur le canapé. Ils avaient tous les yeux rivés sur la télé.

– Je ne pense pas qu'ils s'en rendront compte.

– Ils verront que j'ai disparu s'il n'y a plus rien à manger.

J'ai ri à nouveau.

– Des animaux.

Elle a touché mon bras, puis a baissé la main.

– Merci pour le massage.

– Quand tu veux.

Elle est retournée dans le salon, puis s'est installée sur le canapé. Je suis resté derrière le comptoir et j'ai bu ma bière.

Slade m'a rejoint et s'est posté à côté de moi.

– Tu bandes comme un âne, non ?

Je n'ai pas nié.

– Ouaip.

– Je m'en doutais.

Je n'ai pas bougé et j'ai regardé la télé de ma place.

– Tu sais ce qui marche pour moi ?

– Hum ?

– Imaginer un clown diabolique qui encule une piñata.

J'ai sourcillé.

– T'es vraiment trop glauque.

Il a haussé les épaules.

– Je te dis que ça marche.

J'ai bu ma bière en imaginant la scène.

Slade m'a fait un clin d'œil.

– Je te l'ai dit.

Il est retourné au salon.

Je me suis mis derrière le canapé et j'ai pris un siège.

– Salut, Trinity.

– Salut.

Elle avait un magazine sur les genoux. Ses longs cheveux blonds tombaient sur sa poitrine. Elle avait des anneaux en or aux oreilles et portait un foulard violet. Elle avait toujours des tenues hautes en couleur.

– Comment ça va ?

– Bien. Je suis content que ce soit dimanche, mais c'est aussi le jour qui me déprime le plus.

– Pourquoi ?

– Parce qu'il y a cours demain.

Elle a souri.

– C'est vrai, mais je croyais que t'aimais les cours ?

– Oui, la plupart.

Elle a feuilleté son magazine.

– Qu'est-ce que tu penses de ça ?

Elle m'a montré la photo d'une femme en poncho.

– Tu trouves ça mignon ?

Je ne trouvais rien de mignon. J'ai haussé les épaules.

– C'est cool, j'imagine.

– Cool ? répéta-t-elle médusée.

– Tu veux savoir si je porterais un poncho de nana ? J'espère que tu connais déjà la réponse.

Elle a levé les yeux au ciel.

– Tu ne piges rien à la mode.

– Je pige les jeans et les t-shirts.

– Et le sport, ajouta-t-elle.

– Et la bouffe, intervint Skye.

– La bouffe, sans aucun doute, dis-je.

Slade a gardé les yeux rivés sur la télé.

– Et le porno.

Trinity l'a fixé avant de baisser les yeux.

J'ai jeté un coup d'œil à Skye qui jouait avec une longue mèche de ses cheveux bruns.

– Ton frère ne vient pas ?

– Non. Il dit qu'il est occupé, répondit-elle d'un air entendu. Ce qui veut dire que Roland préfère rester dans le noir à jouer à des jeux vidéo tout seul.

– Les jeux vidéo, c'est génial, dit Slade. Tu peux tuer des gens sans être puni.

Trinity a baissé le magazine.

– T'es tordu, tu le sais ?

– Et toi, t'es bête, dit Slade. Pourquoi demander à un mec s'il aime un poncho de fille ?

Il lui a lancé un regard perplexe, puis a tourné la tête.

Trinity et Slade se disputaient plus souvent qu'ils s'entendaient. Ça me surprenait même qu'ils soient amis. Mais nos familles étaient si unies qu'il n'avait pas d'autre choix que d'être au minimum des amis-ennemis.

J'ai regardé le match, commençant enfin à me détendre. Ce devoir flottait encore dans mon esprit. J'avais eu tort d'attendre la dernière minute pour le faire, mais je me fichais des matières secondaires. C'était une perte de temps et je ne me souviendrais de rien, de toute façon.

Passer le dimanche avec les gens en qui j'avais le plus confiance au monde était la meilleure façon d'occuper mon temps libre. Je pouvais être moi-même avec eux. Même si je me comportais bêtement, ils me pardonneraient toujours. Même si la plupart d'entre nous n'avaient pas de liens de sang, nous étions une famille.

Zack a franchi la porte, détruisant mon bonheur.

– Yo.

Il a pris une bière dans le frigo, puis il a fourré une part de pizza dans sa bouche. On aurait dit un homme des cavernes, détruisant tout sur son passage par sa balourdise.

Skye s'est levée et dirigée vers lui.

– Salut. Je me demandais si t'allais venir.

Je ne me suis pas tourné pour lui dire bonjour. Pire, je l'ai ignoré. Slade a fait comme s'il n'existait pas et Trinity a continué à feuilleter son magazine. Aucun de nous ne l'aimait. En fait, je le détestais.

– Salut, bébé.

Il a bu sa bière et mis sa main dans sa poche.

Je pouvais voir leur reflet sur l'écran. Skye a mis ses bras autour de son cou et l'a embrassé. Ses bras épais étaient larges comme des troncs d'arbre. Ses cheveux bruns étaient presque noirs et son menton était couvert de barbe. Je le méprisais.

– Comment s'est passée ta journée ? demanda Skye.

– Bien. Et toi ?

Il a pris une nouvelle part de pizza.

– Bien. J'ai fini mon devoir. Tu veux le lire et me donner ton avis ?

– Ouais, peut-être plus tard.

Il s'est éloigné d'elle, puis s'est affalé sur le canapé, piquant la place de Skye. Elle s'est assise ailleurs — sur un sofa sans coussin dans le dos.

Skye ne l'a jamais dit, mais je savais qu'elle s'asseyait toujours dans le fauteuil inclinable parce que le rembourrage lui soulageait le dos. Sa poitrine la faisait souffrir en permanence. Elle faisait très peu de sport pour ne pas avoir mal aux seins.

J'étais furax que Zack soit un tel goujat. Je me suis levé et dirigé vers Skye.

– Change de place avec moi.

– Non, ça va.

Je savais qu'elle n'avouerait jamais qu'elle souffrait.

– Je ne te le demande pas. Je te dis de le faire.

Elle m'a regardé, puis a pris la place à côté de Trinity. Une fois assise, j'ai vu son visage se détendre. Zack avait les yeux rivés sur la télé. Il a bu sa bière puis s'est calé en arrière, oubliant la belle fille parfaite à côté de lui.

Les voir ensemble était une torture. Peut-être que ça ne me ferait pas aussi mal si Skye sortait avec un mec que j'aimais bien. Peut-être que ça ne changerait rien. Je ne le saurais jamais.

Slade s'est penché vers moi.

– T'inquiète pas. Ça ne durera pas entre eux.

– Ouais.

J'ai regardé le match et essayé de ne pas y penser. Au fond de mon cœur, je savais que leur rupture ne changerait rien.

Parce que Skye ne ressentirait jamais la même chose que moi.

2

SKYE

Il n'est plus resté beaucoup de déchets après que tout le monde soit parti, car Cayson a tout ramassé. Il nettoyait toujours tout derrière lui, même s'il n'était pas responsable du désordre. Et il sortait toujours les poubelles. J'étais chanceuse d'avoir une aussi belle famille. Je me sentais chez moi partout où j'étais grâce à eux.

– Bon match, hein ? demanda Zack.

– Ouais.

– J'ai parié une *dime* sur les Seahawks.

– Une *dime ?*

Comme dix centimes ?

– C'est mille dollars en jargon de jeu.

Je croyais qu'il était fauché ?

– Oh… Alors, t'as gagné ?

– Ouaip, dit-il en se frottant les mains avidement. Je vais acheter des nouveaux phares pour ma caisse avec ce butin.

– Pourquoi tu ne le mets pas de côté ?

L'idée me semblait censée.

– Nan. Trop chiant.

J'ai décidé de ne pas le contester. Nous avions des points de vue différents en matière d'argent. Personnellement, je croyais à l'investissement, faire fructifier les petits montants. Zack préférait flamber tout ce qu'il avait.

Je me suis étirée, puis j'ai roulé mes épaules.

– Je vais me coucher. J'ai sommeil.

– J'arrive dans une minute.

Il a posé les pieds sur la table basse, une bière à la main.

– Comme je te l'ai demandé plusieurs fois, ne mets pas tes pieds sur la table basse.

Il a levé les yeux au ciel.

– Ouh là, du calme.

– Je te l'ai demandé poliment.

– T'es ma copine ou la police ?

Ce qu'il me casse le cul, des fois.

– Peut-être que tu devrais t'en aller, Zack. Je ne suis pas d'humeur pour tes conneries.

– D'accord, dit-il en baissant les pieds. Désolé.

– Trop tard. Va-t'en, j'en ai marre.

Il a posé sa bière sur le sous-verre, puis il s'est levé.

– Je me suis excusé. Qu'est-ce que tu veux de plus ?

– T'es sourd ou quoi ? Je viens de te dire de partir.

Il a soupiré, puis éteint la télé.

– Je ne le referai plus, promis. Ne me mets pas à la porte.

J'ai levé les yeux au ciel.

– T'essaies juste de tirer un coup.

– Peux-tu vraiment m'en vouloir ? Regarde-toi.

Ça m'a relâchée un peu.

– Je vais me coucher. À bientôt, j'imagine.

– D'accord.

Je suis entrée dans ma chambre, puis j'ai réglé mon réveille-matin en pensant à Zack. J'ai eu le béguin dès que j'ai posé les yeux sur lui, mais notre relation a mis du temps à se développer. Il ne m'a pas remarquée avant qu'on ait un cours ensemble. Et ce n'est qu'après m'avoir foncé dedans à la bibliothèque qu'il a semblé intéressé. Une chose menant à une autre, nous avons fini par nous mettre en couple. Je n'ai jamais eu beaucoup de chance en amour, mais ma relation avec Zack me semblait loin d'être parfaite. Elle était basée sur l'attirance physique plus qu'autre chose. J'avais des doutes, mais je les taisais.

Zack est apparu dans la chambre, puis il s'est déshabillé. C'était une vraie montagne de muscles, avec des bras gros comme ma tête. Fidèle à son habitude, il m'a lancé un regard sombre avant de se glisser sous les draps.

Comme tous les autres types que j'avais fréquentés, il était obsédé par ma poitrine. C'était la première chose qu'il voulait voir quand nous baisions. Il a ôté mon t-shirt, puis détaché mon soutien-gorge. Son regard s'est immédiatement illuminé. La plupart du temps, il me regardait dans les seins plus que dans les yeux.

Zack s'est inséré entre mes cuisses et il a fait ce qu'il avait à faire. J'avoue que j'étais déçue du sexe entre nous. Je m'étais attendue à ce qu'il m'envoie au septième ciel, mais il ne l'a jamais fait. En général, nos ébats se terminaient sans même que j'aie pris mon pied. Je restais couchée là, sentant la brûlure entre mes jambes, et je l'écoutais respirer bruyamment jusqu'à ce que je m'endorme.

J'ai observé Trinity de l'autre côté de la table. Elle feuilletait un magazine, léchant le bout de son doigt chaque fois qu'elle tournait la page.

– T'as pas un devoir à rendre ? demandai-je.

Mon livre d'économie était de côté, et mon livre d'éthique des affaires devant moi. J'avais l'impression de toujours avoir des devoirs ou de l'étude à faire.

Elle a haussé les épaules.

– Ouais, mais il n'est pas à rendre tout de suite. J'ai le temps.

Ma cousine n'était pas aussi carriériste que moi. Nous étions différentes sur ce point. J'ai sorti mes lunettes, car j'avais du mal à lire. Après les avoir mises sur le bout de mon nez, je me suis replongée dans mon livre de cours et j'ai surligné quelques passages.

– Est-ce que tu l'aimes vraiment ? s'exclama-t-elle.

Je me suis figée, surprise par la question inattendue.

– Ça sort d'où, cette question ?

Elle n'a même pas levé les yeux.

– On dirait qu'il ne te plaît pas autant qu'avant, c'est tout.

– Eh bien, il me tape sur les nerfs parfois…

– C'est un bon coup, au moins ?

J'ai haussé les épaules.

– Correct.

Elle a enfin détaché son regard du magazine.

– Correct ? S'il t'énerve et qu'il n'est pas si bon que ça au pieu, qu'est-ce que tu fais avec lui ?

– Je ne sais pas. Il me plaisait vraiment au début. J'imagine que j'espère que les choses reviendront comme avant.

– Vœu pieux…

– Et toi ? Tu fréquentes quelqu'un ?

Elle a détourné le regard.

– Non.

– Quelqu'un t'intéresse en ce moment ?

Avant, elle était extravertie et sortait souvent. Elle avait un rencard avec un mec différent tous les week-ends. Mais aujourd'hui, elle me rappelait plus une bonne sœur.

– Non… personne ne m'a tapé dans l'œil.

J'avais du mal à y croire, mais je n'ai pas insisté.

– S'il n'y a que la mode qui t'intéresse, pourquoi tu vas à la fac ?

Elle a ajusté le foulard autour de son cou.

– Tu connais mon père. Il veut que je travaille pour son entreprise quand j'aurai décroché mon diplôme.

– Mais toi, tu veux quoi ?

Elle a haussé les épaules.

– Je ne sais pas trop. J'aime vraiment la mode.

– Alors, dis-lui. Oncle Mike te donne tout ce que tu demandes. Tu le sais bien.

Elle a soupiré.

– Mais c'est important pour lui. Tu sais, que ça reste une entreprise familiale.

– Tu dois faire ce que tu veux, pas ce que ton père veut.

Elle a regardé son magazine.

– Je vais y penser...

Je suis retournée à mon étude. Le commerce m'intéressait beaucoup. Quand j'étais petite, mon père m'amenait au bureau quand ma mère devait travailler à la maison. Le voir assister à des réunions et gérer une aussi grosse entreprise m'a motivée dès un très jeune âge.

Slade est arrivé à notre table et s'est affalé sur une chaise. Il dévorait un cheeseburger.

– Quoi de neuf, les meufs ?

Il mâchait son sandwich bruyamment, la bouche ouverte. Ses coudes étaient posés sur la table et ses tatouages étaient visibles. Il ressemblait plus à un voyou qu'à un étudiant de fac. Il portait toujours un t-shirt, même lorsqu'il faisait froid, car il voulait faire étalage de ses bras tatoués.

Trinity l'a lorgné avec dédain.

– C'est interdit de manger dans la bibliothèque.

Il a levé les yeux au ciel.

– Comme si on allait me coller une contravention.

Elle s'est mise à fumer de colère.

– Pourquoi tu manges toujours comme un porc ?

– J'ai faim, s'énerva-t-il. Lâche-moi.

– T'as toujours faim.

Leurs chamailleries commençaient à me donner la migraine.

– J'ai besoin d'une serviette.

Il a posé son sandwich sur la table, puis déchiré une page du magazine de Trinity.

Elle s'est figée comme si on lui avait planté un couteau dans le cœur, les yeux écarquillés et la bouche ouverte.

– Non, mais ! s'exclama-t-elle en lui donnant un coup de poing sur l'épaule.

– Achète-t'en un autre, fille de riche !

Il s'est essuyé la bouche, puis les mains.

– Ce que je te déteste parfois.

– Je te déteste tout le temps.

Ils allaient me rendre folle.

– Vous avez cinq ans ou quoi ?

– Elle, oui, dit Slade.

– Pourquoi tu ne lui tires pas les cheveux ? demandai-je.

– D'accord.

Slade a empoigné une touffe des cheveux de Trinity et l'a tirée.

– Ahh ! s'exclama-t-elle avant de le repousser d'un revers de la main. Arrête ça !

Les étudiants des tables voisines commençaient à nous regarder.

J'ai couvert mon visage, profondément embarrassée.

– T'es un vrai trou du cul, siffla Trinity.

– Et toi, t'as un balai dans le tien, riposta Slade. Laisse-moi manger mon sandwich en paix.

– Laisse-moi lire mon magazine en paix.

– Parlez moins fort, chuchotai-je.

– Toi, parle moins fort ! dit Trinity, dirigeant sa colère sur moi.

J'avais besoin de sortir de là — et vite.

– Je ne vais évidemment pas pouvoir étudier avec vous deux dans les parages.

J'ai fourré mes affaires dans mon sac tandis qu'ils continuaient de se quereller.

– Pourquoi tu me traites comme de la merde ? demanda Trinity. Des fois, on dirait que t'as deux personnalités différentes.

– Non, je suis toujours le même, affirma-t-il. Ne t'attends pas à ce que je te traite en princesse. Je n'ai jamais dit que je le ferais.

Trinity s'est emparée de son sandwich et en a pris une énorme bouchée.

Slade a écarquillé les yeux.

– Là, tu vas trop loin...

Je ne voulais pas voir comment leur dispute se terminerait. Je me suis levée de table et j'ai déguerpi au plus vite.

Je me suis dirigée vers le Manhattan Grub, un petit resto près du campus. Mes parents l'avaient ouvert quelques années plus tôt, et je m'occupais de la caisse et la comptabilité. Leur décision d'acheter ce business semblait sortir de nulle part, mais ils avaient insisté. Et ils ne servaient que des hot-dogs. Encore plus bizarre.

J'ai franchi la porte, puis je me suis dirigée vers la caisse et j'ai commencé à compter l'argent.

– Salut, boss.

Adam est apparu à côté de moi et s'est appuyé sur le comptoir.

– Salut. Ça roule ?

– Doucement — comme d'habitude. Je ne sais pas pourquoi on reste ouverts après dix-sept heures. Les étudiants viennent juste pour le déjeuner...

– Ce n'est pas moi qui décide.

– Tes parents perdent probablement de l'argent en restant ouverts.

– Je pense qu'ils ont un grand plan d'action, mais ils ne m'en ont pas encore fait part… je me contente de travailler ici.

Il a ri.

– J'imagine qu'on peut faire ça quand on est plein aux as.

J'ai ignoré son commentaire. Je ne parlais jamais de ma fortune familiale. Être riche était une malédiction plus qu'autre chose. J'avais du mal à savoir si les gens voulaient être amis avec moi ou avec mon argent. Raison de plus d'aimer ma famille. La richesse ne signifiait rien à leurs yeux.

– Tu peux vider les poubelles et remplir les chips ?

– Ouais, boss.

Il a disparu à l'arrière.

Quand la clochette a retenti, j'ai su qu'on avait un client. J'ai levé la tête et aperçu un visage familier.

– Salut, Cayson.

– Salut, la fille saucisse.

J'ai levé les yeux au ciel. Ils se moquaient tous de moi parce que je travaillais ici.

– Qu'est-ce que tu fais ?

– Je viens de sortir du labo et j'ai la dalle.

– Eh bien, t'es au bon endroit. Qu'est-ce que je peux te préparer ?

– Tu vas préparer ma bouffe ? demanda-t-il incrédule. Je pensais que tu faisais seulement la caisse.

– Je peux faire la cuisine aussi.

Il m'a lancé un regard hésitant.

– T'es sûre qu'il n'y a personne d'autre…?

– Oh, la ferme. Je sais me débrouiller.

– Contrairement à ta mère, je n'aime pas qu'on fasse tomber ma nourriture par terre.

Je me suis esclaffée.

– Tu ne vas jamais oublier cette histoire, n'est-ce pas ?

– Nan. Mon père la raconte tout le temps.

J'ai pris un crayon et un papier.

– Tu vas prendre quoi ?

– Le Kaepernick.

– T'es fan des 49ers de San Francisco ?

– Non. Mais la description est tellement alléchante. Salade de choux et piments jalapeños. Miam.

J'ai esquissé un sourire en coin et noté sa commande.

– C'est parti.

Il a sorti son portefeuille.

– Combien je te dois ?

– Ne sois pas stupide.

– Skye, combien ?

Il m'a lancé l'expression sérieuse qu'il me faisait de temps en temps. Ça signifiait qu'il n'allait pas en démordre.

– T'es de la famille.

– Non, je suis un client. Laisse-moi payer, s'il te plaît.

Je savais qu'il n'allait pas lâcher prise.

– Très bien.

J'ai entré le montant sur la caisse enregistreuse et pris son argent.

– Merci.

– C'est normal.

Je lui ai tourné le dos et je me suis affairée à préparer son hot-dog.

– Je te surveille, m'avertit-il.

– Si tu continues comme ça, je vais faire exprès de le faire tomber par terre.

– D'accord.

Il a rivé les yeux sur l'écran de télé dans un coin tandis que je finissais son hot-dog. Puis je l'ai posé devant lui, avec un Pepsi à la cerise. Je savais que c'était sa boisson préférée. Je n'avais même pas besoin de lui demander.

Il a humé son repas.

– Waouh. Ça a l'air vraiment bon.

– Pourquoi t'es surpris ?

Il a haussé les épaules.

– Je ne pensais pas que t'étais cuisinière.

– Eh bien, je peux l'être.

Il a pris une bouchée, puis hoché la tête.

– C'est excellent.

J'ai rayonné de fierté en retournant à la caisse.

Cayson est resté assis au comptoir à manger. Un silence confortable s'est installé entre nous. Il a regardé la télé en mangeant, et je me suis occupée de la comptabilité.

Il m'a regardée du coin de l'œil.

– Comment va ton dos ?

– Ça va.

Je me suis redressée.

– Quand je porte un soutif de sport, c'est moins pénible. Parfois, j'ai envie de me faire faire une réduction mammaire.

Je portais du C ; ma poitrine n'était pas gigantesque. Je savais que d'autres filles avaient un sort bien pire, mais comme j'étais menue, mon dos ne pouvait pas supporter le poids que je portais à l'avant.

Cayson n'a pas essayé de me convaincre de ne pas le faire.

– Fais ce qui te rendra heureuse. Mais parles-en à ta mère avant. Elle donne les meilleurs conseils.

– Ouais. C'est vrai.

Il a fini la moitié de son hot-dog, puis a bu une gorgée de soda.

– Ce hot-dog était délicieux.

– Tu veux dire cette saucisse ? raillai-je.

Il a gloussé.

– Ouais. J'aime manger des saucisses.

– Alors, on est deux.

Il a esquissé un sourire narquois, puis a regardé la télé à nouveau.

– J'étudiais dans la bibliothèque tout à l'heure quand Slade et Trinity se sont mis à se battre comme des chiffonniers.

– Tout à fait leur genre…

– Qu'est-ce qui leur prend ? Avant, ils se chamaillaient de temps en temps, mais ils le font constamment ces derniers temps.

Cayson a haussé les épaules.

– Aucune idée.

Quelque chose clochait, mais je n'arrivais pas à mettre le doigt dessus.

– Quoi de neuf de ton côté ?

– Pas grand-chose. Ma partenaire de labo en chimie analytique a lâché les cours, et je me retrouve tout seul.

Waouh. Un potin.

– Ça craint.

– Pas vraiment. Je n'aime pas travailler en équipe. Je finis toujours par tout faire moi-même de toute façon.

– Pas faux.

– Et toi, quoi de neuf ?

– J'ai une conférence sur l'économie dans quelques semaines. Je présente ma recherche sur l'inflation et son effet sur la théorie du ruissellement.

– Cool, dit-il en opinant lentement. Ça a l'air intéressant.

– J'ai hâte. En plus, il y aura de la bouffe.

– Et ton père, j'en suis sûr.

J'ai levé les yeux au ciel.

– Ouais, il sera là aussi.

Il a remarqué l'irritation dans mon regard.

– Oncle Sean t'aime, Skye. Quand tu regardes les choses

sous cet angle, tu dois bien réaliser ta chance.

– Tes parents t'aiment aussi.

– Je le sais. Et j'ai une chance exceptionnelle. Ma mère est merveilleuse, et je ne connais personne de mieux que mon père. Tu ne m'entendras pas me plaindre.

Il avait le don de me faire culpabiliser. Chaque fois que je voulais me comporter en sale gosse.

– Il est un peu étouffant, c'est tout. Il est comme ça avec ma mère aussi.

– Parce qu'il t'aime plus que tout au monde.

– Pourtant, il n'a jamais étouffé Roland.

– C'est différent, avec les filles, dit-il. Les hommes ressentent le besoin de les protéger.

– Mais je n'ai pas besoin de protection. Je peux me débrouiller toute seule.

– Ton père le sait, mais ça ne veut pas dire qu'il l'accepte aussi facilement, dit-il d'un ton ferme. N'oublie pas qu'il t'aime. Tout ce qu'il fait, il le fait de bonne foi.

J'ai soupiré.

– Comment t'arrives toujours à faire ça ?

– À faire quoi ?

– À me faire me sentir merdeuse chaque fois que j'essaie de dire un truc à moitié négatif sur ma famille.

Il a haussé les épaules.

– J'imagine que c'est parce qu'ils sont ma famille aussi.

Il a ramassé son autre moitié de hot-dog et en a pris une bouchée.

J'ai posé les yeux sur la caisse à nouveau. Le resto faisait à peine de profits après avoir payé toutes les charges. Il était difficile d'expliquer pourquoi nous restions ouverts. Mais mon père s'en fichait.

Quand la clochette a retenti à nouveau, j'ai levé la tête et aperçu un nouveau client.

Zack est entré, vêtu d'un jean et d'un t-shirt moulant.

Dès que Cayson l'a vu, il a pris ses affaires et s'est déplacé vers une table en coin d'où il pourrait regarder la télé.

Parfois, je me demandais si Cayson détestait Zack. J'avais la vague impression qu'il ne plaisait à aucun de mes amis, mais j'ignorais pourquoi Cayson aurait une dent contre lui. Il ne lui adressait pas la parole et changeait de sujet quand je parlais de lui. Cayson et moi parlions de tout, sauf de ma relation.

Zack l'a regardé dans le coin, le fusillant presque du regard.

D'accord...

– Salut, bébé.

Il s'est assis au comptoir et m'a maté la poitrine, chose qu'il faisait constamment, et sans discrétion.

– Ce n'est pas parce que je suis ta copine que tu peux me reluquer les seins sans arrêt.

– En fait, c'est exactement pour ça.

Il a continué de les fixer, puis il m'a regardée dans les yeux.

– Espèce de porc...

– Comme si tu ne me fixais pas l'entrejambe, se défendit-il.

J'ai grimacé.

– Euh, non, je ne fais pas ça.

– C'est ça...

J'ai secoué la tête, puis noté quelques trucs.

Zack a regardé par-dessus son épaule, observant Cayson avant de se tourner vers moi.

– Chaque fois que je te vois, il traîne dans les parages...

– Parce qu'on est amis.

Évidemment.

– Mais il est toujours avec toi. Sans blague, chaque fois que je te vois, il est là.

J'ai froncé les sourcils.

– C'est sûr. Il fait partie de ma famille.

– Mais vous n'avez aucun lien de sang.

– C'est tout comme.

Il s'est penché sur le comptoir et a parlé à voix basse.

– Ce type est fou amoureux de toi. Tu ne t'en rends pas compte ?

– Mais non, dis-je en serrant la mâchoire pour m'empêcher d'exploser. Cayson est comme un frère pour moi. On prenait notre bain ensemble quand on était gamins. On faisait des courses de Hot Wheels sur le tapis.

– Puis tes seins ont poussé et sa queue a bandé, s'énerva-t-il. Et ça ne me plaît pas du tout. Ça me met mal à l'aise, et je ne veux plus que tu le fréquentes.

J'ai lâché mon crayon. La colère a parcouru mes veines, enflammant chaque nerf. J'ai failli lui balancer un coup de poing en pleine figure.

– Je me fous que ça te mette mal à l'aise. Le fait que Cayson soit amoureux de moi, ce qui n'est même pas le cas, ne change rien. C'est mon meilleur ami, un membre de ma famille, et il va rester. Si tu me forces à choisir entre lui et moi, je vais le choisir.

La colère bouillonnait dans ses yeux. Il a contracté la mâchoire, agacé.

– Alors, je ne suis pas important à tes yeux ?

– Je n'ai pas dit ça. Mais si tu veux te comporter comme un môme, alors je ne veux pas être avec toi. Si t'as un problème avec ça, finissons-en tout de suite.

Ma réponse n'a pas plu à Zack. Il essayait parfois d'exercer son autorité sur moi, tentait de dicter ce que je devrais porter et qui je devrais fréquenter, mais je ne tolérais pas ce genre de conneries. J'étais une femme forte, et j'avais besoin d'indépendance. S'il allait trop loin, je le remettais à sa place.

– Alors, est-ce qu'on a un problème, Zack ?

Je l'ai toisé en attendant sa réponse.

Il a ravalé sa fierté, mais j'ai vu que ça n'a pas été facile pour lui.

– Non.

– Très bien.

J'ai repris mon crayon et je me suis remise au travail.

– T'es passé pour une raison particulière ?

– À quelle heure tu finis de travailler ?

– Je ne sais pas. Vingt et une heures ?

– Pourquoi tu bosses ici, au fait ? T'es l'héritière d'une entreprise multimilliardaire. Ça ne te sert à rien.

– Ça ne me sert à rien ? répétai-je. Tu ne crois pas que j'aurais du mal à gérer une gigantesque entreprise sans expérience ?

Il a plissé les yeux.

– Tu peux acquérir de l'expérience en travaillant dans l'entreprise.

– Non. Je veux prouver à mon père que je peux tout gérer toute seule. D'ailleurs, j'aime bien travailler ici. J'aime gagner mon propre argent.

– Ton père ne t'a pas donné une de ses cartes de crédit ? demanda-t-il incrédule. Je suis sûr qu'il y a un plafond d'au moins un million de dollars.

– Je n'ai pas besoin de son argent, m'énervai-je. Je peux me débrouiller toute seule.

– Il paie tes droits de scolarité, non ?

Je commençais vraiment à m'énerver.

– Je vais le rembourser. Pourquoi tu te comportes en connard ? Ne me dis pas comment vivre ma vie.

– Ouh là, du calme.

– Eh bien, ne pose pas de questions sur mes finances. C'est toi qui paries l'argent que tu n'as même pas sur des matchs de foot.

Maintenant, il était fâché.

– Pourquoi tu ne te mêles pas de tes affaires ?

– Pourquoi tu ne te mêles pas des tiennes ? sifflai-je.

Zack a serré le comptoir en me toisant.

– Je commence à en avoir plus que marre de tes conneries, Zack. Sors de mon resto. Tout de suite.

– Tu me mets à la porte ?

– Non, je te fous à la porte.

– Je ne bouge pas.

Il est resté glué sur son tabouret.

J'ai soutenu son regard, puis j'ai fait le tour du comptoir. Je lui ai attrapé le bras et je l'ai tiré d'un coup sec. Il faisait deux fois ma taille. Il n'a pas bougé d'un poil.

– C'est pathétique.

La rage m'embrasait désormais. Je lui ai tordu le bras, appuyant sur un point de pression. Puis j'en ai pressé un autre sur son cou.

– Putain ! dit-il en reculant brusquement. Qu'est-ce que t'as fait ?

J'ai posé la main sur ma hanche.

– T'en redemandes ?

– Oh là, je suis désolé.

Il a levé les mains en signe d'abdication.

– Maintenant, ferme-la et dégage.

Je suis retournée derrière le comptoir.

Il s'est tourné vers moi.

– Bébé, je ne veux pas qu'on se dispute. Je suis désolé, d'accord ?

– Je suis tellement en rogne contre toi que je ne veux même pas te regarder.

Il m'a lancé un regard piteux.

– Je suis désolé. Je n'aime pas que tu travailles ici toute seule — le soir.

– Il y a d'autres employés ici.

– C'est censé me réconforter ? Des mecs qui font deux fois ta taille et l'amoureux transi qui te tourne autour ?

– Ne parle pas de Cayson comme ça.

Il a plissé les yeux.

– Tu le défends comme si tu l'aimais.

– Parce que je l'aime, dis-je en frappant le poing sur le comptoir. Je le considère comme un frère, Zack. À moins d'être mon mari, tu ne feras jamais le poids contre lui.

– Waouh. Merci de me faire sentir si apprécié.

Sa phrase était lourde de sarcasme.

Je n'en pouvais plus.

– C'est fini, Zack.

Son visage a pâli.

– Quoi...?

– Tu me rends folle et j'en ai marre de tes conneries. Tu ne fais que me stresser sans raison. Je suis très bien toute seule. Je n'ai pas besoin d'un homme pour être heureuse, et je n'ai certainement pas besoin d'un mec qui se comporte en gamin.

Il m'a empoigné le bras par-dessus le comptoir.

– Bébé, je m'excuse. Je suis désolé, d'accord ? Je ne recommencerai plus.

Il me suppliait du regard.

– Allez. Je suis désolé.

Cayson s'est approché de nous.

– Skye, tout va bien ?

Il a regardé Zack de la tête aux pieds, prêts à lui casser la mâchoire s'il le fallait.

– Fous le camp, connard.

Zack a gonflé le torse, puis il s'est tourné vers moi.

Cayson s'est avancé devant moi, me protégeant de sa carrure imposante.

– C'est l'heure de t'en aller.

– Dégage de mon chemin, abruti.

Les yeux de Zack brûlaient de haine.

Je n'avais surtout pas besoin de ça.

– Arrêtez ça. Tous les deux. Cayson, rassieds-toi, s'il te plaît. Zack, va-t'en.

Cayson n'a pas bougé. Ses pieds sont restés rivés au plancher.

– Cayson, ça va.

Je l'ai regardé durement.

Après un moment de silence, il a regagné sa table.

Zack a arrêté son regard sur moi. Puis il m'a agrippé le bras.

– Va-t'en.

J'ai tordu le bras pour qu'il me lâche.

– S'il te plaît, ne fais pas ça. Je vais changer. Je tiens tellement à toi.

J'ai soupiré et détourné le regard.

– Allez, bébé. Parle-moi.

– Je travaille.

– Eh bien, je serai chez toi quand tu reviendras du boulot.

– Je m'en fous. Va-t'en.

– D'accord, dit-il en reculant. À tout à l'heure.

Je n'ai rien répondu.

Il m'a lancé un dernier regard affligé avant de sortir.

Je me suis remise au travail et j'ai essayé de ne pas penser à la façon dont Zack m'avait contrariée. Il me poussait tellement à bout. Parfois, je ne savais pas si j'avais envie de l'embrasser ou l'étrangler.

– Ça va ?

Cayson s'est approché tellement vite que je ne l'ai pas vu venir.

– Oh, oui. Je vais bien.

Il m'a étudiée, percevant le stress dans mes yeux.

– Je sais que ce n'est pas de mes affaires, mais si t'as besoin d'en parler, je suis là.

Mon cœur s'est attendri.

– Je sais, Cayson.

Il s'est éclairci la voix.

– Pour ce que ça vaut, tu mérites ce qu'il y a de mieux. Et si Zack n'est pas ce qu'il y a de mieux pour toi, tu devrais aller voir ailleurs.

J'avais l'impression qu'aucun de mes amis n'aimait Zack. Ils ne parlaient pas en mal de lui, mais ils ne semblaient jamais avoir envie de le côtoyer non plus.

– Tu ne l'aimes pas, Cayson ?

Il a semblé surpris par la question. Puis mal à l'aise.

– Quelle importance ça a que je l'aime ou pas ? Il n'y a que ton opinion qui compte.

– Ouais…

– J'imagine que je vais y aller. Mais je peux rester et te conduire à ta voiture si tu veux.

– Non, ça ira. Merci.

– D'accord. Eh bien, bonne soirée.

– Toi aussi.

Cayson est sorti et j'ai repris le travail. Quand j'ai regardé l'horloge, j'ai réalisé que mon service était presque fini. J'avais passé la soirée à m'engueuler avec Zack à propos de bêtises.

3

CAYSON

SLADE M'A REJOINT dans la salle des étudiants et s'est assis en face de moi.

– Yo.

– Yo.

Je me suis penché en arrière sur ma chaise et j'ai soupiré.

– C'est quoi ton problème ? demanda-t-il.

– Rien. Alors, on fait quoi ?

– Conrad est au bar. Allons-y.

– Bonne idée.

Nous avons quitté le bâtiment et traversé le campus en empruntant le chemin le plus court possible jusqu'au bar. Nous avions des voitures, mais nous les prenions rarement. Quand tout était si près, il était inutile de conduire.

– J'ai entendu dire que Trinity et toi, vous vous êtes battus comme des chiffonniers.

– Ouais, elle est chiante.

Il a fourré ses mains dans les poches tandis que nous marchions côte à côte.

– Je voulais juste de manger mon foutu sandwich et elle a piqué sa crise. Putain, elle ne peut pas me foutre la paix ?

J'ai raté quelque chose ?

– Elle était furax que tu manges un sandwich... ?

– On était à la bibliothèque, expliqua-t-il.

Oh, maintenant, je comprends mieux.

– Par moments, elle ne veut pas la fermer.

– Skye a eu l'impression qu'il y avait quelque chose entre vous.

– Non.

Il s'est baissé en passant sous une branche. Nous avons fini par rejoindre le trottoir, puis avons remonté quelques rues.

Je l'ai regardé d'un air méfiant.

– S'il se passait un truc, tu me le dirais, non ?

– Un truc ? Comme quoi ?

– Je n'en sais rien. Si t'aimais bien Trinity, par exemple.

– Non ! Elle est bien gaulée et elle est jolie, mais non.

J'ai décidé de laisser tomber le sujet.

– En plus, m'engueuler avec elle signifierait que je l'aime bien ?

Il a secoué la tête.

– Putain, c'est n'importe quoi.

– Sûrement.

Nous sommes entrés et avons rejoint Conrad au bar.

Il a tapé son poing contre les nôtres.

– Les Steelers mènent d'un touchdown.

Nous nous sommes assis et avons fait signe à la barmaid.

– Vous voulez quoi, les garçons ?

C'était une blonde aux yeux bleus. Elle avait une chemise courte et portait une cravate noire. J'ai jeté un coup d'œil à ses courbes, puis j'ai détourné les yeux.

– Une Blue Moon, dit Slade.

– Une Heineken pour moi.

Elle a souri.

– Un joli garçon avec des bonnes manières, ça me plaît.

Elle m'a fait un clin d'œil puis s'est éloignée.

Conrad a ricané.

– Pourquoi toutes les filles te draguent direct ?

– Non, c'est pas ça, affirma Slade. Elles le draguent une fois qu'elles ont compris que je ne suis pas intéressé.

– Mec, elle ne t'a même pas regardé, contesta Conrad.

– Elle a dû probablement penser qu'une bête de sexe comme moi avait déjà une copine.

Conrad a levé les yeux au ciel.

– Parce que tes tatouages laissent penser que t'es le mec d'une seule femme ?

Slade a haussé les épaules.

– Je pourrais l'être.

J'ai regardé la télé, les ignorant tous les deux.

Le téléphone de Conrad s'est allumé.

– Theo arrive.

– Cool, dis-je.

La barmaid est revenue avec nos bières, mais elle n'avait d'yeux que pour moi.

– Alors, t'es pour quelle équipe ?

– Les Steelers.

– Ils sont bons. Perso, je suis plutôt le genre de filles à aimer les Chargers.

– On a tous nos préférences.

Je ne savais pas quoi dire d'autre. Elle me regardait avec des yeux bleus aussi clairs qu'une crique peu profonde. Son maquillage les faisait ressortir, et ses lèvres étaient rubis. Sa poitrine était impressionnante, mais j'essayais de ne pas la mater.

Elle s'est penchée vers moi, ignorant les autres mecs.

– Alors, t'es un gars de la fac ?

– Oui. Toi aussi ?

– Si je suis un gars de la fac ? demanda-t-elle en riant.

J'ai souri.

– Je me suis mal exprimé. Tu vas à la fac ?

– Non. J'espère faire une école de cosmétologie.

C'est pour les cheveux ? Ou les ongles ? Un truc du genre ?

– Super cool.

– Et qu'est-ce que t'étudies… comment tu t'appelles ?

– Cayson.

– Cayson, répéta-t-elle lentement. Ça sonne bien.

– Et toi ?

– Jasmine.

– Oooh… Jasmine.

Slade m'a fait un clin d'œil en prononçant son nom.

Je l'ai fusillé du regard avant de me retourner vers elle.

– Je me spécialise en biochimie.

Ses yeux se sont écarquillés.

– Waouh. Je ne sais même pas ce que c'est.

– Nous non plus, s'esclaffa Conrad.

– Tu comptes faire quoi avec ça ? demanda-t-elle.

Elle n'a pas d'autres clients à servir ?

– J'ai l'intention de faire médecine, si je suis accepté.

Slade a ri en buvant sa bière.

– Si t'es accepté ? T'es sérieux ?

Conrad a secoué la tête.

– Je doute qu'on refuse un mec diplômé de Harvard avec les meilleures notes.

J'ai senti mes joues rougir.

– Bon… assez parlé de moi.

– S'il te plaît, dis-moi que t'as pas de petite amie, lança-t-elle. Parce que t'es vraiment sexy et j'aimerais avoir ton numéro.

Elle vient de m'inviter à sortir ?

Je ne savais pas pourquoi ça m'arrivait toujours. Je draguais rarement les filles parce qu'elles me coiffaient souvent au poteau.

– Je… euh…

– Il n'a pas de copine, dit Slade. Et il a très envie de te donner son numéro.

Je n'ai jamais dit ça.

– Oh là, doucement.

Slade a pris une serviette et noté mon numéro dessus.

– C'est son portable. Il sort de cours vers cinq heures. Tiens.

Il a poussé la serviette vers elle.

– Merci.

Elle l'a glissée dans sa chemise.

– Je t'appellerai.

Elle m'a fait un sourire charmeur, puis s'est éloignée.

J'ai immédiatement lancé un regard noir à Slade.

– Putain, tu viens de faire quoi, là ?

– T'allais la repousser.

– Et alors ?

– Tu refuses toutes les avances.

Slade a bu une gorgée, puis il a posé les coudes sur le bar.

– Je n'allais pas te laisser faire, cette fois. Sérieusement, les gens vont commencer à croire que t'es gay si tu refuses toutes les filles.

– Je me fiche de ce que les gens pensent.

– Donne-nous une seule bonne raison de ne pas sortir avec elle, défia Conrad.

– Je… elle n'est pas mon style.

– Pas ton style ? répéta Slade incrédule. Belle, nichonnée, sympa… qu'est-ce que t'aimes pas ?

– Je… je préfère les brunes.

Conrad a levé les yeux au ciel.

– Non, tu préfères une petite brune bien carrossée.

C'est reparti…

– Mec, ça n'arrivera jamais avec elle, dit Slade. Tu dois lâcher l'affaire et t'amuser un peu.

– Mais comment je pourrais avoir une relation avec une fille alors que je suis accro à une autre ? demandai-je.

Slade et Conrad ont échangé un regard.

– Qui a parlé de relation ? Sors et éclate-toi, c'est tout. Tu l'enfiles et tu files.

Ce n'est vraiment pas mon genre.

– Comment tu vas oublier Skye si tu rejettes toutes les filles qui s'intéressent à toi ? demanda Slade. Si ça se trouve, cette fille va changer ta vie. Coucher avec d'autres meufs te fera peut-être réaliser que Skye est nulle. Je ne vois pas ce qui te fascine tant chez elle. Elle est chiante et elle parle trop.

– Tu la vois comme ça parce que c'est ta cousine, arguai-je. Skye est tout simplement... incroyable. Elle est...

– Roméo, arrête tes conneries, coupa Conrad. Ça n'arrivera jamais. Elle ne te voit pas sous cet angle, mec. Je déteste être dur, mais même si elle n'était pas avec Zack, elle ne sortirait pas avec toi. Tu dois laisser tomber et passer à autre chose.

Slade m'a lancé le même regard ferme.

– Alors, sors avec Jasmine.

Ils me disaient des choses que je savais déjà. Skye et moi ne serions jamais ensemble. Elle ne me regardait pas comme je la regardais. Quand je la fixais, je l'étudiais en détail. Le grain de beauté au coin de sa bouche me rendait fou. Je donnerais n'importe quoi pour le lécher, le sentir sous ma langue. Quand elle me regardait, elle ne voyait qu'un ami. La vie ne nous donnait pas toujours ce qu'on voulait, et je devais me faire à cette idée. Skye était la seule femme que je voulais et que je n'aurais jamais. Point barre.

– Vous avez raison.

– Putain, tu m'étonnes qu'on a raison.

Conrad a trinqué avec Slade.

– On l'a enfin convaincu.

– C'est un miracle.

Slade a posé son verre et s'est essuyé la bouche du dos de la main.

Theo nous a rejoints.

– Vous êtes déjà saouls, les mecs. Typique.

– Comment pouvoir te supporter autrement ? demanda Slade.

– Ta gueule, répliqua Theo.

Il a posé les coudes sur le bar et a regardé le match.

– Comment s'est passé l'entraînement ? demandai-je.

Theo était étudiant en arts martiaux. Après avoir obtenu toutes les ceintures noires existantes, il avait commencé à enseigner à temps partiel.

– Pas mal. Mais la plupart des gens sont idiots.

– Toi y compris, dit Conrad.

– Tu veux que je te mette une raclée tout de suite ? menaça Theo.

– Tu veux que je fracasse mon verre sur ton crâne ? le défia Conrad.

Conrad et Trinity hériteraient de la moitié de la société de logiciels, et Skye et son frère Roland de l'autre moitié. Conrad avait la même corpulence qu'oncle Mike, et ses yeux sombres.

– Tu veux que mon célèbre père fasse une parodie de ton père ? lança Theo. Ton père a peut-être plus d'argent, mais le mien est plus intelligent.

J'ai soupiré.

– Pourquoi vous ne demandez pas à vos pères respectifs de prendre leur bite en photo pour comparer les tailles ?

Conrad a grimacé.

– Nan, c'est bon.

– Pour moi aussi, dit Theo en matant Jasmine. La barmaid est mignonne. Elle a un pare-chocs sympa.

– Elle est pour Cayson, lança Slade.

– Tu couches avec elle ? demanda Theo comme si c'était le scoop de l'année.

– Slade lui a filé mon numéro. Elle ne m'appellera peut-être même pas.

– Oh, elle va t'appeler, dit Slade. Elle a envie que tu la défonces, ça se voit.

Je me suis senti sale rien que d'y penser.

Nous avons reporté notre attention sur le match. Chaque fois que l'arbitre sifflait une faute imaginaire, nous l'injurions. Le bar est devenu de plus en plus bruyant. J'ai bu deux bières, puis je me suis mis en retrait, me sentant un peu assommé. C'était un soir de semaine et j'avais cours le lendemain matin. Quand le match s'est terminé, nous nous sommes dirigés vers la sortie.

– Cayson ?

Je me suis retourné et j'ai vu Jasmine venir vers moi, son manteau sur les épaules.

– Tu t'en vas ?

– Ouais. Le match est fini.

Elle a hoché la tête.

– Eh bien, j'ai fini mon service. On pourrait peut-être faire un tour...

– Euh...

Je me suis tourné vers les autres, mais ils s'en allaient sans moi.

Slade m'a fait un clin d'œil et articulé en silence : « baise-la ou je te tue. » Puis ils sont partis, me plantant là.

– T'habites dans le coin ?

Sa voix a attiré mon attention.

– J'ai un appart près du campus.

Elle a opiné.

– T'es en coloc ?

J'ai dégluti, mal à l'aise.

– Non...

– Et si tu me le faisais visiter ? Je pourrais piquer des idées de déco…

Elle a posé doucement une main sur mon bras, ce qui m'a hérissé les poils.

Je plaisais à beaucoup de femmes. Pourquoi Skye ne pouvait-elle pas me voir comme un homme séduisant ?

– Jasmine, je dois être honnête. Je ne cherche pas de relation en ce moment.

Je ne pouvais pas être un salaud comme Slade et les autres. Ils ramenaient des filles chez eux, les baisaient, puis les foutaient dehors sans jamais les rappeler. Je ne pouvais pas faire ça. La culpabilité me rongerait.

Elle m'a souri.

– Tu peux me dire pourquoi ?

– Je suis juste… non.

– Eh bien, j'apprécie ton honnêteté. Ça m'excite encore plus.

Sérieusement ? C'est aussi facile ?

– Montre-moi ton appart.

Pourrais-je vraiment faire ça ? Avoir une aventure d'un soir avec une fille que je venais de rencontrer ? Je ne me souvenais pas de la dernière fois où j'avais fait l'amour. J'en ressentais le manque charnel. Mais si elle était d'accord pour que ça ne signifie rien et moi aussi… Chaque fois que j'imaginais Skye coucher avec Zack, ça me rendait malade. Peut-être que je me sentirais mieux ensuite. Que ça m'aiderait à l'oublier. Je ferais n'importe quoi pour ne voir en elle qu'une amie, une personne comme les autres. Je ferais n'importe quoi pour ne pas reconnaître son parfum à un kilomètre. Son grain de beauté attirait toujours mon attention, et mes yeux se perdaient dans la beauté des siens. Elle était ma muse, une œuvre d'art que j'adorais regarder. J'aurais aimé qu'elle ne compte pas pour moi. Parce que je ne serais jamais rien pour elle. J'ai inspiré à fond avant de répondre.

– D'accord.

Slade m'a traqué sur le campus le lendemain matin.

– Alors, comment s'est passée ta nuit ?

– Bien.

J'ai continué d'avancer dans le couloir, en restant vague.

– Bien ? Enfoiré, j'espère que ça a été mieux que bien. T'as intérêt à l'avoir niquée comme un malade par tous les trous.

Un groupe de filles nous a dépassés en fronçant les sourcils.

– Parle moins fort, sifflai-je.

– On s'en fout. Alors, tu l'as fait ?

Je me suis arrêté dans le couloir et me suis tourné vers lui.

– Je ne suis pas du genre à me vanter.

Il a souri et m'a frappé l'épaule.

– Espèce de salaud. Alors, elle est bonne ?

– Ouais. Elle est bonne.

J'ai haussé les épaules. Tout ce qu'une fille avait à faire pour être bonne, c'était être sexy. Et Jasmine l'avait bien compris.

Slade a applaudi.

– Il était temps. Tu vas la revoir ?

– Non… je ne pense pas.

– Tu ne vas pas l'appeler ?

– Je lui ai dit dès le départ que je ne voulais pas d'une relation.

– Et elle a quand même couché avec toi ? demanda-t-il incrédule.

– Ouais.

– Bravo… t'es plus doué que je croyais.

– J'ai toujours été doué, me défendis-je.

Il a levé les yeux au ciel.

– ça fait si longtemps que je ne t'ai pas vu baiser que j'avais oublié. Alors, ça veut dire que t'as vraiment tourné la page ?

– J'avance. Mais je n'ai fait aucun progrès jusqu'à présent.

– Eh bien, c'est quand même un progrès.

– Pourquoi ma vie privée intéresse-t-elle tout le monde ? T'as baisé quand pour la dernière fois ?

– Hier soir, en fait.

– Avec qui ? T'es parti tout seul.

– Ce n'est pas parce que je n'ai pas levé de fille au bar que je n'en ai pas trouvé une autre ailleurs.

– Où, par exemple ?

– C'était un plan cul.

– Je croyais que tu ne couchais jamais deux fois avec la même fille.

Il a haussé les épaules.

– Elle est bonne au pieu, alors j'ai fait une exception.

J'ai trouvé bizarre que Slade ne m'ait pas parlé d'elle avant. Il me disait tout.

– Bon, je dois y aller. Je suis un homme très pris qui a des femmes à satisfaire.

– Quand tu dis ça, on dirait un gigolo.

– J'en suis peut-être un.

Il a fait un clin d'œil et a disparu dans le couloir.

Je suis allé en cours, m'efforçant d'oublier Skye pour de bon.

4

SKYE

QUAND JE SUIS RENTRÉE de la fac, il y avait un bouquet de roses rouges sur mon perron.

– On dirait que quelqu'un a vraiment besoin de se faire pardonner.

Silke a regardé les fleurs de haut, les bras croisés sur la poitrine.

– Évidemment ; elles viennent de Zack, railla Trinity.

– Vous vous êtes disputés ou quoi ? demanda Silke.

Elle a replacé une mèche de ses cheveux blonds derrière son oreille en entrant dans mon appartement. Slade et elle étaient jumeaux, mais je ne voyais pas la ressemblance entre eux. Elle avait les traits de sa mère et Slade avait ceux de son père.

– Il m'a... contrariée, c'est tout.

Pour faire court.

Trinity s'est servi un verre de vin.

– Mais encore...?

J'ai soupiré.

– Il pense que Cayson a le béguin pour moi, ce qui est complètement ridicule.

Trinity et Silke ont échangé des regards espiègles.

– Quoi ? demandai-je.

J'ai manqué quelque chose ?

– Rien, dit Silke. Sauf qu'on te dit la même chose depuis des années et tu nous crois jamais.

J'en avais marre d'entendre ça.

– Cayson n'a pas le béguin pour moi.

– À quoi bon ? dit Trinity. Soit t'es en déni, soit t'es aussi stupide que le prétend ton frère.

– Je ne suis pas en déni. Je connais mon meilleur ami mieux que vous, me défendis-je.

– Laisse tomber, dit Trinity d'un revers de la main. Tu disais ?

– Zack m'a demandé de ne plus voir Cayson. Évidemment, je lui ai dit d'aller se faire voir et de foutre le camp de mon resto. Les choses se sont corsées, jusqu'à ce que je rompe avec lui.

– T'as rompu avec lui ? demanda Trinity incrédule. Alors, c'est fini pour de bon ?

– Non... on n'a pas vraiment rompu, dis-je honteuse. Je sais qu'il fait chier parfois, mais il peut être très gentil quand on est seuls, aussi j'ai décidé de lui donner une deuxième chance.

– Quel dommage, dit Silke. S'il veut une femme qu'il peut mener à la baguette, alors il peut aller voir ailleurs.

– J'espère qu'on n'aura pas plus de problèmes, soupirai-je. Sinon, ma tête va exploser.

– Ou bien tu pourrais le larguer, suggéra Trinity. Skye, t'es tellement canon. Tu peux avoir tous les mecs que tu veux.

J'ai levé les yeux au ciel. Je n'avais jamais entendu quelque chose de plus faux de ma vie.

– Le seul atout que j'ai, c'est ma foutue poitrine. Mais je n'ai rien d'autre.

Trinity a levé les yeux au ciel.

– Pas vrai, mais bon.

– Et j'aime bien Zack.

La plupart du temps.

– Mais est-ce que t'es amoureuse de lui ? demanda Silke. Vous êtes ensemble depuis six mois. Vous ne vous l'êtes pas encore dit ?

C'est bien trop tôt.

– Non. Je veux prendre mon temps. Il est bien trop tôt pour ça.

– Vous couchez déjà ensemble, remarqua Trinity.

J'ai haussé les épaules.

– Eh bien, j'ai des besoins. Si j'étais un mec, ce ne serait pas un problème.

– Pas faux, dit Silke.

J'ai mis les fleurs dans un vase avec de l'eau et je les ai laissées sur le comptoir.

– Bon, assez parlé de ma vie rasante. Est-ce qu'on fait une fête d'Halloween cette année ?

– Évidemment ! s'exclama Trinity. T'es sérieuse ?

– Je suis partante, renchérit Silke. Et je sais exactement comment je vais me déguiser.

– Laisse-moi deviner, dit Trinity sarcastiquement. Une lapine sexy ?

– Non, s'énerva Silke. Quelque chose de bien plus créatif.

– Une infirmière sexy ? demanda Trinity.

– Non, dit Silke en tapant du pied. Ce n'est rien de sexy.

– C'est ennuyeux, dit Trinity. En quoi tu te déguises, Skye ?

– Je ne sais pas… dis-je en me frottant les paumes. Je n'y ai pas pensé.

– Oooh, on devrait faire un concours de costumes ! s'exclama Trinity en tapant des mains. Ce serait trop amusant.

– Je vais tellement gagner, dit Silke.

– On verra bien, la défia Trinity.

– Est-ce qu'on fait les boutiques ensemble ce week-end ? demanda Silke.

– Je ne peux pas, dis-je. J'ai une conférence à Washington DC.

– Une conférence ? demanda Trinity ? Sur quoi ?

– Je fais une présentation sur l'inflation et les petits marchés.

Silke a levé les yeux au ciel.

– Espèce de geek.

– Tu y vas seule ? demanda Trinity.

– Ouais.

Je n'avais pas souvent voyagé seule, mais ça ne m'inquiétait pas trop. Je me débrouillerais.

– Genre, vraiment toute seule ? demanda Trinity.

Oui, papa.

– Je peux me débrouiller.

– Je sais bien, dit-elle en balayant l'air d'une main. C'est juste que Washington est l'une des villes les plus dangereuses du pays. Sois prudente.

– Je suis toujours prudente.

– Tu peux emmener quelqu'un ? demanda Silke. J'aimerais bien y aller, mais je ne peux pas. Toi, Trinity ?

– Moi non plus. Je n'ai pas fait mes devoirs de la semaine, et je dois bachoter ce week-end.

Quelle surprise.

– Peut-être qu'un des garçons pourrait y aller ? demanda Silke.

– Non. Ça ira — je vous assure.

– Oncle Sean est au courant ? demanda Trinity.

– Non. Mais je ne serais pas surprise qu'il l'apprenne. Ce type semble savoir ce que je fais à toute heure de la journée. C'est chiant.

– Toute heure de la journée ? grimaça Trinity. J'espère vraiment que non.

– Tu sais ce que je veux dire. Oncle Mike est pareil.

– Il est protecteur, mais… limite possessif ? Non, je ne dirais pas ça, remarqua Trinity.

– Il ne m'espionne pas, dis-je prestement. Mais il est au courant de toute ma scolarité, même si je ne lui en parle pas. Le semestre dernier, j'ai eu des A dans tous mes cours et il m'a appelée pour me féliciter avant même que mes notes soient publiées.

– Sûrement parce qu'il paie les professeurs pour te donner des bonnes notes, pouffa Silke.

Je l'ai fusillée du regard.

– Mon père ne ferait jamais ça.

Trinity a haussé les épaules.

– Honnêtement, ça ne m'étonnerait pas de lui.

– J'ai obtenu mes notes grâce au mérite, pas à l'argent.

Je refusais de vivre autrement.

– Miss Parfaite commence à rouspéter, dit Trinity. Il est temps de changer de sujet.

Cayson a franchi la porte, des boîtes de pizza à la main.

– Le livreur est là.

– Et il est en retard, dit Trinity. Ne t'attends pas à un pourboire.

– Eh bien, j'ai payé pour ces pizzas, alors ne t'attends pas à en manger, répliqua-t-il.

– Je retire ce que j'ai dit, s'empressa-t-elle de dire.

Elle a ouvert le couvercle et inspiré profondément.

– Divin…

Cayson a levé un sourcil et m'a regardée.

– Ça va ?

– Bien. Toi ?

J'étais à l'aise en présence de Cayson d'une façon dont je ne l'étais pas avec les autres. J'étais plus proche de lui que de mon propre frère.

– Bien, dit-il en acquiesçant lentement.

Trinity a fourré une pointe de pizza dans sa bouche.

– Pourquoi tu n'emmènes pas Cayson ?

– Non, ça va, dis-je immédiatement. Je me débrouille toute seule.

– M'emmener où ? demanda-t-il.

– J'ai une conférence à Washington DC ce week-end et les filles ne veulent pas que j'y aille seule, expliquai-je.

– Je viens, dit-il rapidement. Je n'ai rien de prévu.

– T'es pas censé étudier ? demandai-je incrédule.

– Non, bredouilla-t-il.

– Non… Ça ira. Ne t'en fais pas.

Je n'avais vraiment pas besoin d'un chaperon.

– Ça ne me dérange pas, insista-t-il. Ça sera amusant. Je ne suis jamais allé à DC.

– Je ne veux pas ruiner ton week-end…

– Mais non, dit-il en me lançant son fameux regard sérieux. On va bien s'amuser.

Si je devais absolument choisir quelqu'un pour m'accompagner, je choisirais probablement Cayson. Nous étions meilleurs amis, après tout.

– D'accord.

Il s'est éclairci la voix.

– Zack ne peut pas y aller…?

– Il ne veut pas manquer le match.

J'ai levé les yeux au ciel.

Cayson a regardé les fleurs sur le comptoir, mais n'a rien dit.

– On part vendredi ?

– Ouais. Je vais réserver les billets d'avion.

– Cool. Et je vais appeler l'hôtel et réserver ma propre chambre.

– Bonne idée.

J'ai noté le nom de l'hôtel sur un morceau de papier et je lui ai tendu. Il a sorti son portable et il est sorti passer l'appel.

– Cayson est tellement gentil, soupira Silke.

– Vraiment, dit Trinity avant de fourrer une autre pointe dans sa bouche.

J'étais on ne peut plus d'accord. Cayson avait toujours été là pour moi. Je n'arrivais pas à me rappeler une époque où il n'était pas dans ma vie.

– Zack sera furax quand il apprendra que tu y vas avec Cayson, dit Silke en secouant la tête. Ça sera la Troisième Guerre mondiale et il va devoir t'acheter un bouquet encore plus gros.

J'ai eu la migraine rien que d'y penser. La jalousie de Zack me rendait folle, surtout parce qu'il n'avait aucune raison d'être jaloux.

– Tu te fous de ma gueule ?

Zack avait les yeux écarquillés et la mâchoire crispée.

J'ai croisé les bras sur ma poitrine, refusant d'abdiquer.

– Non. Comme je l'ai dit, Cayson est de la famille. Je le connais depuis toujours. S'il ressent quelque chose pour moi, eh bien, ça fait vingt et un ans qu'il me le cache.

– C'est inacceptable ! Ça te ferait quoi si je passais le week-end avec une copine ?

– Si c'était une amie de ta famille, je m'en ficherais. Et on ne va pas passer le week-end ensemble. C'est une conférence sur l'économie.

– Et ce geek fait une majeure en sciences.

J'ai plissé les yeux.

– Traite-le de geek encore une fois et je te botte les couilles.

Il a grincé des dents.

– On dirait que tu le vois comme un dieu.

– Je suis comme ça avec toute ma famille. Ils sont importants pour moi et j'ai toujours été claire à ce sujet.

La rage brûlait dans ses yeux, et il serrait les poings. Il a passé les mains dans ses cheveux, les muscles de ses avant-bras bandés.

– Alors, je viens avec toi. Il n'a plus besoin de te suivre.

– Je te l'ai déjà demandé et t'as dit que tu ne voulais pas y aller.

– Je préfère y aller plutôt que savoir que l'amoureux transi est avec toi.

– Je t'ai dit de ne plus l'insulter. Plus jamais.

Il a grogné, puis frappé sa poitrine du poing.

– Je viens.

– Non, dis-je en faisant un pas vers lui, refusant de me laisser intimider. Je t'ai demandé d'être là pour moi et t'as refusé. Tu ne peux pas changer d'avis juste parce qu'une personne qui m'est chère s'intéresse à ma conférence. Ça ne marche pas comme ça. T'as loupé ta chance.

– Et aucune de tes copines ne pouvait y aller ? Ta vraie famille ? Ton frère, bon sang ?

– Non.

– Je pensais que tu pouvais te débrouiller toute seule.

– Tu préfères que j'y aille seule ? fumai-je. Tu vois Cayson comme une menace à ce point-là ?

– Je ne le vois pas comme une menace, s'énerva-t-il.

J'ai ri.

– On dirait que si.

Il a grogné, puis ouvert la bouche pour parler à nouveau, mais je l'ai coupé avant qu'il puisse dire quoi que ce soit.

– Fin de la conversation. On se voit à mon retour.

– Je ne pense pas que…

– Fin de la conversation. Si ça te dérange vraiment que je passe du temps avec Cayson, tu devrais rompre avec moi. Je serai toujours amie avec lui. Alors, c'est un ultimatum : accepte-le ou va-t'en.

J'ai observé son visage, voyant l'obscurité dans ses yeux. J'avouais qu'il était mal de ma part de passer le week-end avec un garçon avec qui je n'avais pas de lien de sang, mais s'il me faisait confiance, ce ne serait pas un problème. Je ne pouvais pas m'engueuler continuellement avec lui à ce sujet. Il avait le droit de s'en aller si ça le dérangeait à ce point-là.

– Alors, tu choisis quoi ?

Il a soupiré, contenant sa colère.

– Tu connais ma réponse.

Je voulais l'entendre.

– Ah ouais ?

– Si tu penses que je vais vraiment m'en aller pour ça, tu te trompes.

– Alors je ne veux plus qu'on se dispute à ce sujet.

– Très bien, dit-il entre ses dents. Rompre n'est pas une option.

J'ai levé un sourcil. C'était une chose très sérieuse à dire.

– On n'est pas mariés... les couples rompent tout le temps. Si t'es pas heureux, ne te contente pas de moi.

– Je ne me contente pas de toi, dit-il immédiatement. Bien au contraire.

Je me suis relâchée un peu.

– Alors, on passe l'éponge ?

– Ouais, soupira-t-il en se frottant la nuque. Amuse-toi bien à DC.

– Merci.

– Et sois prudente.

Il a passé un bras autour de ma taille et m'a embrassée.

Nos lèvres ont dansé ensemble.

Cayson s'est raclé la gorge.

J'ai tout de suite reculé. Je n'avais pas réalisé qu'il était là.

Il ne nous regardait pas directement. Ses yeux balayaient le sol et les murs de l'appartement.

– T'es prête ?

– Ouais.

Je me suis dirigée vers mes valises.

– Je m'en occupe, dit Cayson immédiatement.

Il a tout ramassé et porté jusqu'à la voiture.

Zack l'a scruté comme un faucon. Son regard s'est obscurci, mais il n'a rien dit.

Cayson est revenu à l'intérieur.

– On devrait y aller. On est déjà en retard.

– Ouais. On se voit à mon retour, Zack.

– Ouais. Prends soin d'elle, dit-il à Cayson.

– Promis.

Cayson a soutenu son regard.

On aurait dit que Zack voulait l'étrangler. Mais il ne l'a pas fait.

– À plus.

Il s'est dirigé vers la voiture.

– Désolée, dis-je.

– Pas besoin de t'excuser pour ça, dit Cayson sans me regarder.

Une fois qu'on a décollé, je me suis relaxée. L'avion n'était pas mon moyen de transport préféré, mais j'ai caché mon malaise. C'était une peur irrationnelle, et je savais que je n'avais pas de raison de m'inquiéter.

Cayson a posé une cheville sur le genou opposé.

– Des milliers d'avions, petits et grands, décollent et atterrissent tous les jours. Les risques d'avoir un accident sont tellement minces que t'as plus de chance de te faire frapper par la foudre ou de gagner au loto. Ça va aller.

C'est si évident que ça ? Ou il me connaît trop bien ?

– Ouais, t'as raison. Je ne devrais pas avoir peur.

– C'est normal. Beaucoup de gens ont peur.

– Toi ?

– Non.

Il a regardé par la fenêtre, fixant les nuages.

Je me suis enfoncée dans mon siège, prenant mes aises.

– Merci de m'accompagner.

– Ce n'est rien. Mais Zack n'avait pas l'air ravi…

Cayson ne parlait jamais de Zack. Je ne me rappelais même pas l'avoir entendu prononcer son nom.

– Il est… compliqué.

– J'espère que je ne vous cause pas d'ennuis.

– Mais non, m'empressai-je de dire.

Il a posé une main sur sa cuisse et l'autre sur l'accoudoir. Un film passait à la télé à l'avant de la cabine, et je voyais la gueule de Ben Affleck sur l'écran. Je l'ai regardé un instant avant de me lasser. Je devais réviser ma présentation, mais je l'avais répétée tellement de fois que j'avais l'impression que ma tête allait exploser.

Cayson m'a regardée.

– Je peux te demander quelque chose ?

– Tu peux me demander n'importe quoi, Cay.

Je tenais pour acquis qu'il n'y avait aucun secret entre nous.

– Tu l'aimes ?

Cayson ne me posait jamais de questions sur ma vie intime. C'était le seul sujet qu'il évitait. Sans doute parce qu'il me voyait comme une sœur et que ça le mettait mal à l'aise. Peut-être qu'il ne savait pas comment en parler.

– Je ne sais pas… je pense qu'il est trop tôt pour ça.

– Mais vous sortez ensemble depuis six mois, non ?

– Si… mais l'amour est une émotion tellement forte. Ce n'est pas à prendre à la légère.

– C'est vrai… mais il me semble qu'on ne devrait pas mettre autant de temps à s'en rendre compte.

– Qu'est-ce que t'essaies de dire ?

– Rien, dit-il rapidement. Si tu l'aimais, tu le saurais. C'est tout.

Je n'y avais pas trop pensé. J'avais tout de suite eu le béguin pour lui. Nous passions du bon temps ensemble, quand nous ne nous disputions pas, et il me plaisait bien. Mais l'amour ? J'étais trop jeune pour ça.

– L'amour est une chose tellement compliquée. Je doute que je reconnaisse le sentiment si je le ressentais.

– Tu le reconnaîtrais, dit-il fermement. Ça se décrit mal avec des mots. C'est complètement subjectif. Et illogique. Ça n'a aucun sens. Mais la sensation est immanquable. Si tu l'éprouvais pour lui, tu le saurais. Ton cœur brûlerait de douleur chaque fois qu'il s'en irait. Et il brûlerait encore plus fort chaque fois qu'il s'approcherait de toi.

J'ai absorbé ses mots, tentant d'y trouver un sens. Il parlait comme s'il avait fait l'expérience intime de l'émotion, comme s'il pourrait la reconnaître immédiatement. Cayson n'avait jamais eu de relation sérieuse. Il fréquentait des nanas de temps en temps, mais jamais assez longtemps pour que je me souvienne d'elles.

– T'as déjà été amoureux ?

Il a continué de regarder par la fenêtre. Il est resté silencieux pendant tellement longtemps que j'ai cru qu'il n'allait pas répondre.

– Ouais.

De qui ? Je n'en étais pas sûre.

– Qui ? Qu'est-ce qui lui est arrivé ?

Il s'est frotté le menton en fixant le ciel, concentré sur une chose que lui seul semblait voir.

– Elle ne ressentait pas la même chose.

Il n'a pas répondu à la première question.

Oh.

J'avais du mal à le croire. Cayson était le mec idéal. C'était un étudiant diligent, ambitieux et talentueux. Il ne se vantait jamais de sa beauté ou de son intelligence. Il était poli avec tous ceux qui lui rendaient la pareille. Il était humble et terre-à-terre. Et canon. Je ne comptais plus le nombre de fois où j'avais surpris des filles en train de le reluquer. Ou de me regarder avec mépris parce qu'elles pensaient que Cayson et moi étions ensemble. Le fait qu'une fille ne soit pas tombée folle amoureuse de lui dépassait mon entendement.

– Pour ce que ça vaut, c'est une pauvre idiote.

Il a ri.

– Je ne dirais pas ça.

– Non, vraiment. Cayson, t'es un mec parfait. Les filles te matent tout le temps. Toutes mes copines m'ont demandé ton numéro. Peut-être qu'elle était lesbienne ou un truc du genre.

Il a ri à nouveau.

– Peut-être.

Il s'est frotté le menton, où une barbe commençait à pousser.

– Au fait, l'hôtel était complet à cause de la conférence, alors j'ai réservé une chambre ailleurs. Ce n'est pas trop loin. Je peux prendre un taxi jusque-là.

– Un taxi ? Ne sois pas stupide. Tu peux dormir dans ma chambre.

Il s'est figé un instant.

– Je dors par terre et toi dans le lit ?

– Non. Ma chambre a deux grands lits.

– Oh. Si ça ne te gêne pas.

– On a déjà dormi ensemble… plein de fois.

– Pourvu que ça ne te dérange pas.

– Mais non.

J'ai tiré la couverture sur moi et fermé les yeux.

– Je te réveille quand on aura atterri.

– D'ac.

J'ai bâillé, gardant les yeux fermés.

Nous sommes sortis du taxi et avons marché jusqu'à l'hôtel.

– À quel nom ? demanda la femme au comptoir.

– Preston.

Elle a trouvé ma réservation dans l'ordinateur.

– Et voilà. Deux nuits dans la suite présidentielle.

Hein ?

– Non, j'ai une suite de luxe avec deux grands lits.

Elle a vérifié à nouveau.

– Non, on dirait que vous avez été surclassée.

– Mais je ne peux pas me le permettre, bredouillai-je. Vous pouvez vraiment me surclasser et me faire payer le prix fort ?

– C'est déjà payé.

Cayson a ri.

– Ton père doit être dans les parages.

J'ai fait la moue. C'était tout à fait son genre.

– Ça va. Merci.

Elle nous a tendu les clés.

– Bon séjour.

– Ouais.

Je ne voulais pas sembler contrariée, mais je n'ai pas pu m'en empêcher.

Le groom a pris nos valises et nous nous sommes tous dirigés vers la suite, au dernier étage. Dans l'ascenseur, Cayson m'a fait un sourire en coin.

– Quoi ?

– Ton père me fait marrer.

– Des fois, je me demande s'il fait exprès pour me faire chier.

– Ça doit l'amuser.

– Comment ma mère fait pour le supporter ?

Cayson a haussé les épaules.

– L'amour fait faire des choses insensées.

– Complètement débiles. Elle doit bien avoir le cerveau fêlé d'aimer ce fou furieux.

Cayson s'est frotté la nuque.

– J'aime bien oncle Sean. Et j'ai beaucoup d'admiration pour lui.

– Tu dis seulement ça parce qu'il est de la famille.

– Non.

J'ai soupiré.

– En tout cas, Slade est un vrai con. Il a tiré les cheveux de Trinity l'autre jour à la bibliothèque.

Cayson a ri.

– J'ai l'impression qu'on a cinq ans et qu'on joue dans le bac à sable.

– Tu te souviens de la fois où t'as mis du sable dans le pantalon de Roland et qu'il a pleuré ?

– Je ne l'oublierai jamais, dit-il, un sourire espiègle aux lèvres.

La porte s'est ouverte et nous avons pénétré dans notre suite. Elle était deux fois plus grande qu'une maison moyenne. Elle avait une cuisine complète, deux salons et une chambre principale.

J'ai levé les yeux au ciel.

– Sérieux ? On ne sera même pas ici la plupart du temps.

Cayson a marché jusqu'à la table centrale, sur laquelle était posé un gigantesque bouquet de fleurs.

– Skye, je pense qu'elles sont pour toi.

Je me suis approchée en contemplant les lis blancs. Ils étaient en floraison et sentaient le printemps. J'ai ouvert la carte.

SKYE

Je suis désolé pour la suite. Mais ma fille ne mérite rien de moins. Je prends l'avion demain, alors à bientôt.

P. S. J'espère que les fleurs te plaisent. Ce sont les préférées de ta mère.

J'ai laissé tomber la note.

– Il est vraiment impossible...

– Il t'aime, c'est tout.

– Je sais...

Cayson m'a regardée de son air sérieux.

– T'as jamais laissé la richesse te monter à la tête, et t'as choisi d'être indépendante. Tu ne tiens jamais rien pour acquis, et je te respecte pour ça. Mais ne tiens pas pour acquise la chose la plus importante au monde : tes parents. Je sais qu'il exagère parfois, mais tellement de filles pâliraient d'envie à l'idée d'avoir un père qui les aime autant que le tien t'aime. Ne l'oublie pas.

J'ai soupiré.

– Je sais, Cayson.

– On me reconnaît à ma sagesse et à ma beauté incomparable, fanfaronna-t-il.

Sur ce, il a tourné les talons et est allé poser sa valise près du canapé.

J'ai porté un lis à mon nez et je l'ai humé. Je savais que mon père était cinglé, mais sa folie venait du fond de son cœur. Il rendait ma mère folle, et pourtant, son amour pour lui semblait augmenter de jour en jour.

– Je vais prendre le canapé, dit Cayson.

– D'accord. Dommage qu'on n'ait pas la chambre que j'avais réservée. Ça aurait été parfait.

– Non, c'est mieux comme ça. C'est un divan-lit.

– Super. Tout est bien qui finit bien.

Cayson a sorti son portable et s'est mis à texter.

– T'as faim ? demandai-je.

– J'ai la dalle.

– Tu veux aller dîner ?

Son pouce a tapoté l'écran plusieurs fois.

– Le resto de l'hôtel a l'air sympa.

– Il faut s'habiller chic ?

– Ouais, dit-il en glissant son portable dans sa poche. Ça te dit d'y aller ?

– Ça me dit.

J'AI PRIS UNE DOUCHE ET JE ME SUIS PRÉPARÉE, PUIS JE SUIS SORTIE et j'ai trouvé Cayson assis sur le canapé. Il portait un pantalon propre et une chemise à col.

– Prêt ?

Il m'a regardée de la tête aux pieds. Ses yeux se sont écarquillés avant de reprendre leur taille normale. Il s'est levé et il a éteint la télé.

– Ouaip.

J'ai pris mon sac à main posé sur le comptoir et j'ai marché jusqu'à la porte, mes talons hauts claquant sur le parquet. Je portais une robe noire à une épaule. La robe avait un rembourrage léger qui soutenait ma poitrine. C'était bien de ne pas avoir à porter de soutien-gorge.

Cayson a ouvert la porte et m'a laissée sortir en premier. Nous avons pris l'ascenseur jusqu'au rez-de-chaussée.

– C'est quel genre de cuisine ici ?

– Du steak, des légumes verts, des trucs comme ça.

– Super.

On nous a conduits à une table, et Cayson a tiré une chaise pour moi. Il le faisait toujours, peu importe où nous étions. J'y étais habituée. Au point où j'étais surprise lorsque Zack ne le faisait pas.

J'ai tout de suite pris la carte des vins.

– Est-ce que tu me jugerais si je commandais de l'alcool ?

– Je ne te juge jamais de commander de l'alcool.

– Je savais qu'on n'était pas amis pour rien.

Il m'a fixée, un sourire en coin aux lèvres.

La serveuse est arrivée à notre table.

– Bonsoir.

– Salut, dis-je.

– Vous célébrez une occasion spéciale ? demanda-t-elle. Un anniversaire, peut-être ?

J'ai contenu un rire.

– Oh non, on est juste des amis.

Une lueur de soulagement a traversé son regard.

– Oh, je vois.

Ses yeux souriants se sont éternisés sur Cayson, puis elle s'est tournée vers moi à nouveau.

Au moins, elle s'est d'abord assurée qu'il n'était pas pris.

– Je peux vous apporter à boire ? demanda-t-elle.

– Je vais prendre un chardonnay.

– Excellent choix, dit-elle avant de se tourner vers Cayson. Et pour vous ?

– N'importe quelle bière pression.

– Avec plaisir.

Elle s'en est allée.

Cayson ne lui a pas maté le cul. Ses yeux étaient rivés aux miens.

– Elle était jolie.

Ses cheveux blancs étaient coiffés en une tresse française et elle avait des lèvres charnues. Je n'étais pas gay, mais je savais reconnaître les femmes attirantes.

Cayson n'a pas répondu. Il a étudié la sélection des plats sur le menu.

– Alors, tu fréquentes quelqu'un en ce moment ?

Il s'est figé à la question.

– Non.

Il était impossible de lui tirer les vers du nez à ce sujet.

– Tu les enfiles et tu files, comme dirait Slade ?

Il a penché la tête d'un côté.

– Les enfiler et filer ?

– N'est-ce pas sa charmante expression ?

Il a renâclé.

– Je ne suis pas comme Slade. Je croyais que c'était évident.

– Mais tu ne parles jamais de filles avec moi. Tu me parles de tout sauf de ça.

Il a haussé les épaules.

– Il n'y a pas grand-chose à dire.

– Allez. Tu dois bien avoir des anecdotes croustillantes.

Il a semblé mal à l'aise.

– Je n'ai pas une vie intime très active, contrairement à d'autres.

– Parce que les études prennent tout ton temps ?

– Ouais…

J'ai parcouru la liste des plats principaux, sélectionné le contre-filet de bœuf, puis posé le menu sur la table.

– Pourquoi t'es si cachottier ?

– Je n'ai pas grand-chose à dire, c'est tout.

– D'accord, mais tu ne peux quand même pas être célibataire.

– Eh bien… si.

Pourquoi il agit aussi bizarrement ?

– À quand remonte ta dernière baise ?

Il a sourcillé.

– Euh... c'est une question indiscrète.

– On se dit tout. Pourquoi le sexe est-il le seul sujet que t'évites ?

Il a pincé les lèvres, mais n'a rien dit.

– Je suis désolée. Je ne voulais pas te mettre mal à l'aise.

J'ai laissé tomber et survolé le menu à nouveau, même si je savais déjà ce que j'allais commander.

– Non. T'as raison : on se dit tout. J'imagine que je ne suis tout simplement pas du genre à me vanter de mes conquêtes.

– C'est ta vie privée et je le respecte. T'es pas obligé de m'en parler.

Il a soupiré en se calant dans sa chaise. Je voyais dans ses yeux qu'il vivait un conflit intérieur. Il débattait de quelque chose, tentant de faire un choix. Ses doigts ont tambouriné sur la surface de la table.

– J'ai couché avec une fille la semaine dernière.

Enfin, il s'ouvrait.

– Qui ? Je la connais ?

– Une fille que j'ai rencontrée dans un bar.

– C'était bien ?

Ses joues ont rosi.

– Rien à redire.

Ce qu'il pouvait être énigmatique par moments.

– Tu vas la revoir ?

– Non. Elle n'est pas mon genre.

– C'est-à-dire ?

Il a haussé les épaules.

– Disons que je ne me vois pas tomber amoureux d'elle.

– Il y a une raison en particulier ?

– Non... il n'y a pas de chimie entre nous, c'est tout.

J'ai hoché la tête.

– J'ai l'impression que c'est tout ce qu'il y a entre Zack et moi.

Il a continué de me fixer sans rien dire.

– Il est pas mal au pieu. Il fait un truc qui me...

– Stop, dit-il comme s'il souffrait. Désolé, je... ça me met mal à l'aise.

– D'accord...

Je parlais même à mon frère de ma vie sexuelle, mais contrairement à Cayson, il ne grimaçait pas et ça ne le dégoûtait pas.

Cayson semblait troublé.

– Désolé... j'imagine que je te vois comme une sœur, alors c'est bizarre...

Sa voix était plus aiguë que d'habitude. Il n'était pas lui-même.

– Ça va. Je ne voulais pas te gêner.

– Euh... changeons de sujet.

– D'accord.

La serveuse est revenue avec nos boissons et a pris notre commande. Elle regardait Cayson en battant des cils, souriant comme si sa vie en dépendait. Quand elle est repartie, il ne lui a pas plus maté le cul que tout à l'heure.

– Alors, la fac ? demandai-je.

– Ça va. Rien de nouveau.

– J'ai failli rater mon partiel de biologie au semestre dernier.

– Je pensais que t'avais eu un A ? pouffa-t-il.

– Mais ça a été pénible. J'ai dû prendre des cours particuliers.

Il a souri narquoisement.

– Eh bien, t'as réussi et c'est tout ce qui compte.

– Je dois absolument obtenir des bonnes notes, sinon je n'hériterai pas de l'entreprise.

Il a levé un sourcil.

– Je suis sûr que ton père te la donnerait même si t'étais idiote.

– Pas moi…

– Il t'admire. Je te parie que si.

– Il pourrait la donner à Roland.

– Il y a sûrement de la place pour vous deux.

– En fait, je doute que Roland la veuille. Je ne sais même pas ce qu'il veut…

– Chacun son chemin.

La serveuse a posé les assiettes sur la table. Dès que le fumet m'est monté aux narines, je me suis mise à saliver. Elle a fait un clin d'œil à Cayson avant de repartir.

Là, elle y va vraiment trop fort.

Cayson s'est attaqué à son poulet.

– Ça te plaît ?

– C'est bon.

Je mangeais trop vite pour m'arrêter et lui donner une réponse plus développée.

Il a souri.

– Je vois ça.

Nous avons mangé en silence jusqu'à ce que nos assiettes soient propres. Je n'avais pas mangé ainsi depuis des semaines. Le vol m'avait coupé l'appétit, mais je l'avais retrouvé dès que nous avions atterri.

Cayson a fini le premier et regardé autour de lui, ne fixant rien en particulier.

Je me suis essuyé la bouche.

– Putain que c'était bon, soupirai-je.

Il s'est esclaffé.

– Maintenant, je te juge.

Je lui ai frappé le bras gentiment.

– Je n'avais pas mangé de la journée.

– Quand même…

Je l'ai frappé à nouveau.

La serveuse a apporté l'addition. Cayson a sorti sa carte de crédit et l'a posée dessus.

– Faisons moitié-moitié, offris-je.

Il a levé les yeux au ciel.

– Ignorez-la, dit-il à la serveuse en lui rendant l'addition.

– Merci.

Elle s'est dirigée vers la caisse.

– Tu devrais me laisser payer, dis-je. T'es venu jusqu'ici pour me soutenir.

– Non. S'il y a une chose que mon père m'a apprise, c'est bien de ne jamais laisser une fille payer, que je couche avec elle ou non… On se connaît depuis combien de temps ?

J'ai haussé les épaules.

– Vingt ans.

– Et combien de fois je t'ai laissée payer ?

– Tu m'as laissée t'acheter un cornet au camion de glace quand on était gamins.

– À part ça.

J'ai soupiré.

– Jamais.

– Voilà.

J'ai levé les yeux au ciel.

La serveuse est revenue avec le reçu.

– Merci. Passez une bonne soirée.

– Merci, dit Cayson.

Elle a sorti une serviette en papier de sa poche et l'a fait glisser vers lui.

– Appelle-moi un de ces quatre.

Elle lui a souri, puis s'en est allée.

Cayson y a jeté un coup d'œil avant de remettre sa carte dans son portefeuille.

– Tu vas prendre son numéro ?

– Non.

– Pourquoi ?

– Je n'habite pas à Washington DC, au cas où tu n'aurais pas remarqué...

– J'ai l'impression qu'elle s'en fout.

Cayson s'est levé, ignorant la serviette.

Quelle énigme il était parfois.

Nous sommes retournés à la chambre.

– On se fait un marathon *I Love Lucy* ? demandai-je.

– Tu vas t'endormir en cinq minutes, me taquina-t-il.

– Non, me défendis-je. Je peux être une couche-tard quand je veux.

– C'est ça.

Il a enlevé ses souliers, puis est allé s'asseoir sur le canapé. Il a allumé la télé et s'est enfoncé dans les coussins.

Je me suis changée avant de le rejoindre sur le canapé. Mes cheveux étaient attachés en queue de cheval et je portais un pyjama de flanelle, mais je savais que Cayson ne se souciait pas de mon apparence. Il m'avait vue sans maquillage des centaines de fois.

Je me suis étendue d'un côté du canapé et j'ai tiré la couverture sur moi.

– Je te parie vingt dollars que tu t'endors en cinq minutes.

– Prépare-toi à perdre.

J'ai rivé les yeux sur la télé.

En quelques minutes, j'ai senti la fatigue m'envahir. Mes paupières sont devenues lourdes et ma respiration a ralenti. J'ai tenté de lutter, en vain. Les ténèbres m'ont emportée.

– Bonne nuit, Skye.

Je n'étais pas sûre d'avoir rêvé.

Quand je me suis réveillée, j'étais dans mon lit. Cayson avait dû me porter jusque-là et me border pendant la nuit. Je lui devais maintenant vingt dollars. Mince.

J'ai pris une douche et je me suis préparée pour la conférence, enfilant une jupe fourreau toute neuve. J'ai aussi mis un chemisier rose que j'aimais à sa façon de me serrer la poitrine. Mes seins ne paraissaient pas trop gros lorsque je le portais.

J'ai paré mes oreilles de diamants et me suis coiffée du mieux que j'ai pu. Mon père m'avait donné un bracelet en or avec mon nom gravé sur le médaillon, et je le portais lors d'occasions spéciales.

Quand je suis sortie de ma chambre, Cayson portait un pantalon propre et une chemise bleue foncée.

– T'es chic.

– Pas autant que toi.

Il a regardé mes jambes avant de détourner le regard.

– J'espère que je vais tenir dans ces chaussures. Les talons aiguilles et moi, ça ne fait pas bon ménage.

– Je suis là si tu tombes.

– Merci.

J'ai pris mon laptop et je l'ai glissé dans mon sac.

– Nerveuse ?

– Un peu.

– Je peux t'apporter quelque chose ? Il y a un Starbucks en face. Je pourrais aller te chercher un café.

– Non, ça va. Je suis sûre qu'il y a des collations en bas.

– D'accord, dit-il en ajustant sa cravate. T'es prête ?

– Plus que jamais.

Il a décroché mon sac à bandoulière de mon épaule et l'a mis sur la sienne.

– Je m'en occupe.

– Tu n'as pas besoin de...

– Ne discute pas.

Il a ouvert la porte et attendu que je la franchisse.

– J'en connais un qui est autoritaire ce matin...

– J'en connais une qui me doit vingt dollars ce matin.

J'ai rougi.

– J'imagine que j'étais plus fatiguée que je le pensais.

Il a souri.

– C'était un long vol. Tu t'en sors bien — mais juste cette fois-ci.

Nous avons pris l'ascenseur jusqu'au lobby, puis nous nous sommes dirigés vers la salle de conférence. Une foule était amassée dans l'entrée, et les gens discutaient entre eux et saluaient leurs collègues. Je ne connaissais personne, aussi j'ai continué mon chemin.

J'ai aperçu la table où se trouvaient les viennoiseries et le café près de l'entrée. Un lustre pendait du plafond au centre de la salle, et un petit escalier menait à la zone de places assises en bas de l'auditorium. C'était classe pour une conférence. Le plancher de bois contrastait avec les rampes blanches de l'escalier, et les lumières tamisées éclairaient parfaitement la pièce.

Tout le monde portait un complet ou une robe et semblait professionnel. Je lisais les badges des gens que je croisais. Beaucoup d'experts et de professeurs influents étaient présents.

Cayson a sifflé.

– Waouh. C'est chic.

– N'est-ce pas ?

– Je pense que je n'ai pas choisi le bon cursus.

Il a pointé le coin collation du menton.

– On n'a pas de bouffe gratuite au département de chimie.

J'ai levé les yeux au ciel.

– Ce que t'étudies est bien plus important que ce que j'étudie.

– Totalement en désaccord, dit-il en lorgnant le café. Tu veux quelque chose à boire ?

– Non, merci. Je suis trop nerveuse.

Il est resté debout à côté de moi tandis que la foule bougeait autour de nous. Il a regardé sa montre.

– Ça commence bientôt.

– Très bien. J'ai déjà hâte que ce soit fini.

– Tu t'es portée volontaire.

– Ouais, mais j'ai toujours le trac avant de parler en public.

– Tu ne devrais pas. Tu te débrouilles très bien.

J'ai levé les yeux au ciel.

– T'essaies juste de me rassurer.

– Tu préfères entendre que t'es nulle et que tu vas te ridiculiser ? dit-il, un sourire en coin aux lèvres.

– Non, j'aime mieux l'autre option.

– Dans ce cas, tu vas faire un malheur.

– Je me sens tellement mieux maintenant, dis-je sarcastiquement.

La foule s'est soudainement animée lorsqu'un invité a franchi la porte. Quelques personnes se sont regroupées autour de lui et lui ont serré la main en lui parlant vivement. Je n'arrivais pas à distinguer qui c'était tellement la salle était bondée, mais je voyais qu'il portait un complet et qu'il était grand.

Cayson a regardé vers la porte.

– Tiens, tiens, je me demande qui c'est.

La foule s'est séparée pour laisser passer mon père, et il m'a aperçue. Calme et contenu, il s'est avancé vers moi, une main dans la poche et le dos parfaitement droit. Sa cravate était bleu foncé, comme ses yeux, et sa Rolex scintillait à la lumière. Son alliance de mariage en or blanc semblait petite sur ses mains énormes. Comme s'il dominait la pièce et tous les invités, il s'est approché de moi et a sondé mon visage, les yeux emplis de tendresse et d'affection.

Le temps avait à peine fait son œuvre sur son visage, et les pattes-d'oie étaient à peine visibles aux coins de ses yeux. Son teint était clair, preuve qu'il évitait le soleil, et ses épaules étaient toujours aussi larges et musclées. Chaque jour après le travail, il allait faire un tour à la salle de sport qu'il fréquentait depuis des années. Il était encore mince et tonique, n'ayant pas perdu la vigueur de sa jeunesse. Nous ne nous ressemblions pas beaucoup, mais j'avais hérité de ses yeux. Ils étaient identiques.

Mon père m'a enveloppée dans son bras et m'a serrée longuement.

– T'es très jolie.

J'ai reculé.

– Merci. Maman m'a acheté le chemisier.

– Elle a du goût.

– Et elle sait comment camoufler une poitrine.

Il a souri.

– J'ignore pourquoi elle s'en donne la peine.

À sa façon de me fixer, on aurait dit qu'il ne m'avait pas vue depuis des années — qu'il avait peur de ne plus jamais me revoir. Je me suis rappelé le jour où j'étais partie pour l'université. Mon père souriait, mais ma mère m'avait dit que les larmes lui étaient montées aux yeux dès que j'avais démarré. Il me regardait de la même façon aujourd'hui.

Il s'est tourné vers Cayson.

– Content de te voir.

Cayson lui a tendu la main.

– Salut, oncle Sean.

Mon père a regardé sa main, le sourcil levé. Puis il l'a attiré vers lui et l'a enlacé.

– Tu prends de la masse.

– Je m'entraîne avec Slade.

– Comme si ce type avait besoin de paraître encore plus menaçant, railla-t-il en lui tapotant le dos. Merci d'accompagner Skye, au fait.

– Ce n'est rien.

Mon père a remis les mains dans ses poches et posé les yeux sur moi à nouveau.

– Comment tu trouves la chambre ?

– Ridicule. On va à peine l'utiliser.

– On ? dit-il d'un ton ferme.

Mon père était psychopathe lorsqu'il était question des garçons.

– Cayson et moi. Toutes les autres chambres étaient complètes.

Ses épaules se sont visiblement relaxées.

– Oh.

Seul Cayson ou un autre membre de la famille pouvait susciter une telle réaction.

– Maman ne vient pas ?

– Non. Je voulais être seul avec toi.

– Oh.

Ma mère était ma meilleure amie. De temps en temps, elle venait passer le week-end avec moi et nous allions faire du shopping et buvions du vin jusqu'à tard le soir. C'était notre activité favorite. Avec mon père, je partageais ma passion des affaires.

– Désolée de te décevoir, dit-il, le regard triste.

– Mais non, dis-je immédiatement. J'étais curieuse, c'est tout.

Ses yeux se sont égayés légèrement.

– Comment tu savais que j'étais ici ? demandai-je.

– Je sais tout ce que font mes enfants.

Il a balayé la pièce des yeux, observant tout le monde autour de nous. On aurait dit un requin qui scrutait un banc de poissons, mais sans trop d'intérêt.

– Ce n'est pas du tout flippant... dis-je sarcastiquement.

– Tu sais ce que je veux dire, ma puce.

– Je ne t'ai même pas invité. Tu sors de nulle part — comme un fantôme.

Il a haussé les épaules.

– Je suis mystérieux. Ton frère est là ?

– Je pensais que tu savais ce qu'on faisait à toute heure de la journée, le défiai-je.

Il a esquissé un sourire narquois.

– Je m'inquiète moins pour lui que pour toi.

– Parce que je suis une fille ? demandai-je incrédule. Je sais me débrouiller toute seule.

Il gardait les mains dans les poches.

– Je sais. Mais j'aime bien avoir l'esprit tranquille.

– Non, t'es juste sexiste. Tu traites maman de la même façon.

– Si me soucier de ma femme et de ma fille est sexiste, alors soit. Je le suis.

L'irritation a traversé son regard, et il s'est visiblement tendu.

– Tu t'en fous. Tu veux juste tout contrôler.

Mon père a crispé la mâchoire.

– Je suis protecteur. Ta mère en a bavé. Je ne l'oublierai jamais.

Elle en a bavé ? Qu'est-ce que ça veut dire ?

– Qu'est-ce qui est arrivé à maman ?

Il a détourné le regard.

– La conférence commence bientôt. T'es nerveuse ?

Il essayait de changer le sujet ?

– Papa, dis-moi.

– Monsieur Preston ? dit un homme âgé en s'approchant de mon père. Je suis très heureux de vous voir.

Ils ont échangé une poignée de main vigoureuse.

– Quand j'ai annoncé votre présence, une centaine d'invités supplémentaires se sont inscrits. N'est-ce pas fantastique ?

Mon père est resté poli.

– En effet. Content de l'apprendre.

– Pouvons-nous discuter plus tard ?

– Bien sûr.

Je voyais que mon père n'en avait pas du tout envie.

L'homme est reparti, et nous nous sommes retrouvés seuls à nouveau.

– Les inconvénients d'être à la tête d'une entreprise multimilliardaire ? plaisanta Cayson.

– T'as pas idée.

La voix de mon père était calme, mais son intensité transparaissait.

Un groupe de filles s'est approché de la table des collations, semblant faire exprès de parler trop fort.

– Putain, il est trop canon.

Elle devait parler de Cayson.

– Je ne me ferais pas prier pour coucher avec M. Preston, dit l'une d'elles.

Quoi ? Beurk !

– Dommage qu'il soit marié, remarqua une autre.

– Comme si ça me dérangeait, dit la première.

Si je les avais entendues, alors mon père aussi.

Mince, c'est trop gênant...

– Toujours aussi séduisant, dit Cayson en donnant un coup de coude à mon père.

Ce dernier ne semblait pas amusé.

– Ma femme semble le croire, répondit-il.

Mon père était toujours mal à l'aise en présence d'autres femmes. Il devenait grave et rigide, comme s'il avait peur de leur parler ou même d'être poli avec elles. La plupart du temps, il ne rendait même pas une accolade. Ma mère le tenait en laisse, et il était docile. Quand j'étais petite, j'avais beaucoup de copines dont les parents étaient divorcés. Souvent parce que leur père avait eu une aventure et la relation s'était désagrégée. J'avais de la chance que mes parents ne soient pas comme ça. Mon père était riche ; il n'était pas idiot. Il voyageait beaucoup, mais il emmenait toujours ma mère. Il pourrait facilement la tromper, mais je savais qu'il ne le ferait jamais. Il était trop loyal et dévoué à leur mariage. Je le respectais pour plusieurs raisons, mais pour cette raison en particulier.

– On dirait que ça va commencer, dit-il en regardant la scène et les gens qui s'asseyaient. On se voit plus tard.

– D'accord.

Il m'a embrassée sur le front.

– Tu vas déchirer, ma puce. Je le sais.

– Merci, papa.

Il est allé s'asseoir, une main dans la poche, faisant tourner les têtes sur son passage. Tout le monde l'a regardé traverser la pièce avec déférence. Mon père dégageait une autorité naturelle. Il était une célébrité dans le monde des affaires. Être à la tête de la troisième entreprise la plus rentable au monde faisait certainement de lui un personnage éminent. Et le fait qu'il soit discret sur sa vie privée le rendait encore plus mystérieux. Je le comprenais d'être aussi protecteur de ma mère et moi. Les gens qui voulaient entrer dans sa vie devaient d'abord obtenir notre approbation. Et malgré sa fortune, l'argent ne semblait pas l'obnubiler. La seule chose qui comptait réellement pour lui était sa famille. Au sens large.

– Oncle Sean est tellement cool, dit Cayson.

– Pourquoi ?

– Il peut contrôler une foule rien qu'avec son silence. C'est vachement impressionnant.

– C'est parce qu'il est plein aux as.

– Non. S'il était un parvenu, il ne dégagerait pas autant d'autorité. Il se fait remarquer grâce à son intelligence et son caractère suave. Il sait tout ce qui se passe autour de lui. Car le monde est au bout de ses doigts. Être sa fille fera de toi une femme d'affaires d'élite, j'en suis sûr.

À bien y penser, mon père et moi étions très semblables. Nous avions tous les deux soif de pouvoir et d'indépendance. Nous suscitions naturellement le respect. Devant une menace, nous ne nous contentions pas de nous défendre ; nous attaquions. Nous savions être cruels et rusés lorsqu'il le fallait, mais nous avions tous les deux un cœur d'or dans les moments cruciaux. Peut-être était-ce pour ces raisons que nous nous prenions la tête plus souvent que ma mère et moi — nous étions trop semblables.

Cayson et moi nous sommes assis et avons écouté les présentations. Beaucoup d'étudiants avaient des projets de recherche fascinants, et j'ai pu aiguiser mes connaissances sur la bourse et le marché libre. J'avais encore beaucoup à apprendre sur l'économie. Je savais que je gagnerais de l'expérience avec le temps, mais le fait d'entendre d'autres personnes partager leur expérience m'a inspirée.

Quand mon tour est arrivé, j'ai marché jusqu'au podium, le dos droit. Puis j'ai installé mon laptop et commencé mon discours. Avant de parler devant un public, j'avais toujours le trac. J'avais les mains moites et j'étais anxieuse. Mais dès que j'ouvrais la bouche, ma peur s'envolait. Je dominais la scène comme mon père dominait ses réunions d'affaires. Je ne laissais personne m'intimider. Mon père était un requin de la finance, et il m'avait appris à être comme lui.

À la fin de ma présentation, j'ai reçu un tonnerre d'applaudissements. J'ai expiré profondément, laissant l'air sortir de mes poumons et le stress quitter mon corps. J'étais fière de moi, sachant que j'avais fait de mon mieux.

J'ai regagné mon siège à côté de Cayson.

– T'as cartonné, murmura-t-il.

– Tu dis ça pour me remonter le moral ? le taquinai-je.

– Ouais. T'as vraiment foiré, me dit-il en faisant un clin d'œil. Mais on est toujours amis.

– De la famille, le corrigeai-je.

J'ai pris sa main et je l'ai pressée.

Dès que je l'ai touché, j'ai senti sa main se contracter. Puis s'immobiliser. Elle était chaude au toucher, et semblait gigantesque à côté de la mienne. J'ai senti son pouce frôler mes phalanges pendant une fraction de seconde. Puis je l'ai lâché, me sentant froide à nouveau.

Nous sommes restés assis en silence pendant le reste des présentations. À un moment donné, mon estomac s'est mis à gargouiller bruyamment.

Cayson a gloussé, puis m'a donné un coup de coude.

– Tu peux faire moins de bruit ?

– La ferme, chuchotai-je. Je n'y peux rien.

Un autre gargouillis. *Mince.*

Il a ri tout bas.

– On ira manger dès que ce sera fini — si tu survis jusque-là.

J'ai levé les yeux au ciel, puis croisé les bras sur mon ventre, espérant étouffer le bruit.

Quand les lumières se sont rallumées, j'ai su que la conférence était terminée.

– Dieu merci. Je crève de faim.

– Fidèle à ton habitude, blagua Cayson.

Nous nous sommes levés et dirigés vers la sortie. Comme si mon père suivait ma position sur un radar, il est apparu à côté de moi et s'est mis à marcher à mon rythme, me dépassant d'une tête. Il ne m'a pas adressé la parole, se contentant de suivre le mouvement de la foule. Les gens autour de nous le fixaient, semblant subjugués par son charme.

Quand nous nous sommes écartés de la foule, loin des regards curieux, mon père s'est relaxé légèrement. Lorsque nous étions en public, il était différent, sévère. Mais dans l'intimité de notre foyer, il était à l'aise et enjoué. Il semblait toujours porter un masque en présence d'inconnus.

– Très bon travail, ma puce. Je suis fier de toi.

– Merci, papa.

Il s'est posté à côté de moi en passant un bras autour de mes épaules. Puis il a sorti son portable et l'a tendu à Cayson.

– Prends une photo de nous.

– Bien sûr.

Cayson a reculé en pointant l'appareil sur nous.

Un groupe de filles est passé à côté.

– Trop canon ! s'exclama l'une d'elles.

J'étais dégoûtée par les filles de mon âge qui mataient mon père. Complètement dégoûtée.

Nous avons souri et Cayson a pris la photo.

– Merci, dit mon père en reprenant son portable et le glissant dans sa poche. As-tu faim, ma puce ?

– Est-ce que tu me connais ? demandai-je sarcastiquement.

Pour la première fois de la journée, il a ri.

– T'es bien la fille de ta mère.

– Je suis tout à fait d'accord, acquiesçai-je.

– On dîne ensemble ?

– Bien sûr. Cayson peut nous accompagner ?

– Bien entendu, dit-il en tapotant l'épaule de Cayson. Il est comme un fils.

Cayson a hoché la tête.

– Merci, oncle Sean. C'est très gentil. Mais je vais rester à l'hôtel ce soir.

– Hein ? Pourquoi ? demandai-je.

– Passe du temps avec ton père. Il ne te voit pas aussi souvent que moi, dit-il en s'éloignant. On se voit à ton retour.

– Non, je veux que tu viennes avec nous, insistai-je.

– Eh bien, dommage.

Il m'a fait un clin d'œil, puis il est reparti vers la chambre.

Mon père a mis les mains dans ses poches et attendu qu'une autre vague de gens nous dépasse.

– T'as une envie particulière ?

– Hmm… Je mangerais n'importe quoi.

Il a souri.

– Alors ce sera facile.

Il a sorti son portable et a cherché un restaurant dans le coin.

– Il y a un resto italien à quelques rues d'ici.

– Ça me va.

– Allons-y.

Il a tenu la porte, attendant que je sorte avant lui. Le voiturier ne lui a même pas demandé qui il était.

– Votre voiture sera là dans un moment, M. Preston.

– Merci, dit-il poliment.

L'homme s'est prestement dirigé vers le parking sous-terrain, comme s'il avait peur qu'il lui tire une balle s'il n'était pas assez rapide. Mon père en imposait à tout le monde.

Une brise fraîche a soufflé dans mes cheveux. Il a ôté sa veste et l'a posée sur mes épaules.

– Merci.

Je l'ai resserrée autour de moi.

– De rien, ma puce.

La voiture est arrivée. C'était un coupé biplace Aston Martin, l'une des marques les plus luxueuses du monde. Mon père dépensait une petite fortune dans ses bolides, en changeant de modèle presque chaque année. Ça contribuait à asseoir sa réputation.

Le voiturier s'est dirigé vers la portière du côté passager, mais mon père a été plus rapide.

– Laissez-moi faire.

– Bien sûr, monsieur.

L'homme a reculé pour permettre à mon père de me faire monter dans la voiture. Après qu'il ait refermé la portière, j'ai vu mon père lui glisser un billet de cent dollars.

Il donnait toujours de généreux pourboires.

Une fois derrière le volant, il nous a conduits jusqu'au restaurant non loin de l'hôtel.

– Je pensais que t'avais pris l'avion ?

– J'ai loué la voiture.

– C'est la même que la tienne.

– C'est pour ça que je l'ai choisie.

Il s'est arrêté devant le restaurant et il est sorti, tendant les clés à un voiturier. Comme d'habitude, il m'a ouvert la portière, puis la porte du restaurant, et il a tiré ma chaise. Ses manières impeccables me rappelaient celle de Cayson. Ils avaient les mêmes.

J'ai pris le menu et parcouru la liste des plats. J'avais tellement faim que je mangerais n'importe quoi. Mon père y a jeté un coup d'œil et l'a tout de suite posé sur la table.

– T'as déjà choisi ? demandai-je incrédule.

– Une salade.

– Tu prends toujours ça.

Il a haussé les épaules.

– Mon physique plaît bien à ta mère. Je ne veux pas changer.

– Maman peut s'empiffrer sans jamais engraisser.

Il a souri.

– Tout le monde n'a pas sa chance.

J'ai survolé le menu, puis j'ai pris ma décision.

– Où est la serveuse ? Je vais bientôt manger la table.

– Ne fais pas ça. Les humains ne peuvent pas digérer la cellulose.

Hein ?

– Quoi ?

– Laisse tomber.

La serveuse est apparue. Et dès qu'elle a vu mon père, elle a semblé fondre pour lui.

Quelle horreur.

– Bonsoir, monsieur. Et… madame ?

Madame ? J'ai le même âge qu'elle.

– C'est ma fille.

– Oh, pardon.

Elle a souri, puis sorti son calepin, prête à prendre notre commande.

– Je vais prendre la salade de poires et gorgonzola, dit mon père poliment.

– Vous surveillez votre ligne, dit la serveuse. Ça se voit…

Je vais vomir.

– Et toi, petite ?

Petite ?

– Je vais prendre les lasagnes à la viande.

– Excellent choix, dit-elle avant de se tourner vers mon père. Autre chose, monsieur ? Peut-être une bouteille de vin ?

Elle a changé de jambe d'appui, basculant le bassin vers lui. Elle l'a regardé en battant des cils et arquant le dos.

Elle n'a pas vu son alliance ?

– Peux-tu cesser de draguer mon père et nous laisser dîner en paix ?

Je n'étais pas quelqu'un de méchant, mais son manque de respect m'avait vraiment mis en rogne. L'alliance de mon père sautait aux yeux.

Il a esquissé un sourire en coin, amusé.

La serveuse a grimacé.

– Bien sûr…

Puis elle a tourné les talons et s'en est allée.

Elle allait cracher dans mon assiette à coup sûr.

– Merci, dit-il.

– Ça arrive tout le temps ?

– Ouais, dit-il d'un ton blasé.

– Oh là, ça doit vraiment gonfler maman.

Il a ri.

– Disons que ça ne l'empêche pas de dormir. Ta mère sait qu'elle n'a pas à s'inquiéter.

Mes parents étaient toujours amoureux l'un de l'autre,

même après toutes ces années. Mon père regardait ma mère comme si elle était la chose la plus précieuse au monde. Il aimait passer une mèche de cheveux derrière son oreille et l'embrasser. Partout où ils allaient, ils se tenaient par la main.

– Si une fille draguait mon copain comme ça, je ne le prendrais pas aussi bien.

Mon père m'a regardée d'un air grave, m'examinant comme si j'étais sous un microscope.

– T'as un copain ?

Merde.

– Non... Je parlais de façon hypothétique.

Je détestais mentir à mon père. Je n'avais pas l'habitude de le faire, mais je ne voulais pas lui présenter un type à moins de savoir que j'allais passer ma vie avec lui. Mon père était surprotecteur, à un point tel que c'en était flippant. J'évitais son agressivité chaque fois que je fréquentais quelqu'un. Je préférais n'avoir à lui présenter qu'une seule personne de toute ma vie, et j'ignorais si Zack était le bon... Il était trop tôt pour le savoir.

Il a continué de me scruter. S'il savait tout sur moi, il savait probablement déjà que je voyais quelqu'un, même si le fait de m'espionner portait gravement atteinte à ma vie privée.

– Et il y a une raison pour laquelle tu n'as pas de copain ? Ou bien tu me mens ?

L'intensité a voilé ses yeux, sombres et pénétrants.

Parfois, mon père m'effrayait. Il ne criait jamais ni ne haussait le ton, mais l'intimidation silencieuse était pire. Et la déception sur son visage me faisait me sentir comme une sous-merde.

– Si tu sais tout sur moi, tu devrais connaître la réponse à cette question.

– Je connais tous tes professeurs. Je suis au courant de chaque crime commis sur le campus et dans un rayon de trois kilomètres autour de ton appartement. Je connais tous tes voisins et je sais s'ils ont un casier judiciaire ou non. Je me suis personnellement assuré qu'il n'y avait aucun prédateur sexuel dans un rayon de dix kilomètres autour de chez toi en envoyant quelqu'un les chasser. Je connais tes horaires de cours, et toutes tes activités parascolaires. Oui, je t'ai à l'œil. Je ne prétends pas le contraire. Mais je n'ai jamais fourré mon nez dans tes affaires personnelles, et je ne le ferai jamais. Ta vie privée t'appartient.

Maintenant, je me sentais idiote. Mon père était psychotique, mais peut-être pas autant que je le pensais.

– Je suis à deux heures de route de toi, je m'inquiète pour ta sécurité. C'est ma responsabilité de prendre soin de toi. Je...

– Je suis une adulte. Non, ce n'est pas ta responsabilité.

– Ne. M'interromps. Pas.

Ça m'a fermé le clapet. Je savais que je n'étais pas de taille face à mon père. Comme un avocat, il savait inverser les rôles. Et il avait toujours une longueur d'avance sur moi.

– Je vais toujours veiller sur toi, même si je ne peux pas être physiquement présent. C'est ma responsabilité et je la prends très au sérieux. Je m'intéresse à tes activités scolaires parce que je ne veux manquer aucun événement important, que tu le veuilles ou pas.

Il me toisait sans ciller.

– Je suis désolée.

– Tu t'excuses de m'avoir interrompu ? Ou menti ?

Je ne le sais même pas.

La situation s'envenimait. Mon père pouvait être l'homme le plus terrifiant du monde. Il me traitait parfois en bébé parce que j'étais sa fille, mais il n'y allait pas avec des pincettes lorsqu'il était fâché. Il traitait mon frère de la même façon. Mon père était la seule personne que je connaissais qui était plus intimidant calme que furieux.

– Skye, pourquoi tu ne me parles pas de tes activités ? Pourquoi dois-je débarquer pour assister à ta conférence sans avoir été invité ?

Il a posé les mains sur ses cuisses.

– Je sais que t'es occupé...

– Jamais trop occupé pour toi.

– Je sais que t'es très pris par ton travail et je ne veux pas te forcer à tout laisser tomber pour venir m'écouter.

Il a fait une pause.

– Tu veux savoir ce que ton grand-père m'a appris ?

– D'accord...

– Le travail ne sera jamais plus important que la famille. Ce n'est qu'un job, Skye. Je ne vais jamais délaisser ma famille pour le boulot. Rien n'est plus important à mes yeux que toi, Roland et ta mère. Je n'assiste pas à tes événements par obligation. J'y assiste parce que j'en ai envie. Je n'ai jamais manqué un récital de ballet, et je ne manquerai jamais une conférence sur l'économie. Je serai toujours là. Tu n'as pas à t'inquiéter de mon emploi du temps.

J'ai baissé les yeux, incapable de croiser son regard.

– Est-ce que j'ai déjà ignoré un de tes appels ?

– Non...

– Est-ce que j'ai déjà manqué un de tes événements ?

– Non.

– Les fêtes ?

Ma voix s'est affaiblie.

– Non.

– Et ça ne changera jamais, Skye. Tu sais ce que j'aimerais ?

– Quoi ?

– Que tu m'appelles pour m'inviter. Je suis désolé si je t'ai laissé croire que tu me dérangeais, parce que tu ne me déranges jamais. J'espère que j'ai été clair.

– Très clair, dis-je en relevant la tête.

– Skye, je t'aime tellement. J'ignore comment c'est possible, mais je t'aime de plus en plus chaque jour. T'es une si jolie fille, comme ta mère. Tu es drôle et intelligente. Parfois, je n'arrive pas à croire que je t'ai fait.

Je voyais l'affection dans son regard.

– T'es la prunelle de mes yeux. Je vous aime par-dessus tout, ta mère, ton frère et toi.

– Je t'aime aussi, papa.

Les larmes me montaient maintenant aux yeux.

Il a posé la main sur la mienne. Il l'a laissée là un moment avant de la retirer.

– On peut recommencer à zéro ?

J'ai soupiré.

– D'accord.

– Alors, est-ce que t'as un copain ?

Je ne pouvais pas lui mentir à nouveau.

– Sans commentaires.

Il a levé un sourcil.

– Quoi ?

– Je ne veux pas parler de ma vie privée avec toi.

– Pourquoi ?

– J'ai vraiment besoin de me justifier ? Quand mon cavalier est venu me chercher pour me conduire au bal de promo, t'as menacé de le tuer s'il touchait à autre chose que ma main.

– Je voulais juste faire passer le message.

– Alors, qu'est-ce qui te fait croire que je te parlerais d'un mec que je fréquente ?

Il n'a rien trouvé à dire. Il a pincé les lèvres.

– Est-ce que tu en discutes avec ta mère ?

Je ne savais pas trop comment répondre. Je ne voulais pas mouiller maman.

Il a senti la tension.

– Je ne serai pas fâché si c'est le cas.

– Oui, je lui en parle.

– T'es honnête avec elle ?

Qu'est-ce que ça veut dire ?

– Oui.

Il a hoché la tête.

– D'accord. Ça me convient.

Qu'est-ce que j'ai manqué ?

– Ça te convient ?

– Si ta mère n'était pas d'accord avec tes décisions, elle interviendrait. Si elle ne l'a pas fait, alors elle pense que t'es une adulte responsable.

– Bien sûr que je le suis.

– Alors, quand vas-tu me présenter un copain ?

J'ai haussé les épaules.

– Je ne sais pas. Quand j'aurai trouvé le bon.

Il a opiné.

– D'accord. Ça me convient aussi.

– J'espère juste que tu ne le feras pas déguerpir.

Il a ri.

– S'il t'aime vraiment, rien ne le fera déguerpir.

– Il n'existe aucun amour assez fort pour ça.

La serveuse est réapparue et elle a posé l'assiette de mon père devant lui. Puis elle a presque laissé tomber la mienne sur la table. Elle m'a lancé un regard noir avant de repartir, et j'ai senti sa colère jusque dans sa façon de balancer les hanches en s'en allant.

Mon père a souri, puis échangé nos assiettes.

– J'ai le pressentiment que le glaviot est dans ton plat.

– Et tu vas le manger ?

– Je ne vais certainement pas laisser ma fille le manger.

J'ai pris ma fourchette et me suis attaquée à la laitue.

– Tu ne peux pas commander quelque chose de... plus ragoûtant ?

– Ta mère me trouve sexy. Je ne veux pas que ça change.

J'ai grimacé.

– T'es dégueu.

– Je suis dégueu ? Tu penses qu'une cigogne t'a apportée dans un panier ?

J'ai grimacé à nouveau.

– Mangeons en silence, d'accord ?

Il a ramassé sa fourchette et pris quelques bouchées de lasagnes, mâchant lentement.

Un silence confortable s'est installé entre nous. Nous avons mangé sans mot dire, appréciant la compagnie l'un de l'autre. Même si nous avions souvent des différends, j'étais heureuse qu'il soit là. Je me sentais proche de lui, et enfin à l'aise d'avouer que j'avais un copain. Et le fait qu'il l'accepte me rassurait. La culpabilité s'était envolée. Je ne ressentais pas le besoin de lui mentir, chose que je détestais faire.

– Papa ?

– Ma puce ?

– Je ne t'aime pas juste parce que t'es mon père. Je ne pourrais demander un meilleur modèle que toi. T'es impitoyable et ambitieux, mais aussi généreux, et bienveillant. T'aimes maman tous les jours et tu ne la tiens pas pour acquise. T'as pas élevé Roland et moi comme des sales gosses, et tu nous as toujours aimés, même quand on se comportait en sales gosses. Tu nous as toujours priorisés, et t'as fait des sacrifices pour nous. J'ai tellement de chance de t'avoir. Je sais que plein de gens n'ont même pas de relation avec leur père. Beaucoup de pères se foutent des matchs de baseball et des spectacles de danse de leurs enfants. Ils ne font pas l'effort d'y assister. Mais toi, si.

J'ai picoré la salade en regardant mon bol, me sentant soudain mal à l'aise. Comme il ne disait rien, j'ai levé les yeux.

Ses yeux étaient recouverts d'une pellicule d'humidité. Il a ravalé la boule dans sa gorge, visiblement ému. Quand il a cligné, le voile a disparu. C'est allé tellement vite que je me suis demandé si j'avais rêvé.

– Ça me fait chaud au cœur, Skye.

J'ai baissé les yeux à nouveau, me replongeant dans ma salade. J'ai senti le regard de mon père me brûler la peau pendant un instant. Puis il a posé les yeux sur son assiette, laissant le silence confortable nous envelopper à nouveau.

5

CAYSON

J'AI APPELÉ le service de chambre et commandé une pizza que j'ai mangée devant la télé. J'ai vérifié qu'elle soit bien portée sur ma note afin qu'oncle Sean ne reçoive pas la facture. Je doutais qu'il s'en aperçoive, et si c'était le cas, il s'en ficherait, mais pas moi.

Mon téléphone a sonné. J'ai regardé l'écran et vu le nom de mon père s'afficher. J'ai soupiré. Il m'appelait plus souvent que ma mère.

– Salut.

– Salut. Comment ça va ?

– Bien. Et toi ?

– Bien. J'ai entendu dire que t'étais à Washington.

– Sean ?

– On travaille ensemble. C'était inévitable.

– Mais je ne l'ai pas vu avant aujourd'hui.

– Tu connais les SMS ?

– Papa, tu m'appelles pour quoi ?

– Juste pour m'assurer que tu vas bien.

– Ça fait trois ans que je suis parti de la maison. Tu n'as plus besoin de me surveiller.

Il a ri.

– Ouais, eh bien, ne compte pas là-dessus. Alors, tout se passe bien dans la capitale américaine du crime ?

– Et tu trouves que New York est plus sûr ?

– C'est plus sûr que Washington. N'importe où est plus sûr, en fait.

– Je ne suis pas assis sur un trottoir en train de compter mon argent, donc ça devrait bien se passer.

– T'es pas fatigué de faire ton petit malin ?

– J'imagine que c'est parce que je traîne trop avec Slade, non ?

– Juste un peu.

– Bon, je vais bien, alors on se rappelle plus tard.

– Tu rentres quand à Boston ?

– Demain soir.

– Tu veux bien me faire plaisir et m'appeler quand tu rentres ?

Il avait parfois un côté mère poule.

– Et si je t'envoyais un texto, vu que tu aimes ça ?

– Du moment que je te sais en sécurité, peu importe comment je l'apprends.

– D'accord.

– Je t'aime, fiston.

Mon père le disait chaque fois que nous étions au téléphone.

– Je t'aime aussi, papa.

– Au revoir.

J'ai raccroché.

La porte s'est ouverte et Skye est entrée, talonnée par son père.

– Merci pour le dîner, dit-elle.

– Merci de m'avoir laissé te raccompagner jusqu'à ta porte.

– Disons que tu ne m'as pas vraiment laissé le choix, soupira-t-elle en levant les yeux au ciel.

Il a souri puis l'a serrée dans ses bras, pendant un long moment. Même si oncle Sean ne le disait pas, je savais à quel point il adorait sa fille. Il me faisait penser à mon père. Il s'est écarté et l'a embrassée sur le front.

– Je t'aime, ma puce.

– Je t'aime aussi, papa.

Il s'est tourné vers moi.

– J'ai besoin d'un câlin avant de partir.

– Il arrive tout de suite.

J'ai marché jusqu'à lui et je l'ai étreint.

Oncle Sean m'a serré aussi fort qu'il l'avait fait avec sa fille.

– Je t'aime aussi, gamin.

– Moi aussi, je t'aime.

Il m'a tapé sur l'épaule et a reculé.

– Merci de chaperonner ma fille. J'apprécie énormément.

– De rien. Elle est plutôt sympa — par moments.

Il a pouffé.

– Bonne nuit, les enfants.

Il est sorti en fermant la porte derrière lui.

Skye a immédiatement enlevé ses talons hauts.

– La vache, mes pieds me tuent.

– Tu veux un massage des pieds ?

– Non, c'est bon.

Elle a boitillé jusqu'au canapé puis s'est assise. Elle a examiné ses orteils, avant de les frotter avec ses pouces.

Je me suis assis à côté d'elle.

– Laisse-moi faire. T'as déchiré ce soir. Tu mérites un peu de répit.

– Non, c'est...

J'ai posé ses pieds sur mes genoux et commencé à les masser.

– Putain, c'est incroyable...

Elle s'est penchée en arrière et a fermé les yeux.

J'ai laissé échapper un petit rire, puis j'ai massé le talon et la plante. Ses pieds paraissaient minuscules dans mes mains. Une seule de mes paluches était plus grande que ses deux pieds ensemble. Elle était si petite et si délicate.

Elle gémissait doucement pendant que je la massais pour faire disparaître ses douleurs.

– Comment s'est passé votre dîner ?

– Bien. Mon père sait que j'ai un copain.

– Grâce à ses espions ?

– Non. Il a vu que je mentais.

– C'est pas bon signe…

– En fait, il s'est montré plutôt compréhensif et a accepté de ne pas se mêler de mes affaires.

– Je suis sûr que c'est un supplice pour lui. Il est tellement protecteur avec toi.

– Je sais… mais j'ai passé une bonne soirée. On a eu une discussion à cœur ouvert. Je me sens plus proche de lui.

J'ai continué de lui masser les pieds.

– Vous avez toujours été proches.

– Ouais, mais maintenant, c'est d'une façon différente. Oh, et la serveuse l'a dragué. C'était révoltant.

– Ton père est un beau mec.

Elle m'a lancé un regard noir.

– Quoi ? Il est beau. Tu le trouves moche ?

– Eh bien, non. Mais il est vieux…

– Il n'a pas la quarantaine ?

– C'est vieux.

– Les filles aiment les hommes plus âgés — surtout quand ils sont riches.

– Ça m'énerve parce qu'il porte toujours son alliance. Les gens ne respectent plus le mariage ou quoi ?

– Malheureusement, pas tout le monde.

J'ai massé ses mollets pour en libérer les tensions.

– Je m'en suis rendu compte...

Elle a soupiré et refermé les yeux.

– Prête à rentrer à la maison demain ?

– Je devrai faire un tour en salle de conférence, puis on partira.

– Ça me va bien.

– Cayson, c'est trop bon, mais tu n'es pas obligé de faire ça.

– Ça ne m'embête pas — vraiment.

Elle a posé un bras sur sa poitrine.

– Je ne pourrais pas faire faire ça à Zack, même si je le payais.

Pourquoi ça ne m'étonnait pas ? Je détestais Zack de toutes les fibres de mon corps. Non seulement parce que j'avais des sentiments pour Skye, mais aussi parce qu'il ne l'aimait pas. Il ne faisait aucun doute dans mon esprit qu'il n'était pas amoureux d'elle. Je ne savais pas vraiment ce qu'il ressentait pour elle, à part du désir sexuel, mais ce n'était certainement pas de l'amour. Je lui dirais bien de le quitter, mais ça ferait de moi un connard. De toute façon, je détesterais n'importe quel mec avec qui elle sortirait.

Ce voyage était une mauvaise idée. J'étais censé m'efforcer de l'oublier, éviter d'être avec elle. Elle et moi formions un couple si parfait. Nous étions tellement bien ensemble. Nous étions déjà les meilleurs amis du monde, et je savais que nous serions de bons amants. Mais elle ne me voyait pas sous cet angle. Et elle ne le ferait jamais.

Mais quand Trinity m'a demandé de l'accompagner, je n'ai pas pu refuser. J'ai sauté sur l'occasion, sachant que je passerais des moments agréables. Skye et moi étions sur la même longueur d'onde. Nous pouvions être sérieux, avoir des conversations profondes, comme nous pouvions aussi faire les idiots, nous amuser et piquer des fous rires.

Pourquoi ne pouvait-elle pas me voir comme ça ? Ma vie serait tellement plus facile. Coucher était agréable, mais tellement vide de sens. Je ne voulais pas d'un coup d'un soir. Je voulais une vraie relation — avec Skye.

Il fallait que j'arrête de penser comme ça. Ça ne changerait pas la réalité. Je devais tourner la page — passer à autre chose.

– Je peux te demander quelque chose ? murmura-t-elle.

– Quoi ?

– Ce serait exagéré si je te demandais de me masser le dos ? Il me tue.

Je ferais n'importe quoi pour elle.

– Bien sûr.

Elle s'est tournée sur le côté, face au dossier du canapé.

Le seul moyen pour la masser, c'était de me mettre derrière elle. Le canapé était large, on pouvait tenir à deux. Je me suis allongé derrière elle, sentant mes jambes toucher les siennes. Puis j'ai frotté son dos au travers de son chemisier, en écoutant ses gémissements paisibles. Les tensions étaient évidentes dans les muscles de ses épaules. Elle était tendue et rigide. Je l'ai massée doucement avant d'augmenter la pression.

Ses gémissements se sont arrêtés et elle s'est endormie.

J'ai continué de la masser, sentant mes paupières s'alourdir. J'aurais dû la porter dans le lit, mais j'étais trop bien. Ses cheveux effleuraient mon visage et je sentais son parfum. J'ai succombé à mon envie et j'ai fait ce que j'avais toujours rêvé de faire. Je l'ai serrée contre mon torse et je me suis endormi en la tenant dans mes bras.

Je me suis réveillé le lendemain matin face à elle. Son bras était passé autour de ma taille et elle me tenait comme un ours en peluche. Ses lèvres étaient lisses et sa peau reposée par la nuit de sommeil. Ses joues étaient pâles et douces. La peau de son cou était sans défaut. Un bouton en haut de son chemisier était ouvert, révélant son décolleté, mais je n'ai pas regardé. Je savais que Skye détestait que les mecs matent sa poitrine.

Pendant un moment, j'ai fait comme si ça signifiait quelque chose. Notre amitié n'était pas uniquement platonique. Nous étions des âmes sœurs qui dormions dans les bras l'un de l'autre toute la nuit, car nous ne supportions pas d'être séparés. J'étais son héros, j'étais tout pour elle.

J'ai fixé son visage en le mémorisant. Nous avions déjà dormi ensemble avant, mais pas de la même manière. J'aimais sentir son bras autour de ma taille, l'ancrant à moi. J'aimais me sentir nécessaire, désiré.

Incapable de me retenir, j'ai bougé la main et touché une mèche de ses cheveux. Elle était douce comme de la soie, me glissait entre les doigts avec souplesse. Puis je me suis penché et j'ai pressé les lèvres sur son front. Sa peau était douce, mes lèvres brûlaient dès que je la touchais. C'était une chose que je désirais ardemment faire, une chose que j'avais failli faire un nombre incalculable de fois quand elle me faisait rire ou sourire. Puis je me suis écarté, et à la seconde où nous n'étions plus en contact, j'ai eu froid.

J'ai reposé ma tête sur l'accoudoir et je l'ai observée, me demandant ce qu'elle pouvait bien trouver à Zack. C'était un vrai connard. Ils se disputaient plus souvent qu'ils ne s'amusaient. Bon, d'accord, il était beau mec, mais c'était tout ce qu'il avait pour lui. Skye était intelligente et désintéressée. Il y avait tant de choses derrière son beau visage. Elle avait un cœur d'or et une âme pure. Elle était la plus belle personne que je connaissais, à l'intérieur comme à l'extérieur.

Skye a inspiré profondément et laissé échapper un soupir paisible. Puis elle a ouvert les paupières et m'a vu dans son champ de vision. La lumière matinale filtrait par les rideaux, éclairant faiblement la pièce. Quand elle a repris ses esprits, elle a desserré son bras, mais l'a laissé autour de ma taille.

– On dirait que je me suis endormie…

– Moi aussi.

– Est-ce que je te dois encore vingt dollars ?

J'ai souri.

– Non. Je ne te les réclame pas parce que je suis un gentleman.

Elle a enlevé sa main et l'a passée dans ses cheveux.

– T'es le meilleur masseur du monde. Tu m'as endormie.

– Ouais, te faire dormir n'est pas bien compliqué. Passé neuf heures du soir, tu ne tiens plus debout.

Elle a souri.

– Arrête de te moquer de moi.

– Jamais.

Elle a posé sa tête sur l'accoudoir et fermé les yeux.

– Je ne veux pas retourner dans la salle de conférence.

– Il y a un buffet gratuit.

Parler de nourriture était le moyen le plus rapide de la toucher.

– Mais il va falloir que je remette ses fichus escarpins… beurk.

– On pourrait commander le petit déjeuner dans la chambre, puis prendre un vol du matin.

Elle a ouvert les yeux et son visage s'est illuminé.

– Oooh… ça me plaît bien.

Mince, elle est adorable.

– Va prendre ta douche, je les appelle.

– Surtout, prends-moi du pain…

– Du pain perdu, je sais.

– Et…

– Des flocons d'avoine, je sais. T'es très prévisible.

Elle a rougi.

– Vraiment, à ce point ?

– Un peu. Mais ça va.

J'ai rassemblé tout mon courage pour renoncer à son étreinte et me lever. Je pourrais la tenir dans mes bras toute la journée, laisser sa chaleur m'envelopper.

Elle s'est assise et a rajusté sa chemise. Elle n'a pas pris la peine de la reboutonner jusqu'en haut, ce qui signifiait qu'elle était à l'aise avec moi. Puis elle est entrée dans sa chambre et a fermé la porte.

J'ai soupiré, et appelé le service de chambre pour commander le petit déjeuner.

– J'ADORE LE ROOM SERVICE.

Elle a dévoré son pain perdu comme s'il allait s'envoler si elle ne le mangeait pas assez vite.

– Il n'y a rien de mieux.

J'ai coupé un bout de pancake et bu une gorgée de café.

Elle a trempé son pain dans le sirop d'érable, avant de l'avaler.

– C'est tellement bon.

Je la regardais furtivement toutes les dix secondes, adorant qu'on prenne notre petit déjeuner ensemble dans une chambre d'hôtel. Il n'y avait personne d'autre avec qui j'aimais être en privé. J'avais du mal à m'entendre avec les autres filles. Je leur trouvais toujours des défauts. Soit je m'ennuyais avec elles, soit elles me saoulaient. Il n'y avait rien entre les deux. Seule Skye semblait réussir à captiver mon attention sans jamais me lasser. Sa beauté était incomparable, sa personnalité terre-à-terre la rendait irrésistible.

Je ne me souvenais pas du moment où j'avais commencé à avoir des sentiments pour elle. Au lycée, elle a soudain attiré mon attention. C'était peut-être pour une raison superficielle, quand ses seins ont poussé, par exemple. Ou peut-être que c'était simplement parce qu'elle était la seule fille que j'aimais bien et que je ne voulais pas coucher avec elle. Je ne le savais pas. Mais un jour, je suis tombé amoureux d'elle et mes sentiments n'ont jamais disparu. J'avais des copines de temps en temps, et je faisais l'amour dès que je pouvais quand j'étais plus jeune, mais ça ne me satisfaisait pas. Skye était la perle rare que je gardais en ligne de mire.

Mais elle ne me remarquait même pas. Elle avait dormi avec moi toute la nuit et ça ne signifiait rien pour elle. Elle me considérait comme son frère, un mec de la famille. Elle reconnaissait que j'étais beau gosse et que n'importe quelle fille serait ravie de sortir avec moi, mais ça ne s'appliquait pas à elle.

Je ne comprenais pas. J'étais bien mieux que Zack. D'abord, j'étais plus beau que lui. Sans vouloir me vanter, c'était la pure vérité. Après le lycée, j'ai arrêté le foot, mais j'ai continué à soulever des poids, musclant et tonifiant mon corps. J'avais le teint clair et des yeux bleus qui faisaient craquer les filles. Et j'étais drôle, pragmatique, intelligent et fiable. Que voulait-elle de plus ?

– Cayson, à quoi tu penses ?

Merde, j'étais en train de ruminer tout ça juste en face d'elle.

– Je ne suis pas pressé de prendre l'avion.

– Je croyais que tu n'avais pas peur ?

– Je n'ai pas peur. Mais je n'aime pas être confiné dans un petit espace avec deux cents personnes. Il n'y a pas beaucoup de place pour les jambes pour un mec de ma taille.

– C'est l'un des rares moments où je suis contente d'être petite.

J'ai fini mon petit déjeuner, puis empilé les assiettes sur le chariot.

– T'as fini ?

– À ton avis ?

Son assiette était vide comme si elle était propre.

J'ai souri.

– Tu veux que je commande autre chose ?

– Je pourrais avaler quelques bouchées de plus, mais non. On doit y aller.

J'ai débarrassé la table et poussé le chariot contre le mur.

Le téléphone de Skye s'est allumé.

– Devine qui c'est ?

Probablement Zack.

– Dis-moi.

– Mon père.

Elle a levé les yeux au ciel et lu le message.

– Il veut que je lui envoie un SMS quand j'arrive à Boston.

– Mon père m'a appelé et m'a demandé la même chose.

– On a cinq ans ou quoi ? soupira-t-elle. Il ne faut quand même pas leur faire un point toutes les deux heures.

J'ai haussé les épaules.

– Ils s'inquiètent pour nous, Skye. Je ne cherche même pas à lutter. Crois-moi, tu seras toujours perdante.

Elle a ri.

– Tu m'étonnes.

À LA SECONDE OÙ NOUS SOMMES MONTÉS EN VOITURE APRÈS QUE l'avion a atterri, nos deux téléphones ont vibré.

Skye m'a fait un sourire.

– C'est mon père. Je suppose que c'est le tien qui appelle ?

J'ai jeté un œil sur l'écran.

– Ouaip.

– Merci à eux de nous laisser les appeler quand on en a envie.

Elle a soufflé, puis elle a décroché.

J'ai répondu aussi.

– Oui, je suis à Boston.

– Je voulais juste m'en assurer. Ton avion a atterri il y a une demi-heure.

– Désolé. Descendre de l'avion, pisser et récupérer mon bagage a pris trop de temps.

Il a ri.

– Je t'appelle plus tard.

J'ai raccroché sans dire au revoir.

Skye m'a regardé.

– C'est des grands malades.

– Ils sont comme ça.

Nous avons roulé jusqu'à son appartement. J'ai pris sa valise et l'ai monté dans l'escalier. Telle une gargouille, Zack était adossé au mur à côté de sa porte, les bras croisés sur la poitrine.

Putain, je déteste ce mec.

J'ai lâché la valise de Skye et l'ai regardée.

– Merci de m'avoir invité. J'ai passé un super moment.

– Moi aussi. Merci d'avoir supporté mon père.

J'ai souri.

– C'est un mec bien.

Elle s'est approchée de moi et m'a serré dans ses bras.

J'étais content qu'elle me montre de l'affection malgré la présence de son petit ami. J'ai eu le sentiment que j'aurais toujours l'avantage sur lui, qu'il ne pourrait jamais rivaliser avec moi en faisant un coup tordu. Je l'ai étreinte et j'ai humé ses cheveux.

– À plus tard.

Elle s'est écartée de moi et a sorti ses clés.

– Ouais.

Je me suis retourné et j'ai surpris Zack en train de me mater. Sa mâchoire était dure comme si elle était taillée dans la pierre. La haine brûlait dans ses yeux comme un feu de brousse. Ce type me détestait et souhaitait ma mort.

Mais c'était réciproque.

Je n'allais pas partir sans avoir le dernier mot.

– Merci de m'avoir laissé dormir dans ta chambre.

J'ai vu l'expression sur le visage de Zack. Il n'était pas heureux.

Je me suis éloigné en souriant, d'un pas sautillant.

Slade était assis en face de moi dans la salle des étudiants. Ses livres étaient ouverts devant lui, mais il n'étudiait pas. Un feu brûlait à notre gauche, et les vitres givraient tandis que le froid automnal tombait. Les feuilles devenaient rouge sang avant de se détacher et tomber. J'aurais aimé être blotti contre Skye dans mon lit et rester au chaud malgré le froid.

– Tu vas te déguiser comment pour Halloween ? demanda-t-il.

J'ai haussé les épaules.

– Je n'y ai pas encore réfléchi.

– Il ne te reste pas beaucoup de temps.

– Et toi, tu vas être quoi ?

– Un tatoueur.

J'ai ricané.

Il a levé un sourcil.

– Et c'est quoi le déguisement d'un tatoueur ?

Il a haussé les épaules.

– Jean et t-shirt.

– Donc… tu seras habillé comme d'habitude.

– Non. Je serai en tatoueur.

Je ne voulais pas débattre d'un truc aussi idiot.

– Si tu veux.

– Et toi, tu seras en quoi ?

– Je t'ai dit, j'en sais rien.

– Déguise-toi en clown.

Quoi ?

– Pourquoi tu veux que je sois un clown ?

Il a haussé les épaules.

– C'est mieux que d'être rien.

– Comme toi, raillai-je.

– Non, je vais être un tatoueur.

– Pourquoi tu ne te déguises pas en abruti ? T'as déjà les fringues.

– C'est toi l'abruti, répliqua-t-il.

– Quelle répartie ! dis-je sarcastiquement.

– Déguise-toi en baleine blanche, lança-t-il.

Je l'ai regardé d'un air incrédule.

– Mais qu'est-ce que t'as, bordel ?

– Quoi ? Personne d'autre n'aura ce costume. Et t'es plus pâle que le soleil.

– T'es aussi blanc que moi.

– Mais mes tatouages me donnent des couleurs.

J'ai secoué lentement la tête.

– Je n'ai jamais compris comment t'as pu entrer à Harvard.

Il m'a fusillé du regard.

– Hé, je suis intelligent.

– Non.

– Je suis sûr qu'oncle Sean y est pour quelque chose.

– Ça ne m'étonnerait pas.

– Tout le monde ne peut pas être un génie comme toi. Hé, déguise-toi en dinosaure !

Je n'arrivais pas à suivre son raisonnement.

– Comment es-tu passé du génie au dinosaure ?

– Ou un ptérodactyle.

Il a déployé les bras et les a agités comme s'il volait.

– Cri ! Cri !

Ma tête allait exploser.

– Quand ils crient, ils ne disent pas *cri*. Ils crient, c'est tout.

– Cri ! Cri !

Il a continué de battre des bras.

Je me suis couvert le visage des mains et j'ai soupiré.

– Bon, je ne serai pas ça.

– Tu seras une baleine, alors ?

J'ai écarté les mains et je l'ai regardé.

– Non.

Il s'est frotté le menton.

– J'ai trouvé ! Batman.

– Je n'ai pas douze ans.

– C'est discutable...

Par moments, je ne savais pas pourquoi Slade était mon meilleur ami.

– Et si toi, t'étais Batman ?

Il a acquiescé.

– Je serai Batman et tu seras Robin.

– On va à une fête d'Halloween ou on fait notre coming-out ?

– Ce n'est pas gay !

– C'est le truc le plus gay que j'ai jamais entendu.

Je l'ai regardé sérieusement.

– Ouais, n'empêche que toi, tu n'as pas d'idées, maugréa-t-il.

– Dans ce cas, pas d'idées est mieux que des idées à la con.

– T'es pas drôle.

Il a soupiré.

– Alors, comment s'est passé ton week-end avec cette petite chose insupportable ?

– Quelle petite chose insupportable ?

– Ma cousine.

– Elle n'est pas insupportable.

– Ne dis pas de conneries. C'est une vraie emmerdeuse.

Il a posé ses coudes sur la table, exposant ses bras tatoués.

– C'était bien. Et elle n'était pas embêtante.

– La seule raison pour laquelle tu ne la trouves pas chiante, c'est parce que t'aimes bien ses pare-chocs.

– Mec… c'est ta cousine.

– Et alors ? Tu crois que je ne sais pas pourquoi les mecs la trouvent attirante ?

– Je l'aime bien pour d'autres raisons que la taille de sa poitrine.

Il a fait un petit sourire en coin.

– Bien sûr, mec.

Je lui ai lancé un regard noir.

– Elle est bien plus qu'une jolie fille.

– Eh bien, je ne le vois pas.

– Peu importe… on s'est bien amusés.

– T'as assisté à sa conférence ? demanda-t-il incrédule. Ça devait être chiant à mourir.

– Pas du tout. Skye a bien bossé pour sa présentation. Elle a fait un malheur, si tu veux savoir.

Il s'est mis à ronfler.

– Tu parles d'un soporifique.

Slade ne prenait jamais rien au sérieux.

– Est-ce qu'oncle Sean s'est pointé et l'a écoutée, tapi dans l'ombre comme Batman ?

– En fait, ouais.

– Cool.

– Il nous avait réservé la suite présidentielle, ce qui n'a pas ravi Skye.

– Nous ? Vous avez dormi dans la même chambre ?

– Ouais.

Il a écarquillé les yeux.

– T'as couché avec elle ?

J'ai levé les yeux au ciel.

– J'ai été seul avec Skye des milliers de fois et je n'ai jamais couché avec elle. Un mec et une fille peuvent être seuls dans la même chambre sans forcément baiser.

– Ça ne m'est jamais arrivé.

Il l'a dit d'un air sérieux.

– T'as une dizaine d'IST, non ?

Il m'a regardé d'un œil noir.

– Non. Tu connais les capotes ?

– Bref… il ne restait plus une seule chambre de libre, alors j'ai dû dormir avec elle.

– Il s'est passé quelque chose ?

– Non. Il ne s'est rien passé. Mais on a dormi ensemble dans le canapé.

– Du genre, vous vous êtes fait un câlin et tout ?

– Un concept qui t'est étranger… oui, on s'est fait un câlin.

C'est bien meilleur que le sexe, si tu veux mon avis.

– Alors ? Elle avait son bras autour de toi et tout le bordel ?

– Oui.

Il s'est frotté les tempes et a soupiré.

– Excuse-moi, mais je suis le seul à trouver ça bizarre ?

– Ça n'a rien de bizarre.

– Les amis ne se font pas de câlins.

– Bien sûr que si, protestai-je.

– Depuis quand on se fait des câlins, toi et moi ? Pourtant, on est amis.

– Mais on est des mecs — et des mecs hétéros.

– En quoi c'est différent ? demanda-t-il. Je ne ferais jamais un câlin à une fille qu'est juste une amie. Merde, je ne fais même pas de câlins aux nanas que je me tape.

– Eh bien, on est amis depuis très longtemps.

– Qu'est-ce que ça change ? En plus, elle a un copain. J'ai du mal à croire qu'elle te considère juste comme un ami.

Un foyer d'espoir s'est allumé dans mon cœur, mais j'ai fait de mon mieux pour le cacher.

– Pourtant, c'est le cas.

– Je n'y crois plus. Peut-être qu'elle ne s'en rend pas compte. C'est peut-être un truc inconscient. Mais elle ne se comporte pas du tout avec toi comme avec les autres. Theo et elle sont amis, mais ils ne se font jamais de câlins.

– Ils ne sont pas aussi proches que nous.

– N'empêche qu'elle ne lui ferait pas de câlins, protesta-t-il. Tu crois sincèrement qu'il n'y a rien d'autre en vous ?

Mon cœur et ma raison étaient en guerre. Parfois, j'avais du mal à croire qu'on s'entende si bien et qu'elle ne voie pas en moi plus qu'un ami. Par moments, elle ne semblait même pas me calculer. Ma raison me disait que notre relation était purement platonique, tandis que mon cœur me disait qu'elle était amoureuse de moi, mais que c'était compliqué.

– Parfois, je pense qu'il y a autre chose… et parfois, non.

– Et je ne sais pas pour Zack… mais chaque fois que je suis avec eux, ils s'engueulent comme de la merde.

– Est-ce que tous les mots qui sortent de ta bouche doivent être grossiers ?

– Ce n'est pas pour rien que j'ai les bras tatoués.

– Tu dois vraiment être un stéréotype ?

– Oui.

Il a regardé les tatouages sur son avant-bras. Un tentacule de pieuvre descendait sur son bras et s'enroulait autour de son poignet. Son corps était une fresque vivante. Il n'arrêtait pas de se faire faire de nouveaux tatouages, et il allait bientôt manquer de place.

– Ton père fait tous tes dessins ?

– Ouais. Il est le meilleur dans le métier.

– Je suis sûre que ta mère en est ravie, dis-je sarcastiquement.

– Hé, elle a un tatouage.

– De son alliance de mariage. C'est plutôt discret. En plus, elle est associée dans la plus grande maison d'édition au monde. Je doute qu'elle balance des gros mots à tout bout de champ.

Il a fait un petit sourire.

– Tu devrais entendre mes parents se disputer. Ma mère est cinglée. Elle se jette sur mon père et lui fout la honte.

– C'est romantique, dis-je sarcastique.

Il a grimacé.

– Après, ils baisent comme des lapins. Leur chambre est à l'autre bout de la maison, mais Silke et moi on les entend quand même.

– Mes parents sont pareils.

Il a feuilleté son cahier de livre de cours.

– Je déteste l'école. Ce n'est pas pour moi.

– Alors pourquoi t'es ici ?

– Je t'ai déjà expliqué. Mon père m'a dit qu'il m'achèterait mon propre salon de tatouage si j'avais un diplôme universitaire — putain, ça fait chier.

– Je pense qu'il veut s'assurer que t'aies plusieurs cordes à ton arc.

Il a roulé des yeux.

– Peu importe. Le seul intérêt de la fac, c'est les gonzesses. Elles pensent que je suis intelligent et rebelle. Apparemment, ça me rend irrésistible.

– Ou alors, elles sont simplement idiotes.

Il a ignoré ma pique.

– T'as appelé Jasmine ?

– Non.

Je n'avais pas prévu de le faire.

– Elle a l'air sympa. Pourquoi tu ne le revois pas ?

– Parce que je n'ai pas envie d'une histoire sérieuse avec elle. Je préfère ne pas lui faire perdre son temps.

– Elle n'a pas vraiment l'air d'une fille qui cherche une histoire sérieuse.

Il m'a fait un clin d'œil.

– Je ne veux pas lui faire de mal.

– On s'en fout. T'as été honnête avec elle. C'est sa propre tombe qu'elle creuse.

– C'est ce qui fait la différence entre nous. Je ne suis pas un parfait salaud.

– Au moins, je ne suis pas un dégonflé. Si t'aimes tellement Skye, pourquoi tu ne lui dis pas ? Comporte-toi en homme et sois honnête.

Je lui ai lancé un regard noir.

– Ce n'est pas simplement une fille que je peux éviter et ne plus jamais revoir si ça se passe mal. Elle fait partie de ma famille. S'il y a un malaise entre nous, notre relation ne sera plus jamais la même. Si je pensais qu'il y avait la moindre chance qu'elle ressente quelque chose pour moi, je n'hésiterais pas. Mais je sais que je ne l'attire pas. Ce serait une mission suicide.

– Alors. Oublie. La.

Il a tapé du poing sur la table.

– Remets-toi à sortir et à baiser. Tu ne te détacheras jamais de Skye si tu passes le week-end avec elle dans une suite présidentielle et que tu lui fais des câlins toute la nuit.

Il n'avait pas tort.

– C'était une mauvaise décision… t'as raison.

– Bien sûr que j'ai raison. Appelle Jasmine et va boire une bière avec elle.

– Je ne sais pas…

– Alors si ce n'est pas elle, quelqu'un d'autre. Je ne voudrais pas que tu penses que tu me fais bander, mais t'es un beau parti, mec. Tu études pour devenir médecin, t'es musclé et t'es beau. Je vois tout le temps des nanas te mater. T'as juste à te baisser pour les ramasser. Il serait temps que t'en profites un peu.

Aussi vulgaire soit-il, Slade avait un bon argument. J'avais perdu trop de temps avec Skye, une fille que je n'aurais jamais.

Elle était juste une amie et resterait toujours une amie, rien de plus.

– Sans doute...

– Tu devrais inviter Jasmine à la fête d'Halloween.

– Non... je ne veux pas qu'elle se fasse des idées.

– Alors, choisis une autre fille et emmène-la à la fête.

– On verra comment ça se passe...

– Bon, revenons à ton costume... voilà ce que je pense : pourquoi pas un hippopotame enragé ?

J'avais parfois du mal à saisir ce qui se passait dans la tête de Slade.

– Non.

– Et un zeppelin ?

– Un zeppelin ?

– Tu sais, les ballons dirigeables qui flottent dans le ciel.

J'ai grincé des dents.

– Je sais ce qu'est un zeppelin. Pourquoi tu voudrais que je me déguise en dirigeable ?

– Personne d'autre n'y aura pensé.

J'ai reporté mon attention sur mon livre de cours. J'avais trop de choses à réviser pour alimenter sa folie.

Après le labo, je suis allé au Manhattan Grub pour dîner. J'y allais en principe le mercredi soir, c'était devenu une tradition. La chose intelligente aurait été d'éviter Skye, mais bien sûr, c'était impossible.

Je suis entré et je l'ai aperçue derrière la caisse.

– Salut.

– Salut.

Elle m'a fait un sourire magnifique. Ses dents blanches étaient parfaitement alignées et ses cheveux soyeux encadraient son visage. Ses longues mèches brunes descendaient jusqu'à sa poitrine. Ses yeux bleus ont attiré mon attention, comme toujours.

Euh... pourquoi elle me fait cet effet-là ?

– Comme d'habitude ? demanda-t-elle.

– Ouaip.

– Tu ne changes jamais.

Elle ne savait pas à quel point c'était vrai.

– Comment vont les affaires ?

– Doucement. Mais à l'heure du déjeuner, il y a la queue jusque sur le trottoir.

– Tu devrais peut-être fermer le soir.

Elle a haussé les épaules.

– Beaucoup d'étudiants ne peuvent travailler que le soir. Mon père considère ça comme son œuvre de bienfaisance.

– C'est un homme bien.

– Je sais.

Elle s'est tournée pour préparer mon hot-dog.

– Skye, je n'ai pas payé.

– Cayson, t'es de la famille.

– Non, je suis un client. Alors, encaisse-moi.

Elle a levé les yeux au ciel.

– T'es pénible.

– Toi aussi.

J'ai posé un billet de vingt dollars.

Elle l'a pris et m'a rendu la monnaie.

– Ça arrive tout de suite.

– Prépare-toi quelque chose et mange avec moi.

– Je suis censée travailler.

Je lui ai fait un petit sourire.

– T'appelles ça du travail ?

Elle a souri, puis préparé mon hot-dog. Quand je l'ai vue en faire un autre, j'ai su qu'elle allait manger avec moi.

Nous nous sommes assis l'un en face de l'autre dans un coin de la salle. Son hot-dog était couvert de chili, de fromage, de jalapeños, d'oignons et de légumes marinés.

– Ça a l'air bon, dis-je.

– Il est sur le menu secret.

– Il s'appelle comment ?

Elle a réfléchi quelques secondes.

– Le Sky High.

– Tu lui as donné ton nom ou presque ? Un peu prétentieux.

– C'est toi qui es prétentieux, rétorqua-t-elle.

J'ai fait un petit sourire narquois et bu mon soda.

– C'était comment le labo ?

– Bien.

– T'es toujours lapidaire quand je t'interroge sur tes cours.

– Parce que c'est rasoir. Et franchement, tu ne pigerais rien.

– De plus en plus prétentieux.

Elle m'a lancé un regard sévère.

– Je ne pigerais rien à ton jargon économique, non plus.

– Touché.

Elle a avalé la moitié de son hot-dog en quelques bouchées. Contrairement à la plupart des filles, Skye ne commandait pas une petite salade avec la vinaigrette à part. Elle mangeait comme une vraie personne, et en conséquence, elle avait de vraies formes. Elle avait un petit ventre et des hanches visibles, mais c'était ce qui la rendait magnifique. J'adorais son corps. La première fois que je l'ai vue en maillot de bain, j'ai failli éjaculer dans mon short.

– Alors, tu vas te déguiser en quoi pour Halloween ?

Il fallait vraiment que je trouve quelque chose.

– Je ne sais pas trop. Et toi ?

– Zack veut qu'on soit en Batman et Wonder Woman.

Quelle banalité.

– T'es d'accord ?

– Pas vraiment. Je voulais être Beatrix Kiddo de *Kill Bill* et que Zack soit Bill.

La vache, elle me tuait. C'était la nana la plus cool du monde.

– Et il ne veut pas ?

– Il dit qu'il déteste ce film.

Putain, mais qu'est-ce qu'elle lui trouve ?

– Je crois que vous devriez continuer à brainstormer…

– Au moins, on a des idées.

Je l'ai regardée manger son hot-dog, des pensées lubriques me traversant l'esprit.

– Je me déguiserai peut-être en saucisse.

Elle a ri.

– Alors tu serais l'homme saucisse ?

– Et toi la fille saucisse. Ce serait parfait.

– Ce serait génial. J'adorerais ça, soupira-t-elle. Mais Zack me tuerait.

– Pourquoi ?

J'ai bu mon soda et l'ai fixée.

– Il est juste… laisse tomber.

– Tu peux tout me dire, Skye.

– Il te voit un peu comme une menace.

Il a bien raison.

– Il pense que je te plais ? dis-je.

Putain, j'aimerais que ce soit vrai.

– Non… il est seulement jaloux qu'on se voie autant.

– Tu préférerais qu'on se voie moins ?

Je t'en supplie, dis non.

– Bien sûr que non. C'est à lui de s'en accommoder. Je lui ai dit clairement que si ça lui posait un problème, il n'avait qu'à partir. Je ne suis pas du genre à supporter ces conneries.

L'agressivité dans sa voix m'a indiqué qu'ils avaient eu cette discussion plusieurs fois.

– Eh bien, ça me touche beaucoup.

– T'es de la famille. Aucun mec ne sera aussi important que mes proches à moins d'être mon mari.

– Tu l'imagines être ton mari, un jour ?

J'ai bu à nouveau du soda pour masquer mon inquiétude.

– Je ne sais pas. Je suis trop jeune pour penser au mariage.

Ça veut dire non. Dieu merci.

Elle a fini son hot-dog, puis soupiré.

– C'était trop bon.

– T'es plutôt douée en cuisine.

Je me suis essuyé la bouche avec une serviette en papier, puis je l'ai chiffonnée.

– Slade va se déguiser comment ?

J'ai levé les yeux au ciel.

– En tatoueur.

Elle a haussé un sourcil.

– C'est quoi le costume d'un tatoueur ?

– Je ne sais pas. Il va s'habiller comme lui.

Elle a ri.

– Mon cousin est zinzin.

– Tu te crois différente ? raillai-je.

Elle a souri.

– Je suppose que non.

– Au fait, Zack était furax qu'on ait dormi dans la même chambre ?

– Évidemment. Mais il n'a rien osé dire, comme il sait que je ne veux plus qu'il me reproche de te voir.

J'étais content que Skye ait mis un terme à ces conneries. Elle était trop forte pour laisser un homme la mater. Et trop indépendante et intelligente.

La clochette a retenti, la porte s'est ouverte, et Zack est entré.

Génial.

Dès qu'il m'a vu, son visage s'est renfrogné. Il ne m'aimait pas et il ne le cachait pas. Moi non plus, d'ailleurs. Il a marché jusqu'à notre table, les épaules un peu plus tendues à chaque pas.

– Salut, bébé.

Il s'est penché et l'a embrassée sur la bouche juste sous mon nez.

Elle a mis fin au baiser rapidement.

– Salut. Qu'est-ce que tu fais ici ?

– J'avais envie de te voir. Je sais que tu vas bientôt fermer.

– Ouais. Le temps passe vite quand je ne bosse pas.

Elle a ri de sa propre blague.

Zack s'est assis à côté d'elle et a posé le bras sur sa chaise, d'un air possessif.

Mon estomac s'est noué.

– Bébé, je peux commander un truc à manger ?

– Bien sûr. Tu veux quoi ?

Il a jeté un œil au menu.

– Le numéro deux.

Elle a tendu la main.

– Sept dollars.

– Tu vas me faire payer ? Je suis ton petit ami.

Elle l'a regardée dans les yeux.

– Et alors ? C'est le resto de mon père, pas le mien.

Il a soupiré et lui a donné l'argent.

Skye l'a pris et s'est dirigée vers la caisse, nous laissant seuls.

Zack m'a tout de suite lancé un regard menaçant.

– Tu peux tromper tout le monde, mais pas moi, connard.

Je suis resté silencieux.

– Si tu crois que la suivre partout et la harceler va la séduire, tu te goures, continua-t-il. Elle est à moi et je ne laisserai personne me la prendre. Si tu continues à me faire chier comme ça, je vais t'éclater la gueule au point que tu seras méconnaissable.

– Je ne savais pas que j'étais une telle menace pour toi.

Je me suis calé dans ma chaise et je l'ai fixé, sans cligner des yeux.

– Tu n'es pas une menace pour moi, siffla-t-il.

– On ne dirait pas. Et j'adorais que tu me files un coup de poing. Crois-moi, te briser les os un par un me procurerait un grand plaisir. Et tu sais ce qui sera le plus jouissif ? Voir Skye te larguer parce que t'auras voulu me cogner.

La fureur brûlait dans ses yeux. Il a serré le poing, et a frappé la table.

– Soyons réalistes. Tu ne seras jamais un rival sérieux. Et chaque fois que tu t'en prendras à moi, elle s'éloignera encore plus de toi. Tu creuses ta propre tombe, mon vieux.

Il a serré la mâchoire, incapable de trouver le moindre argument à répondre. Nous savions tous les deux que Skye tenait plus à moi qu'à lui. J'étais sa famille, son meilleur ami. Je serais toujours plus important, jusqu'au jour où elle dirait oui devant l'autel.

– Elle finira par s'en rendre compte, dit-il. Et tu crois qu'il se passera quoi, alors ? Elle se retournera contre toi et t'ignorera, essayant d'échapper à tes griffes.

– Ça n'arrivera jamais.

– Alors pourquoi tu ne lui dis pas la vérité, hein ? Qu'est-ce que t'as à perdre ?

Sérieusement, ce mec était con. Qu'est-ce qu'elle lui trouvait ?

– Skye n'a pas de sentiments pour moi. Elle me voit comme un ami, et un frère. Lui dire ne changerait rien. Et même si c'était le cas, tu devrais arrêter de mettre son intégrité en doute. Si tu la connaissais mieux, tu saurais qu'elle a un grand sens moral et qu'elle est fidèle. Elle ne trompe pas et elle ne ment pas. Alors tu devrais vraiment la mettre en veilleuse.

Skye est revenue à table et a posé le hot-dog devant lui.

– Sans oignons, c'est ça ?

Zack ne l'a pas regardée.

– Ouais.

Skye s'est assise à côté de lui, son carnet à la main. Elle a noté des trucs.

Zack a continué de me fixer, rêvant probablement de pouvoir m'étrangler et s'en tirer impunément. J'aimerais tellement qu'il le fasse pour que Skye le quitte.

Elle l'a regardé.

– Tu manges ou pas ?

Il est finalement sorti de sa rêverie.

– Ouais...

Je ne pouvais pas supporter de voir sa tronche une seconde de plus. Skye n'avait même pas l'air heureuse avec lui. Il ne la faisait pas rire comme moi. Leur relation n'était pas naturelle et enjouée. Elle était sérieuse et austère, presque lugubre.

– Je dois y aller.

Skye a perçu l'irritation dans ma voix.

– Tout va bien ?

– Ouais. Je viens de me rappeler que j'ai un devoir à rendre demain.

Elle savait que je mentais.

– Oh. D'accord.

– Bonsoir.

Je suis parti sans attendre qu'elle me salue.

Arrivé à la porte, j'ai entendu Skye parler à Zack.

– Tu lui as dit quelque chose ?

– Non.

– Parce qu'il avait l'air contrarié par un truc.

– Je ne sais pas. Et je m'en tape.

Je suis sorti et j'ai fermé la porte, sentant la colère bouillir en moi.

Slade s'est pointé à ma porte, habillé comme tous les jours.

– T'aimes mon costume ?

– Quel costume ?

– Je suis déguisé en tatoueur. Je te l'ai déjà dit.

J'ai soupiré, agacé.

– Eh bien, c'est le déguisement le moins cher du monde.

Il a regardé mon costume, visiblement confus.

– Tu es… Buzz l'Éclair ?

– Non, je suis un soldat laser tag.

– Oh !

Il a hoché la tête en signe d'approbation.

– C'est pas aussi cool qu'un dinosaure, mais ça le fait.

– Comme je n'ai pas cinq ans, le costume de dinosaure n'aurait pas été cool du tout.

– Ça se discute.

Il est entré dans mon appartement, sans y être invité.

– T'es prêt ?

J'ai passé ma veste et pris mon fusil laser en plastique.

– Ouaip.

– Bon, parlons de stratégie maintenant.

– Stratégie ?

– Pour niquer ce soir.

J'ai roulé des yeux.

– Si je veux baiser, je le ferai.

– J'ai l'impression que je vais devoir te filer un coup de main. Les filles vont se jeter sur nous, je te le dis. T'auras ta part du butin.

– On verra…

– Allons-y.

Il a repéré un sac de bonbons sur la table et en a piqué une poignée.

– T'attends les gamins qui sonnent aux portes ?

– Il y a des enfants dans mon immeuble.

– Quel gentil garçon, dit-il sarcastiquement.

Nous sommes sortis du bâtiment et avons roulé jusqu'à la maison de Trinity, à quelques rues du campus. Oncle Mike lui avait acheté une maison parce qu'il n'aimait pas qu'elle soit très près des autres. Oncle Sean était protecteur, mais oncle Mike était pire. Bien pire. Il avait fait installer une alarme et un système de vidéosurveillance. C'était un peu exagéré.

Les trottoirs étaient bordés de voitures. Toutes les places étaient prises, aussi nous avons dû nous garer un peu plus loin.

– Il y a un monde fou ce soir, dis-je.

– On connaît beaucoup de monde.

– Ils vont démolir sa maison.

– Rien qu'oncle Mike ne puisse réparer avec les liasses qu'il a au fond de ses poches.

Une fois garés, nous avons marché jusqu'à chez Trinity. Les basses de la sono résonnaient bruyamment, et la maison était décorée pour Halloween. Des toiles d'araignée recouvraient les buissons et des squelettes étaient plantés dans la pelouse.

– Brrr, j'ai trop peur, ironisa Slade.

Nous sommes entrés dans la maison, accueillis par la fumée des cigarettes et des pipes à eau. La musique était forte, martelant nos tympans. Je ne reconnaissais pas la plupart des gens, et visiblement, Slade non plus. Nous avons marché jusqu'au salon.

Conrad et Roland buvaient une bière en matant des filles dans un coin. Elles portaient toutes un costume de Bunny girl. Elles n'étaient même pas originales. Elles avaient de la lingerie noire et des oreilles roses. Des corps de rêve, des beaux nichons, mais elles étaient toutes pareilles.

Slade a rejoint les garçons.

– Salut. On a de beaux spécimens ici ce soir.

Je me suis mis à côté de lui et j'ai regardé Roland.

– Salut, mec.

Il m'a frappé le poing.

– Alors, tu t'es bien amusé avec ma frangine ce week-end ?

J'ai haussé les épaules.

– C'était sympa.

Tout le monde savait que j'étais amoureux de Skye, même son frère. Je ne l'avais jamais avoué, mais je n'en avais pas besoin. Ils le savaient tous. C'était un miracle que Skye ne le sache pas. Elle était vraiment aveugle.

– Mon père était là ?

– Ouaip. C'était un peu la célébrité.

– Quand ne l'est-il pas ?

Roland a bu dans son gobelet en carton.

– T'es déguisé en quoi ?

Il examinait mon costume.

– Soldat laser tag.

– Cool, dit-il en hochant la tête.

Il portait un jean et un t-shirt.

– Et toi ?

– Rien. Je suis trop cool pour me déguiser.

Conrad aussi était en jean.

– Tout le monde sait qu'Halloween est juste une fête où les filles peuvent s'habiller en salopes sans se faire insulter par les autres nanas. Et c'est un excellent moyen pour nous de déterminer qui est la mieux gaulée.

Slade a acquiescé.

– Bien dit.

Il a maté les Bunnies dans le coin.

– Et le match est serré.

Roland a souri.

– Il suffit que je dise que je suis un Preston et les filles me sautent dessus.

– Moi, il suffit que je montre mes tatouages, dit Slade. Les nanas pensent que je suis ténébreux et dangereux.

– Et irresponsable et idiot, ajoutai-je.

Trinity a rejoint notre groupe, mais j'ai eu du mal à la reconnaître. Elle portait une petite culotte rouge sang et un soutien-gorge pigeonnant assorti. Ses cheveux blonds étaient bouclés et elle avait des cornes rouges sur la tête. Avec ses talons de trente centimètres, elle était presque aussi grande que nous.

– Salut, toi.

Elle a posé les mains sur ses hanches et jeté ses épaules en arrière. Elle a fixé Slade, guettant sa réaction.

Les yeux de Slade se sont élargis alors qu'il la regardait.

– Euh…

Conrad a été le premier à réagir. Il a failli recracher sa bière.

– Qu'est-ce que tu portes, bon sang ?

– Mon costume d'Halloween.

– Non, tu portes une lingerie de salope, siffla-t-il.

– Donc, les filles que tu matais dans le coin peuvent s'habiller comme ça, mais pas moi ?

Elle a lancé à son frère un regard provocateur.

– Va t'habiller. Tout de suite.

Conrad a serré le poing si fort qu'il a broyé son gobelet.

– Non.

Elle a entortillé une mèche de ses cheveux, puis a regardé Slade à nouveau. Je ne voyais pas ce qu'elle attendait de lui. Un échange silencieux a eu lieu entre eux.

Conrad a sorti son téléphone de sa poche.

– Très bien. Je vais prendre une photo et l'envoyer à papa. Je suis sûre qu'il aimerait savoir ce que fait sa petite pute de fille.

Les yeux de Trinity ont lancé des flammes démoniaques.

– N'y pense même pas.

Conrad a levé le téléphone pour prendre une photo.

Elle a sifflé puis a agrippé son poignet, essayant de lui arracher l'appareil.

Slade et moi sommes restés à l'écart de la zone de tir. Roland sirotait son verre, indifférent.

– Je suis une grande fille et je peux faire ce que je veux, lança Trinity. Tu dois arrêter de moucharder chaque fois que je fais un truc qui ne te plaît pas.

– T'es en petite tenue en public, s'offusqua Conrad.

– En quoi c'est différent d'un maillot de bain ? s'énerva-t-elle.

– Parce qu'on n'est pas à la plage, merde.

Il a reculé son téléphone et a pris une photo.

– Je ne te pardonnerai jamais si tu l'envoies à papa !

Elle était pratiquement hystérique.

Connaissant oncle Mike depuis ma naissance, je savais qu'il fallait mieux ne pas l'énerver. Lui envoyer cette photo aurait de terribles répercussions pour Trinity. Je n'aimerais pas subir les foudres de sa colère.

J'ai attrapé le téléphone et l'ai fourré dans ma poche.

– Vous êtes tous les deux adultes, maintenant. Si Trinity veut s'habiller comme ça à sa fête, c'est son droit. La dénoncer à oncle Mike n'est pas juste.

Trinity m'a lancé un regard reconnaissant.

– Merci.

– Tu te sentirais comment si ta sœur s'exhibait en petite tenue ? demanda Conrad.

– Ça ne me plairait pas, répondis-je honnêtement. Et je lui demanderais de se changer. Mais je ne la dénoncerais pas à mon père. Ce n'est pas cool du tout.

Je lui ai rendu son téléphone.

– Agis comme il faut, mec.

Conrad a grogné, et remis son téléphone dans sa poche. Puis il a regardé sa sœur.

– Quand tu t'habilles comme ça, les mecs n'ont qu'une envie, c'est de te sauter. Ils n'en ont rien à foutre de toi et ils ne te respectent pas. Si tu veux te pavaner en pute, très bien. Mais n'espère pas que je viendrais te consoler parce que le mec ne t'appelle pas.

Il s'est dirigé vers la table des alcools et s'est servi une autre bière. Roland l'a accompagné.

– Il me tape sur les nerfs par moments.

Trinity a croisé les bras sur sa poitrine.

Slade n'arrêtait pas de la mater, sans aucune discrétion.

Je n'étais pas parent avec Trinity, mais je ne la voyais pas comme ça. Pour moi, c'était une cousine éloignée.

– T'aimes ce que tu vois ? lui demanda Trinity.

Slade a bu une gorgée, sans répondre.

Ces deux-là me dépassaient. Ils se disputaient comme s'ils se détestaient, et maintenant, ils semblaient être amis. Préférant m'éloigner du champ de bataille, je suis parti à la recherche de Skye. Je savais que mon déguisement lui plairait… contrairement aux autres. Et j'espérais sincèrement qu'elle était en costume de *Kill Bill*.

J'ai traversé la maison jusqu'à ce que j'aperçoive un mec déguisé en Batman. Il ne portait pas de masque, et j'ai tout de suite reconnu Zack.

Putain de cliché.

Contre le mur se trouvait Skye. Elle portait un costume de Wonder Woman, la poitrine généreuse et les jambes longues et fines. Zack la serrait contre le mur, son visage près du sien. Puis il l'a embrassée, la tripotant comme s'il voulait se la taper devant tout le monde.

La scène me rendait malade. Un peu comme un accident horrible qu'on ne peut pas s'empêcher de regarder, j'ai continué de les regarder se peloter. Elle a aspiré sa lèvre inférieure, puis l'a embrassé encore, les yeux fermés. La passion sur son visage m'a vrillé l'estomac. La façon dont il agrippait ses hanches m'a aspiré vers le bas, faisant ralentir mon cœur à chaque seconde. J'étais face à mon pire cauchemar.

– Quelles étaient les chances que tu sois là ?

La voix m'était familière, mais je ne la reconnaissais pas.

– Pardon ?

Je me suis tourné et j'ai vu Jasmine à côté de moi. Elle portait un costume sexy de squaw. Un bustier moulant à franges lui couvrait la poitrine, contenant à peine ses seins voluptueux, et elle avait une mini-jupe qui ne cachait presque rien. Et une perruque noire avec une longue tresse.

Elle étudiait mon visage, lisant sans doute l'horreur dans mes yeux. Je ne pouvais pas dissimuler ma peine. J'avais déjà vu Skye embrasser Zack, mais jamais comme ça. Ça donnait un aperçu de leur vie sexuelle, chose que je trouvais tellement dégoûtante que j'avais envie de vomir. Je me sentais seul. Je me sentais blessé. Comment pouvais-je être amoureux de quelqu'un qui ne me voyait même pas ? Comment pouvait-elle le préférer à moi ? Pourquoi ne pouvait-elle pas m'embrasser comme ça ? Ce n'était pas juste. J'étais mieux que lui sur tous les plans.

Jasmine a jeté un coup d'œil à Skye, l'a vue rouler une pelle à Zack, puis s'est retournée vers moi.

– Maintenant, je comprends.

Elle m'a regardé avec pitié. Les voir ensemble a provoqué un déclic en moi. J'en avais marre d'être dans cet état. J'étais désespéré et épuisé. À mon âge, je devrais sortir et m'amuser. Je devrais être amoureux d'une autre. Par moments, j'aurais aimé ne jamais avoir rencontré Skye pour pouvoir avoir une vie normale comme tout le monde. La douleur s'infiltrait dans ma moelle épinière, me scarifiant l'os.

– Tu veux qu'on aille ailleurs ?

Elle a souri.

– J'avais peur que tu ne me le demandes pas.

6

SKYE

Le sexe avec Zack était… correct. Quand il était ivre, c'était le pire. Ça durait longtemps, mais il avait tendance à me négliger et à me secouer dans tous les sens. Il lui fallait des plombes pour prendre son pied. Il me faisait jouir de temps en temps, mais c'était assez aléatoire. C'était ça le sexe, après tout, et je n'allais pas m'en plaindre. Il semblait aimer ça plus que moi. Chaque fois qu'on batifolait, il était dur comme fer. Et dès qu'il était en moi, il gémissait comme s'il n'avait jamais fait l'amour de sa vie.

J'essayais de ne pas trop y penser. Les relations réelles n'étaient pas un conte de fées où on tombe éperdument amoureuse d'un mec, qui en plus résout tous nos problèmes. Elles exigeaient de faire des efforts et elles consommaient un temps fou. Il y avait des jours où je ne voulais pas faire d'efforts et d'autres où j'en faisais. Mais parfois, je me demandais si ça valait la peine.

J'avais déjà eu des relations amoureuses avant, mais je n'avais jamais ressenti l'amour dévorant dont parlaient les romans et les films. Mon cœur ne s'ouvrait pas autant que je l'aurais voulu. Je n'avais pas de papillons dans le ventre quand il était là. J'avais éprouvé la sensation au début de notre relation, mais elle avait rapidement disparu. Maintenant, j'avais l'impression qu'on ne faisait que se disputer et coucher ensemble.

Est-ce normal ?

Je n'ai pas beaucoup vu Zack la semaine suivante. J'avais un examen le vendredi et je voulais réviser à fond. Zack se spécialisait en sciences politiques parce qu'il voulait faire de la politique. Je savais qu'il lui restait du chemin à parcourir. Honnêtement, je ne le voyais pas devenir sénateur ou membre du Congrès. Il manquait de charisme. La fac de droit serait sans doute mieux pour lui.

Après avoir passé mon examen, le vendredi, je me suis enfin détendue. J'avais tout un week-end pour traîner en pyjama sans rien faire. J'avais rendez-vous avec un litre de glace au chocolat et ma télé.

La vie était belle.

Quand je suis rentrée chez moi, j'ai reçu un SMS de ma mère.

Ton programme du week-end ?

Manger de la glace.

Je fais ça tous les week-ends.

Je sais. Je suis ta fille. Tu pensais à quoi ?

Le week-end prochain, ton père et oncle Mike organisent un gala pour l'entreprise. Ils aimeraient que Roland et toi veniez. J'ai pensé que je pourrais venir demain et t'emmener faire du shopping.

Un gala ? De charité ?

Oui. Et il tient beaucoup à ce que vous soyez là tous les deux.

Bien sûr. Ça veut dire que Cayson viendra aussi ?

Je n'en suis pas sûre, mais je suppose que oui.

Cool. J'adore faire du shopping.

Super. Je passe te prendre à midi.

Parfait.

J'ai hâte de te voir.

Moi aussi, maman.

Ma mère et moi étions proches. Elle avait été ma première copine, et maintenant, elle était ma meilleure amie. Je lui disais tout sans qu'elle me juge. Et je savais qu'elle ne répétait rien à mon père sans mon autorisation. Elle gardait mes secrets, sauf si ça pouvait nuire à mon bien-être. Elle savait qu'il était psychorigide.

J'ai ensuite envoyé un SMS à Cayson. Il n'était pas venu dîner mercredi soir comme d'habitude. En fait, je ne l'avais pas vu de la semaine. On ne s'était pas non plus croisés à la fête d'Halloween. Ne pas lui parler me faisait bizarre.

Salut, étranger.

Il n'a pas répondu.

Normalement, il répondait tout de suite. C'était comme s'il avait toujours son téléphone en main. Il s'est passé une demi-heure avant qu'il réponde.

Salut, fille saucisse.

Ne m'appelle pas comme ça devant mon père. Il pourrait se faire de fausses idées.

Et je n'ai pas envie de mourir.

Ma mère m'a dit qu'il y a un gala pour l'entreprise le week-end prochain. Tu y vas ?

Je ne laisserais jamais tomber mon père.

Cool. Ma mère vient demain pour faire du shopping.

Dis-lui bonjour de ma part.

D'accord.

Il n'y avait rien d'autre à ajouter, mais j'avais envie de continuer à lui parler. Il me manquait. C'était bizarre de ne pas le voir.

On y va en covoiturage ?

D'accord.

On peut prendre ma voiture.

Cool.

C'était étrange. Je devais alimenter la conversation. Normalement, elle coulait de source. C'était comme s'il voulait écourter note échange.

Tu veux manger une pizza ? J'ai passé un exam il y a quelques heures et je meurs de faim.

J'ai un rencard. La prochaine fois.

Un rencard ? Qui ?

Une fille que j'ai rencontrée l'autre jour.

Oh. Il ne m'en a jamais parlé. Il était si secret sur sa vie privée que je ne savais pas trop pourquoi il avait mentionné ce rendez-vous.

OK. Amusez-vous bien.

Merci. À plus.

À plus ? Il ne disait jamais au revoir sur un SMS. La conversation restait toujours ouverte, indéfiniment.

Cayson, tout va bien ?

Ouais.

Il n'a rien dit de plus.

J'ai reposé le téléphone, ne sachant pas quoi penser.

Ma mère a sonné à ma porte à midi pile.

– Salut, maman.

Je l'ai embrassée et l'ai serrée dans mes bras. J'ai respiré son odeur de vanille, parfum qui me rappelait mon enfance. Ma mère était la personne la plus gentille que je connaissais. Elle avait un cœur d'or, tout en étant forte. Elle tenait tête à mon père, si protecteur et possessif.

– Bonjour, ma chérie.

Elle a touché le bout de mes mèches, appréciant leur souplesse.

– T'es belle, comme toujours.

– Tu dis ça seulement parce que je te ressemble.

Elle s'est écartée et a souri.

– Eh bien, il y a sûrement un peu de ça. T'es prête ?

– Tellement.

J'ai pris mon sac à main et nous sommes parties.

Arrivées devant sa voiture, son téléphone a sonné. J'ai deviné qui c'était avant même qu'elle le sorte de son sac.

– Papa ?

Elle a levé les yeux au ciel.

– Tu connais ton père…

Elle a regardé l'écran.

– Bonjour.

– Bonjour, chérie. T'es arrivée chez Skye ?

Je pouvais entendre sa voix.

– T'as une appli pour me localiser, alors tu le sais déjà.

Il a pouffé.

– Je voulais juste vérifier.

– Écoute, tout va bien.

– Appelle-moi quand vous serez rentrées.

– J'essaierai d'y penser.

Ma mère aimait l'enquiquiner.

– Appelle-moi ou je viens vous retrouver. À toi de choisir.

– Hum… quel est le moindre des maux ?

J'ai levé les yeux au ciel en les écoutant.

La voix de mon père est devenue plus ferme.

– Je deviens fou sans toi, donc le moindre prétexte pour débarquer me suffira.

– Alors, je crois que je t'appellerai.

– Je t'aime.

Chaque fois qu'il disait ces mots, sa voix ne variait pas. Peu importe qu'il soit fâché ou fatigué. Il les prononçait de la même façon. L'émotion montait dans sa gorge, résonnant bien après qu'il les ait prononcés. Il était presque désespéré, comme s'il voulait que ma mère sache qu'il le pensait chaque fois qu'il le disait. Même s'ils étaient impudiques et dégoûtants, ils me donnaient envie de connaître un amour qui dure comme le leur. Mais je doutais qu'un homme puisse un jour m'aimer comme mon père aimait ma mère.

– Je t'aime aussi.

Elle a raccroché et a remis son téléphone dans son sac.

– Il est accro.

– Ton père est... il n'y a pas de mots.

Elle a démarré la voiture, puis a pris la direction du centre commercial.

Une fois arrivées, nous avons fait les boutiques.

– Quand j'ai dîné avec papa il y a quelques jours, la serveuse s'est pratiquement jetée sur lui. J'ai trouvé ça dégoûtant.

Ma mère a esquissé un sourire.

– T'as bien fait.

– Ça ne te rend pas folle ?

Elle a haussé les épaules.

– Je suis mariée à l'un des hommes les plus séduisants au monde. Contrairement aux femmes, les hommes deviennent plus beaux en vieillissant, et ton père ne fait pas exception. En plus, c'est l'un des hommes les plus riches du pays. J'ai conscience de son attrait pour les autres femmes. Elles le désirent. Mais je m'en fiche, parce qu'elles ne pourront pas l'avoir.

– Waouh. Tu fais vraiment confiance à papa.

– Je n'ai aucune raison de douter de lui.

J'aimerais dire la même chose de Zack, mais je n'étais pas sûre de pouvoir.

– Comment vous vous êtes trouvés ?

– On s'est rencontrés à la fac, je te l'ai déjà dit.

– Non. Je veux dire, comment vous avez su que ça allait marcher ?

– Oh... c'est une longue histoire. La journée est trop courte pour te la raconter.

– Vous étiez amis d'abord, non ?

Nous sommes entrées dans une boutique pour regarder les robes en rayon.

– Je connaissais ton père depuis dix ans avant notre premier baiser. En fait, il allait faire sa demande en mariage à une autre.

– Oh… qu'est-ce qui s'est passé ?

– Elle l'a trompé, dit-elle en souriant. Et puis, je l'ai eu.

– Comment peut-on rester amis si longtemps sans remarquer l'autre ?

Elle s'est approchée d'une robe rose champagne et a touché le tissu.

– Eh bien, il suffit parfois d'un simple contact ou regard pour voir l'autre différemment. Je pense que j'étais amoureuse de ton père bien avant de m'en rendre compte. La première fois qu'on a… été ensemble… je l'ai compris.

– C'était un plan cul ?

Elle a rougi.

– Plutôt une nuit d'ivresse.

– Maman !

Elle a ri.

– Chérie, je ne suis pas une sainte et je ne l'ai jamais nié.

– Alors vous êtes sortis ensemble et c'est tout ?

Elle a ri de nouveau.

– Non, pas du tout. On a eu une relation très difficile. En fait, j'ai déménagé à Seattle pour m'éloigner de lui. Avec le temps, on a réussi à la faire fonctionner. Et cela nous a rendus encore plus amoureux.

– Donc, coucher avec lui t'a fait réaliser que c'était le bon ?

Elle a haussé les épaules.

– Sean a toujours été le bon. Je pense que le fait que le sexe ait été vraiment génial cette nuit-là m'a fait réaliser la passion qui existait entre nous. Ça a tout changé.

J'étais surprise qu'ils aient pu être amis pendant dix ans sans se mettre ensemble plus tôt. Je trouvais ça étrange. La plupart des relations ne se passaient pas comme ça.

– Est-ce qu'être amis a fait de vous de meilleurs amants ?

– Certainement. Quoi de mieux que de tomber amoureuse de ton meilleur ami ? Il sait tout de toi, il connaît tes défauts et tes qualités. Tu n'as jamais peur d'être toi-même. Tu n'as même pas besoin de lui dire ce que tu penses ou ce que tu veux. Il le sait, c'est tout.

Elle a touché la robe du bout des doigts.

– J'aime bien celle-là. Je pense qu'elle t'irait bien.

Je l'ai regardée. Elle était belle et classe. Mais le haut était un bustier moulant.

– Je ne suis pas sûre que ma poitrine tienne là-dedans — merci pour ça, à propos.

Elle a souri.

– Elle tiendra. Il y a un renfort à l'intérieur.

Elle a pris une robe à ma taille, puis un châle blanc.

– Il sera joli avec ton teint.

– Tu crois ?

– Je sais. Prenons-le.

– D'accord.

Nous nous sommes dirigées vers le salon d'essayage et sommes entrées ensemble dans la cabine. Je me suis changée devant elle, pas du tout gênée d'être quasiment nue devant ma mère. J'ai enfilé la robe et remonté la fermeture éclair.

Ma mère a souri.

– Elle est parfaite.

J'ai regardé mes seins.

– On dirait qu'ils sont servis sur un plateau.

Elle a levé les yeux au ciel.

– Accepte-les. En plus, ton mari les adorera.

– Tous les mecs que je croise dans le couloir les adorent.

Elle a ri.

– Ça ne m'étonne pas.

J'ai remis mes vêtements et nous sommes sorties de la cabine d'essayage. À la caisse, ma mère a tendu sa carte de crédit pour régler.

– Je peux payer, maman.

– Non, dit-elle fermement. C'est un cadeau de ton père.

– Vous m'achetez trop de trucs.

– Accepte-les, c'est tout.

Elle a tendu le poignet pour montrer son bracelet en or.

– Ton père m'a acheté ce bijou il y a vingt ans, beaucoup trop cher. Je lui ai pratiquement arraché la tête, mais il m'a calmée. Alors, tu peux accepter cette robe.

– Comment tu peux le supporter ?

Elle a tendu sa carte de crédit et a pris le reçu.

– Parce que je l'aime à la folie.

Nous sommes sorties de la boutique.

– On déjeune ? demanda-t-elle.

– Pizza ?

– Je pensais exactement la même chose.

Nous sommes allées dans une pizzéria du centre commercial et avons déjeuné à table. Nous avons commandé des parts de différentes saveurs.

– Papa sait que j'ai un petit ami et que j'ai couché avec lui.

J'ai pris une bouchée et bu mon soda.

Elle a hoché la tête.

– Oui, il me l'a dit.

– Il était fâché ?

– Non. Il comprend que t'es adulte et que t'as une vie privée. Il a simplement du mal à l'accepter par moments. Il se soucie beaucoup de toi, ma chérie.

– Je sais... mais c'est tellement flippant par moments. Il t'a posé des questions ?

– Non.

– Est-ce qu'il me fait suivre par un détective privé ?

Elle a ri.

– Non !

J'ai poussé un soupir de soulagement.

– Comment ça va avec Zack, au fait ?

J'ai haussé les épaules.

– Bien.

Elle m'a regardée dans les yeux.

– Bien ? Pas plus ?

– Je ne sais pas. Il n'y a pas grand-chose à dire.

– Pas d'histoires intéressantes ?

– Aucune qui me vient à l'esprit.

Ma mère a mangé sa part de pizza plus vite que moi.

– On dirait que tu ne l'aimes pas vraiment, Skye.

– Si, répondis-je prestement. Il m'énerve parfois. Il est très jaloux et chicaneur. J'ai l'impression qu'on passe autant de temps à se disputer qu'à s'amuser.

– Vous vous disputez pour quoi ?

– Pour rien. C'est le plus triste.

– Tu sais que ton père et moi, on se prend la tête aussi.

– Oui, mais entre deux disputes, vous êtes fous amoureux. Ce n'est pas comme ça avec Zack.

– Tu l'aimes ?

Je n'aimais pas qu'on me pose cette question.

– Je suis trop jeune pour connaître l'amour.

Elle a levé un sourcil.

– Tu as vingt et un ans. De quoi tu parles ?

– Je ne sais pas. On est ensemble que depuis six mois. Je ne pense pas que ce soit assez long pour savoir.

– Je ne suis pas d'accord. On le sait tout de suite quand on aime quelqu'un. Même si on ne le reconnaît pas, l'amour est là.

– Zack et moi n'avons pas une relation sérieuse. On passe des bons moments ensemble, c'est tout.

– Alors, il est doué au lit ? demanda ma mère.

J'ai haussé les épaules.

– Ça va.

Elle a souri.

– J'ai du mal à comprendre pourquoi tu restes avec lui.

– Eh bien, j'ai eu un coup de foudre. Quand je l'ai vu, je suis tombée raide dingue de lui comme une ado. Mais quand j'ai appris à le connaître, mon enthousiasme est retombé. J'imagine que c'est comme ça dans tous les couples, non ?

– Non. Je suis aussi amoureuse de ton père que le jour de notre mariage.

– Ouais, mais vous êtes bizarres tous les deux.

– Alors, pose la question à n'importe lesquels de tes oncles et tantes. Ils te donneront la même réponse.

Je le savais trop bien. Parfois, ils ne comprenaient pas l'impudeur des effusions d'affection en public.

– Ils sont bizarres aussi.

J'ai fini ma pizza et j'ai senti mon estomac s'alourdir.

– Je vais exploser.

Elle a haussé les épaules.

– Je pourrais manger non-stop.

– T'as de la chance de ne pas être une vache. J'espère que c'est quelque chose que j'ai hérité de toi à part ces seins énormes qui me tuent le dos.

Elle a ri.

– Sûrement. À croire que la seule chose que t'as héritée de ton père, c'est ses yeux.

– Tant mieux. Je n'aimerais pas être une maniaque du contrôle comme lui.

– Ton père a beaucoup de qualités.

C'était vrai.

– Je sais.

Nous avons payé l'addition puis nous sommes rentrées à la

maison. Ma mère passait habituellement la nuit chez moi avant de repartir chez elle le lendemain matin, sur les ordres de mon père.

Nous avons jeté les sacs dans un coin, puis nous nous sommes assises sur le canapé, les pieds sur la table basse.

– Comment va Cayson ? demanda-t-elle.

– Bien. C'est toujours un intello qui étudie comme un malade.

– Et pas toi ? Tu as fait une présentation en public lors d'une conférence.

– Mais je n'étudie pas la biochimie. C'est vraiment un truc d'intello.

Elle a souri.

– Sans doute. Cayson a été gentil de t'accompagner.

– Ouais, mais je n'étais pas surprise. C'est le mec le plus gentil du monde.

– C'est vrai. Je sais que Cortland est très fier de lui. Chaque fois qu'il parle de son fils, c'est pour vanter ses louanges.

– Il y a de quoi se vanter.

– Ton père m'a dit que vous avez dormi dans la même chambre ?

– Ouais. Il n'y avait plus une seule chambre de libre.

Elle a hoché la tête.

– Et comment ça s'est passé ?

– Très bien. Il a dormi sur le canapé. Papa m'avait réservé la suite présidentielle, ajoutai-je en levant les yeux au ciel. Le canapé avait pratiquement la taille d'un lit. Après avoir marché en escarpins toute la journée, Cayson m'a massé les pieds. Ses mains sont une merveille.

Elle a pouffé.

– Il est trop gentil.

– Oui. Et c'est bien pour ça qu'il est mon meilleur ami.

– C'est de lui que Zack est jaloux ?

– Ne m'en parle pas... Zack pense que Cayson est amoureux de moi parce qu'on est souvent ensemble.

– Il sait que vous avez dormi dans la même chambre ?

– Ouais... ça ne l'a pas ravi. Il a déclenché un genre de Troisième Guerre mondiale.

– Tu as dit quoi ?

– Qu'il doit accepter Cayson ou notre relation ne marchera jamais.

Ma mère a levé la main et a tapé la mienne.

– Bonne fille.

J'ai ri, puis j'ai tiré le plaid sur mes jambes.

– Est-ce que papa réagirait de la même façon si oncle Cortland et toi dormiez dans la même chambre ?

– Non. Il fait confiance à tout le monde dans notre cercle d'intimes. En fait, si ton père ne pouvait pas être là pour une raison quelconque, il préférerait que quelqu'un reste avec moi.

– Oh, j'imagine qu'il n'est pas si cinglé, alors.

Elle a souri.

– Je ne dirais pas ça...

Comme si mon père avait des antennes, il a appelé. Son téléphone a vibré sur la table basse. Elle l'a pris et elle a soupiré.

– J'ai oublié de l'appeler.

– Oh non. Où est mon casque ?

Elle a décroché.

– Salut.

Sa voix était audible à l'autre bout du fil.

– Vous êtes rentrées à l'appartement ?

– Vérifie le GPS, dit-elle sarcastiquement.

– Tu sais que je fais ça uniquement parce que je veux te savoir en sécurité.

– Oui, on est à l'appartement.

– Peux-tu me rendre un service ?

– Tu sais que je ferais n'importe quoi pour toi.

– Peux-tu te prendre en photo avec Skye ? J'en voudrais une.

Elle a souri.

– Bien sûr.

– Merci. Je peux te demander autre chose ?

– Là, tu pousses le bouchon…

Son sourire s'est élargi.

– Tu peux m'appeler quand tu partiras demain ?

– Je connais les règles, chéri.

– Merci, bébé. Tu me manques.

– Tu me manques aussi.

– Au revoir.

Elle a raccroché.

– Tu l'as vu ce matin. Comment peut-il te manquer ?

Elle a reposé le téléphone, son sourire encore sur les lèvres.

– Il me manque toujours.

Quand Zack et moi étions séparés, il ne me manquait pas. La plupart du temps, j'appréciais ma tranquillité.

– T'as vu Roland ?

– On a pris le petit déjeuner ensemble.

– Pourquoi on ne passerait pas du temps ensemble tous les trois ?

Elle a haussé les épaules.

– Vous n'avez pas les mêmes besoins. Je préfère vous donner à chacun toute mon attention, séparément. Cela nous permet d'avoir un lien plus fort. En plus, ton frère ne voudra pas nous entendre discuter de shopping, de petit copain, de sexe et de mon mariage avec ton père.

– Ouais… même moi, je ne veux pas en parler.

Elle a ri.

– On se fait un film ? demandai-je.

– Une histoire avec un beau mec.

– Telle mère, telle fille !

J'ai allumé la télé et nous sommes restées sur le divan

jusqu'au soir. Je n'allais pas faire dormir ma mère sur le canapé, alors on s'est couchées toutes les deux dans mon lit. Il était immense, on avait largement la place.

Quand ma mère est partie le lendemain, j'étais triste. Je n'aimais pas dire au revoir. Elle n'était qu'à deux heures de route, mais le fait de ne plus vivre à la maison m'a toujours fait larmoyer un peu. Ça me manquait de ne plus l'aider à préparer le petit déjeuner le week-end. Je regrettais les histoires qu'elle me lisait avant de m'endormir. Il y avait tant de choses que je tenais pour acquises dans mon enfance.

– Au revoir, maman.

Je l'ai serrée fort et j'ai fermé les yeux.

– Au revoir, ma chérie. On se voit le week-end prochain.

– C'est si loin…

– Ça va arriver plus vite que tu le crois. Et c'est bientôt les vacances.

Elle s'est écartée et m'a souri.

– On passera beaucoup de temps ensemble.

– Oui…

– Je t'aime.

– Moi aussi, je t'aime.

Elle a marché jusqu'à sa voiture, puis elle est partie. Je suis restée devant ma porte, me sentant soudain très seule. Quelque chose n'allait pas dans ma vie, mais je n'arrivais pas à identifier quoi. Il me manquait un truc. J'avais une famille merveilleuse et aimante, mes études me passionnaient et j'avais des amis formidables qui feraient n'importe quoi pour moi. Alors qu'est-ce qui n'allait pas ?

– Comment tu trouves celle-ci ?

Trinity tenait une robe devant elle. Elle était argentée avec des paillettes, super moulante.

– Elle est jolie.

J'étais assise sur le canapé, mon laptop sur les genoux.

– Je pense qu'elle sera bien pour le gala.

– Sûrement.

– Tu vas mettre quoi ? demanda-t-elle.

– Une robe rose.

– Courte ou longue ?

– Aux genoux.

Elle a posé la robe sur le comptoir, puis s'est assise sur le canapé.

– Est-ce que ta maison empeste encore la bière ?

Elle a ri.

– Non. J'ai laissé les fenêtres ouvertes pendant plusieurs jours pour faire disparaître l'odeur.

J'ai fait défiler l'article que je lisais.

– Cette soirée est floue pour moi. J'avais beaucoup trop bu.

– Zack et toi avez pratiquement fait l'amour dans le couloir.

Pourquoi ça ne me surprend pas ?

– Je m'excuse si t'en as trop vu.

– J'accepte tes excuses.

– T'as couché avec quelqu'un ?

Elle a attrapé la télécommande et a zappé sur les chaînes.

– Non.

– Vraiment ? Ton costume de diablesse n'a séduit aucun mec ?

– Nan. Il n'aurait pas assuré de toute façon.

Je n'avais pas vu Cayson depuis deux semaines. Il n'était pas venu dîner le mercredi soir comme à son habitude. C'était comme s'il avait disparu de la circulation.

– T'as parlé à Cayson ?

– Je l'ai croisé ici et là.

Elle a arrêté de zapper quand elle est tombée sur un défilé de mode.

– Est-ce qu'il avait l'air… différent ?

– Non. Pourquoi ?

– Je ne sais pas… je ne le vois plus en ce moment. D'habitude, on se croise tous les jours, mais je ne l'ai pas vu depuis quinze jours. Il n'est pas venu au resto non plus. Deux semaines de suite.

Elle a haussé les épaules.

– Il est peut-être occupé.

– Ouais… mais c'est quand même inhabituel.

Trinity a regardé le défilé, puis elle a pris le bol de popcorn sur la table.

– Il me manque, murmurai-je.

– Depuis quand tu n'as pas vu Zack ?

– Euh… on a pas mal bossé tous les deux, donc ça doit faire environ une semaine.

– Alors Cayson te manque plus que ton petit copain ?

– Je ne le dirais pas comme ça…

– Ça y ressemble, en tout cas.

J'ai fait défiler l'article sur mon écran.

– Les petits copains, ça va et ça vient, mais ma relation avec Cayson va durer toute la vie. C'est pour ça que c'est différent.

– Je ne t'ai pas vue de la semaine et ça ne m'a pas alarmée.

Je l'ai regardée.

– Où tu veux en venir ?

Elle a haussé les épaules.

– Parfois, je me demande si tu n'as pas des sentiments pour Cayson.

Quoi ?

– Non !

– Vous êtes terriblement proches. Vous faites tout ensemble, vous vous racontez tout et vous dormez blottis l'un contre l'autre.

– Je te raconte tout aussi, me défendis-je.

– Mais je ne me rappelle pas avoir dormi une seule fois blottie contre toi sur le canapé.

J'ai froncé les sourcils.

– Comment tu sais ça ?

Elle s'est tortillée, légèrement mal à l'aise.

– Ce n'est pas un scoop, Skye. Sérieusement, il ne t'attire pas ?

– Eh bien… je trouve que c'est un beau mec.

– Tu sais ce que je veux dire, Skye.

– Je comprends pourquoi les filles s'intéressent à lui.

– Ça ne répond pas non plus à ma question.

– Je n'en sais rien, dis-je. C'est juste un ami.

Elle m'a regardée d'un air sévère.

– T'en es sûre ?

– Comment ça, si j'en suis sûre ? J'ai un petit ami.

– Que tu n'aimes même pas, la plupart du temps.

– Ce n'est pas vrai.

– Si, c'est vrai. Il te tape sur les nerfs.

– On passe aussi de bons moments.

– Bien sûr…

Elle a tourné son attention vers l'écran.

– Je n'ai pas de sentiments amoureux pour Cayson.

– Si tu le dis…

– Je n'en ai pas, insistai-je.

– On dirait que c'est toi que tu cherches à convaincre, pas moi.

J'ai baissé la tête vers mon ordinateur, ignorant Trinity.

Elle a fait un petit sourire en coin, puis s'est replongée dans son émission télé.

– Tu pars ce week-end ? demanda Zack peiné. T'as déjà passé le week-end dernier avec ta mère.

– C'est pour l'entreprise de papa. Je dois y aller.

Il a soupiré.

– Pourquoi tu ne m'as pas invité ? Je serais ton cavalier.

– Eh bien… c'est un truc familial.

Il a croisé les mains sur sa poitrine tout en me fixant.

– Quand vais-je enfin rencontrer ta famille ?

Rencontrer ma famille ? D'où lui vient cette idée, bon sang ?

– Euh… j'en sais rien. Mais je ne pense pas que c'est le bon moment.

– Pourquoi pas ? On sort ensemble depuis six mois.

– Je ne connais pas tes parents.

– Parce qu'ils vivent en Californie, rétorqua-t-il. Si tu veux faire un voyage là-bas, j'adorerais ça. Mais tes parents ne sont qu'à deux heures d'ici.

Pourquoi tenait-il tant à rencontrer mes parents ?

– On ne s'est même pas encore dit je t'aime. Tu ne crois pas qu'il soit prématuré de faire les présentations avec nos parents ?

Il a continué de me fixer intensément.

– Eh bien, je t'aime.

Quoi ? Il vient de dire ça ?

– Pardon ?

– Je t'aime, répéta-t-il.

Balancer ces mots à ce moment-là n'avait rien de romantique. C'était un peu précipité.

– Euh…

– C'est pas grave si tu n'es pas prête à le dire. Je ne suis pas pressé.

– Au contraire, je crois que tu l'es.

– Je pense qu'il est temps de passer à l'étape suivante. J'ai un costume et une cravate, et je suis libre ce week-end. Ce sera amusant.

Je n'étais pas prête pour ça. Mon père était psychorigide et sévère. Il n'était pas impatient de rencontrer un petit ami de sa fille, et je préférais ne le vivre qu'une seule fois, pour mon bien et le sien.

– Je ne pense pas que ce soit une bonne idée, Zack.

Il a soupiré d'agacement.

– Que dois-je faire de plus, Skye ? Je t'ai dit que je t'aime. Je te traite bien. Je ne casse pas la gueule à Cayson.

– Faire de plus pour quoi ? Qu'est-ce que tu veux de moi ?

Il s'est passé les doigts dans les cheveux, nerveusement.

– Rien. Oublie.

À quoi jouait-il ? Pourquoi voulait-il tant rencontrer mes parents ?

– Zack, je t'ai dit depuis le début que ce n'était pas sérieux. Je voulais juste m'amuser. Je ne me suis pas engagée à rencontrer les parents ou dire je t'aime.

– Alors, je ne suis rien pour toi ?

– Non, ce n'est pas ce que je dis. J'ai l'impression que tu me mets la pression. Tu le fais depuis le début. Je t'ai dit que je voulais y aller doucement et commencer par sortir ensemble, mais t'as voulu être mon petit ami tout de suite. Je voulais juste m'amuser et tu m'as poussée à être en couple. Je ne peux pas aller plus loin — pour le moment.

Il a serré la mâchoire, mais n'a rien dit.

– Très bien. Peu importe. Je peux être patient.

– Peut-être qu'on devrait se séparer…

Si cette situation le rendait malheureux, alors il devait arrêter. Je ne voulais pas le faire souffrir ni le faire marcher.

– Non. Je t'ai dit que ce n'était pas une option.

Ses yeux brillaient de détermination.

– On dirait que tu veux plus que ce que je peux te donner. Si tu cherches une femme pour te caser tout de suite, ce n'est pas moi.

– Je ne cherche rien. Tout ce que je veux, c'est toi.

Il s'est approché et a pris mon visage entre ses mains.

– Je m'excuse de t'avoir mis la pression. Vraiment. Je ferai tout ce que tu veux. Ne me quitte pas. Je t'en supplie.

Il avait un regard désespéré.

Quand il me regardait comme ça, je ne pouvais pas dire non. Je tenais à lui. J'étais bien avec lui. Nous avions des moments de rires et de joie, et l'attirance sexuelle était indéniable. Chaque fois qu'il me tenait comme ça, me suppliant d'être avec lui, je ne pouvais pas dire non.

– D'accord.

Il a poussé un soupir de soulagement, puis il a pressé ses lèvres sur les miennes. Le baiser, lent et doux au début, s'est transformé en passion. Il embrassait incroyablement bien et il savait se servir de ses mains. Il me touchait comme j'aimais, faisant vaciller mes jambes.

Quand nous sommes entrés dans la chambre, nous nous sommes déshabillés et caressés. Son doigt a glissé entre mes cuisses, m'amenant au bord du plaisir. J'étais si proche de l'orgasme que je le sentais monter. Puis il a enlevé sa main.

– Je veux que tu jouisses quand je suis dans ton ventre.

Euh. Ça arrive rarement.

Il m'a pénétrée et a fait sa petite affaire. Comme d'habitude, il ne m'a pas fait jouir. Les préliminaires étaient toujours la meilleure partie. Il pouvait me faire jouir avec sa bouche ou ses doigts. Mais jamais durant le rapport sexuel lui-même.

Tant pis. J'imagine que c'est normal.

J'AVAIS UN 4X4, AUSSI J'AI PENSÉ QUE MA VOITURE SERAIT MIEUX pour faire le voyage. J'ai empilé les bagages dans le coffre quand les autres sont arrivés.

Roland a jeté son sac sur le mien.

– Tu ne prends que ça ? demandai-je.

– On part juste un week-end.

– Où est ton costume ? Il est roulé en boule dans ton sac ?

– Maman va le repasser. Calme-toi, bon sang.

Mon frère et moi nous prenions tout le temps la tête.

– Tu peux le suspendre au crochet à l'arrière.

– Tu peux arrêter de parler ?

J'ai soufflé.

– Tu m'énerves.

– Et toi, t'es chiante.

Mon frère ressemblait tellement à mon père que c'était effrayant. Ils avaient les mêmes cheveux foncés, les mêmes yeux et la même taille. Il mesurait plus d'un mètre quatre-vingt à la fin de ses études secondaires, et il avait l'agressivité de mon père.

– Tais-toi et monte dans la voiture, dis-je.

– Je vais me taire pendant tout le voyage.

– J'aimerais bien voir ça.

Cayson s'est approché de nous et a jeté son sac à l'arrière.

– J'adore vous entendre vous engueuler. C'est un vrai passe-temps.

Il a accroché son costume sur le cintre à l'arrière.

J'étais tellement heureuse de le voir que je me fichais de son ton ironique.

– Salut ! Je ne t'ai pas vue depuis des semaines.

Je l'ai pris dans les bras et je l'ai embrassé.

Il a tiqué, ce qu'il n'avait jamais fait avant.

– J'étais occupé.

Il s'est reculé prestement.

– Comment va ta mère ?

– Bien. On a fait les boutiques ensemble.

– Barbant, a priori, mais sympa.

Je ne pouvais pas ignorer la distance entre nous. J'avais l'impression qu'il me repoussait sans aucune raison.

– Comment s'est passé ton rencard ?

Il a froncé les sourcils.

– Quel rencard ?

– Un dîner il y a deux semaines... qui t'a empêché de manger une pizza avec moi.

– Ah, ça. C'était sympa.

Il s'est approché de Roland et lui a serré la main.

– Est-ce que ça te gonfle autant que moi ?

– Mettre un costard et faire semblant de m'intéresser aux autres ? Ouais, génial. Au moins, ajouta-t-il en roulant des yeux, il y aura des nanas qui ont très envie de m'épouser et qui feront tout pour attirer mon attention.

– T'es vraiment un obsédé, Roland, lui lançai-je.

– C'est censé être une insulte ?

Il m'a pris les clés des mains.

– Je conduis, t'es nulle au volant.

Je n'ai pas pris la peine de me disputer avec lui.

Trinity et Conrad sont arrivés dans sa Honda. Cayson a regardé sa montre.

– Oh, tout le monde est à l'heure aujourd'hui.

Trinité a sorti trois sacs de la voiture, qu'elle a jetés dans le coffre.

Cayson l'a observée.

– Euh... je ne suis pas sûr que tout va rentrer.

– Je vais les faire rentrer.

Elle a continué à tasser ses sacs à l'intérieur. Le coffre débordait presque.

– Et je mets mes affaires où ? demanda Conrad.

– Comme si j'en avais quelque chose à battre, dit-elle.

– T'as vraiment besoin de tout ça, Trinity ? demandai-je.

– Est-ce qu'une mule a besoin d'eau ? rétorqua-t-elle.

– Ce n'est pas la même chose, dit Conrad. T'es une malade de la mode.

Il a sorti un sac et l'a jeté par terre, puis inséré le sien à la place.

– Tu dois en laisser un ici.

Elle a ramassé le sac.

– Non. C'est toutes mes chaussures.

– On ne part que deux jours, s'énerva Conrad. Pourquoi t'as besoin d'un sac rempli de chaussures ?

– On ne sait jamais.

Elle l'a ramassé et a failli trébucher sous son poids.

– Emprunte une paire à maman.

Conrad lui a arraché le sac des mains et l'a remis dans sa voiture.

Trinity a fait la tête.

– Skye, pourquoi tu n'as pas une voiture plus grande ?

Cayson a levé un sourcil.

– Parce qu'il n'y a rien de plus grand qu'un 4x4…

– Allons-y, dit Roland.

Tout le monde est monté. Cayson s'est assis à l'arrière près de la fenêtre, et je me suis installée à côté de lui.

– Tu fais quoi ? demanda Conrad.

– Je m'assieds à côté de Cayson. Je n'ai pas envie d'être à côté de mon frère pendant tout le trajet.

– Alors je monte devant !

Conrad s'est installé sur le siège passager.

– Cool, dit Roland en lui tapant le poing.

Trinity s'est assise à côté de moi et a sorti une pile de magazines.

Cayson ne disait rien, regardant par la fenêtre.

Roland est sorti du parking et a pris la direction de l'autoroute.

J'ai regardé Cayson.

– On n'a pas discuté depuis longtemps. On pourrait rattraper le temps perdu.

– Ouais...

Il a continué de regarder par la fenêtre.

Que se passait-il ? On aurait dit qu'il m'évitait.

– Cayson, tout va bien ?

– Ouais... je suis juste crevé.

– Je ne t'ai pas vu à la fête d'Halloween. T'es passé ?

Son humeur s'est soudain assombrie.

– Oui. Je suis parti tôt.

– T'étais déguisé en quoi ?

– Soldat laser tag.

J'ai souri.

– Trop cool. J'aurais aimé voir ça.

Il a appuyé son front contre la vitre.

– Pourquoi t'es parti tôt ?

– Je suis parti avec quelqu'un...

– Oh.

Je me sentais mal, mais je ne savais pas pourquoi.

– Pourquoi tu n'es pas venu au resto ?

– Bon sang, tu veux bien arrêter de l'interroger ? dit Roland en regardant dans le rétroviseur. Peut-être qu'il te trouve chiante comme nous tous.

– Tais-toi et arrête d'écouter aux portes, dis-je.

– C'est pas facile quand t'es à moins d'un mètre de moi.

Cayson ne m'a pas défendue. Il a continué de regarder par la fenêtre.

Il se comportait si bizarrement que j'ai arrêté de parler. Je ne savais pas quelle attitude adopter avec lui. Il avait l'air différent et j'ignorais pourquoi. Avais-je fait quelque chose ? Je devrais peut-être lui parler en privé. Il était plus ouvert quand nous étions tous les deux.

Après que Roland ait déposé tout le monde, nous sommes arrivés chez mes parents. J'ai frappé à la porte et Roland a laissé tomber tous nos sacs sur le perron. Notre maison n'était pas vraiment ce qu'on appelle petite. C'était une villa dans le Connecticut, à trente minutes en voiture de New York. Il y avait sept chambres, deux salles de séjour, une piscine, et elle était juste sur la plage. Toutes mes amies voulaient y venir, et Roland n'avait aucun mal à choisir la fille qu'il voulait.

C'est mon père qui a ouvert.

– Vous avez une clé.

Roland a haussé les épaules.

– Ouais, mais on ne vit plus là.

– Arrête, dit mon père. Vous êtes toujours les bienvenus.

– La dernière fois qu'on est entrés avec notre clé, maman et toi vous faisiez ce que je pense sur le canapé.

C'était une image gênante gravée à vie dans un coin de mon cerveau. J'avais beau essayer de l'oublier, elle ne s'effacerait jamais.

Mon père a pouffé, sans aucune honte.

– Prévenez-nous avant de venir, c'est tout.

Il a pris Roland dans ses bras en premier. Je les ai regardés, et j'ai vu mon père fermer les yeux pendant qu'il étreignait mon frère.

Ma mère est sortie sur le pas de la porte et m'a souri.

– Alors ? Tu vois que la semaine est passée vite.

Elle a ouvert les bras et m'a enlacée.

– T'es très jolie aujourd'hui.

– Je ne me suis même pas coiffée.

– Ce qui te rend encore plus belle.

Elle s'est écartée de moi pour embrasser Roland.

Mes parents ont échangé de place, et mon père est venu vers moi.

– Bonjour, ma puce.

Il m'a étreinte chaleureusement. Quand nous étions dans l'intimité à la maison, mon père était moins tendu et intimidant. Il baissait la garde et était insouciant. Parfois, j'avais l'impression que mon père était deux personnes différentes.

– Bonjour, papa.

– Merci d'être venus.

– Tu ne rates jamais un de mes événements, alors pourquoi je raterais les tiens ?

Il s'est écarté et m'a souri.

– On se serre les coudes, hein ?

– Exactement.

Mon père a pris mes bagages et Roland son sac. Puis, ils les ont portés dans nos chambres.

En entrant, j'ai reconnu l'odeur de la maison. Elle était décorée aux couleurs de l'automne. Des touches brunes et orangées avaient été ajoutées un peu partout. Ma mère avait étalé un plaid rouge sur le dossier du canapé, et allumé des bougies qui sentaient la citrouille. J'adorais vivre chez moi, mais la maison me manquait. Il n'y avait rien de comparable.

Mon père est revenu et a passé un bras autour de la taille de ma mère.

– On a quelques heures à tuer. Vous voulez faire quoi, les enfants ?

– Laser tag, s'empressa de dire Roland.

– T'es sûr ? Ta mère va encore te mettre la pâtée.

– On fait la revanche.

– Très bien.

Il a embrassé maman sur la joue.

– Le vieux couple marié contre les sales gosses.

– On n'est pas des sales gosses, protesta Roland.

– Vous serez toujours des sales gosses.

Papa a décroché un trousseau du porte-clés mural. Roland s'est approché de lui.

– Papa, on peut prendre ton Aston Martin ?

– Elle n'a que deux places, fiston. Tu le sais.

– Allez. Maman et Skye peuvent prendre une autre voiture.

– Que penses-tu de ça, dit-il en tendant les clés à Roland. Tu conduis.

Roland a écarquillé les yeux.

– Sans blague ?

Mon père a souri.

– Je pense que tu es suffisamment responsable.

Il a regardé les clés, émerveillé.

– Mais sois prudent, dit ma mère. Sinon, je me fâche.

– Compris, maman.

Roland est sorti en courant avant que quiconque puisse le suivre.

Mon père a éclaté de rire.

– J'adore quand les enfants sont à la maison.

Maman a passé son bras autour de sa taille et l'a serré.

– Moi aussi.

Je les ai observés, me demandant si j'aurais un jour une telle relation. Ils n'en avaient jamais marre l'un de l'autre. Malgré tout le temps qu'ils passaient ensemble, ils étaient encore fous amoureux. Les couples étaient censés se lasser et vieillir. Les relations devenir répétitives et ennuyeuses. Mais mes parents n'avaient jamais été ainsi. J'espérais avoir cette chance un jour.

Une limousine nous a conduits au gala. Mon père et oncle Mike organisaient l'événement, et ils devaient faire une entrée remarquée. Je portais ma robe rose champagne et Roland un costume avec une cravate grise. La Rolex en argent autour de son poignet mettait en valeur la couleur de ses yeux.

Mon père était en costume noir et cravate noire. Il ne portait jamais de couleur. Sa Rolex en or blanc était assortie à son alliance. Il la mettait toujours. Ma mère portait une robe noire avec des manches transparentes. Sa robe était cintrée à la taille puis légèrement évasée. Elle s'arrêtait au-dessus du genou. Ses talons mesuraient au moins douze centimètres, et des boucles d'oreilles en diamant noir pendaient de ses lobes. Elle allait parfaitement bien avec mon père. Ses cheveux bruns étaient souples et bouclés, tirés sur un côté pour dégager son cou.

Mon père gardait la main sur sa cuisse, ne pouvant pas s'empêcher de la toucher. Ma mère avait passé un bras autour du sien, s'ancrant à lui. Ça me dégoûtait de les voir se tripoter tout le temps, mais c'était mieux que d'avoir des parents qui se détestaient. Ou pire, un père infidèle qui méprisait sa femme. Et qui restait marié uniquement pour le bien des enfants. J'ai décidé de ne pas me plaindre de leur amour. Ça pourrait être pire.

Quand nous sommes arrivés à l'hôtel, mon père a ouvert la portière et aidé ma mère à descendre. Puis Roland est sorti. Et mon père m'a tendu la main. Des photographes étaient sur le trottoir pour prendre des photos de nous. La douceur de mon père avait disparu. Il était de nouveau tendu, les yeux graves et le dos rigide. La seule émotion humaine qu'il montrait était son affection pour ma mère.

Nous nous sommes dirigés vers la salle de bal. La décoration annonçait que la soirée allait être spectaculaire. Les lustres en cristal scintillaient au plafond, et les serveurs portaient des plateaux couverts de flûtes à champagne. C'était chic.

Même quand ma mère avait des talons hauts, mon père la dominait de toute sa taille. Il l'a serrée contre lui et nous a regardés.

– Tenez-vous bien ce soir. Vous me représentez. Ne l'oubliez pas.

Roland a levé les yeux au ciel.

– On le sait, papa.

– Je dois saluer les invités avec votre mère. Amusez-vous bien.

– D'accord, dis-je.

Mon père ne l'a pas lâchée une seule seconde.

– Allez, viens, ma beauté. T'es mon faire-valoir.

– Tu détestes quand les gens me regardent.

– Mais ils seraient idiots de te reluquer en ma présence.

Ils ont fendu la foule et ont disparu.

Roland a soupiré.

– Alors, où sont les jolies poulettes ?

– Papa a dit qu'on doit bien se tenir.

– Et alors ? Ça ne veut pas dire que je ne dois pas draguer.

– En fait, je crois que ça veut justement dire ça.

Roland a enfoncé les mains dans ses poches et regardé autour de lui.

– La blonde au bar est mignonne.

Je me suis tournée et j'ai vu une femme assise seule.

– Elle est trop vieille pour toi.

– Elle a un an ou deux de plus, c'est tout. Et j'aime bien les femmes plus âgées.

Il a remué les sourcils.

– Ne soit pas vulgaire.

– Tu veux être mon faire-valoir ce soir ?

– Pas vraiment.

Il a levé les yeux au ciel.

– Merde. Et Cayson n'est bon à rien.

– Pourquoi ?

– Parce qu'il est amoureux de toi, je te l'ai déjà dit un million de fois.

– Oh, la ferme. J'en ai marre d'entendre cette théorie ridicule.

J'ai croisé les bras sur ma poitrine.

Roland m'a toisée.

– Peu importe.

Trinity nous a rejoints, dans sa robe argentée.

– Cette fête est nulle, les mecs.

Conrad portait un costume noir comme celui de Roland.

– Il y a quelques jolies filles, ce n'est pas un fiasco total.

Roland a fait un signe de tête en direction du bar.

– Il y a un bébé cougar là-bas.

– Bébé cougar ? dis-je.

– C'est une femme qui va devenir cougar, mais qui n'est pas encore assez vieille.

Trinity l'a dit comme si ce n'était pas la première fois.

– Oh. Où est Cayson ? demandai-je.

Conrad a haussé les épaules.

– J'en sais rien et je m'en fous. Il nous trouvera quand il voudra nous voir.

Le fait que Cayson ne soit pas avec nous m'inquiétait. Était-il assis seul à une table ?

Un homme en costume s'est approché de Trinity et lui a tendu un verre de vin. Il avait l'air plus âgé que nous, proche de la trentaine, mais il était mignon.

– Une belle femme ne devrait jamais avoir les mains vides.

Elle a souri et l'a pris.

– Alors, merci.

– J'aime bien ta robe, surtout le dos.

Ses yeux se sont embrasés tandis qu'il la regardait.

– Merci.

Les joues de Trinity ont rosi.

Conrad s'est enfoncé un doigt dans la gorge et a fait mine de vomir. Roland a ricané en le voyant faire.

Une ombre nous est soudain tombée dessus, bloquant la lumière du lustre. C'était comme si une montagne était sortie de terre, nous coupant de la civilisation. Oncle Mike s'est posté devant Trinity, puis il a dévisagé son admirateur, le faisant reculer d'un pas.

Oh merde.

– Ouste.

Il n'a dit que ça. Un seul mot qui nous a tous mis mal à l'aise. Oncle Mike ressemblait à mon père, mais il avait les bras et le torse plus musclés. Ses yeux étaient plus foncés, plus menaçants. Il ressemblait à un soldat romain sur le point d'égorger son ennemi.

Le type a levé les mains en l'air.

– Désolé… je ne savais pas qu'elle avait un ami.

– Je suis son père, gronda-t-il d'une voix terrifiante. Alors, ouste !

Le gars a déguerpi à toute allure. Oncle Mike l'a suivi du regard avant de se tourner vers sa fille.

– Papa, c'était totalement inutile.

Elle a croisé les bras sur sa poitrine.

– Il est trop vieux pour toi. Et n'accepte pas de verre de la part d'un inconnu.

– Je peux en décider moi-même.

Son agacement était visible. Mon père était intraitable dès qu'il s'agissait des garçons, mais oncle Mike était mille fois pire.

– Je viens de te faire gagner du temps.

Comme un requin, il s'est éloigné lentement, en attirant les regards.

Trinity a soupiré et levé les yeux au ciel.

– Il est ridicule par moments.

– Eh bien, ce type *était* trop vieux pour toi, dis-je.

Elle m'a fusillée du regard.

– Tu ferais mieux de ne pas prendre son parti.

– Je disais juste ça...

J'ai battu en retraite, ne voulant pas l'énerver.

– Il ne veut pas que sa fille soit une pute, lâcha Conrad. Une exigence raisonnable.

– Donc, tu peux coucher avec toutes les filles de Boston, mais je n'ai pas le droit d'avoir un petit ami ? demanda-t-elle incrédule.

– Exactement, dit-il en prenant une coupe sur le plateau d'un serveur. T'es plus intelligente que t'en as l'air.

J'ai balayé la salle du regard, me demandant où était Cayson. Après un moment, je l'ai aperçu au bar. Il buvait un cognac tout seul, regardant les gens danser au centre de la pièce.

– Qu'est-ce qu'il a ?

– Qui ? demanda Roland.

– Cayson. Il est assis seul au bar.

Roland a haussé les épaules.

– Et alors ?

– Ça veut dire quoi *et alors* ? Pourquoi il nous évite ?

– Peut-être qui ne veut pas passer tout son temps avec nous, intervint Conrad. Sérieusement, on est tout le temps fourrés ensemble.

– Qu'est-ce qu'il y a de mal à ça ?

– C'est naze, dit Roland.

J'ai soupiré et fait un signe à Cayson.

– Cayson, on est là.

– Fiche-lui la paix, dit Roland.

– Il ne nous a peut-être pas vus. Ce qui expliquerait pourquoi il est seul.

Cayson m'a entendue et a regardé dans ma direction. Il a soupiré puis s'est dirigé vers nous, dans son costume noir avec une cravate bleue.

– Salut, les gars.

Il avait l'air triste.

– Désolé, mais ma sœur est particulièrement chiante aujourd'hui, dit Roland.

– J'ai cru que tu ne nous trouvais pas, expliquai-je.

– Ouais…

Il a bu son cognac puis a remué les glaçons. Il regardait la foule.

– Je crois que je vais aller draguer la blonde, dit Roland.

– Quand elle t'enverra promener, j'attaquerai, dit Conrad.

– Je suis un Preston, dit Roland. Même si elle est mariée, elle écartera les jambes.

– Tu ferais mieux de ne pas coucher avec des femmes mariées, m'insurgeai-je. Ce n'est pas bien, Roland.

– Hé, je ne me mêle pas de tes affaires, ne te mêle pas des miennes.

Il m'a regardée d'un air méchant avant de détourner les yeux.

– Ah, vous êtes là !

C'était grand-papa qui se dirigeait vers nous en souriant. Il portait un costume sombre avec une cravate grise. Son visage était ridé et ses cheveux grisonnaient, mais il était débordant de vie. Il n'était jamais de mauvaise humeur, et il arrivait toujours à nous faire rire.

– Te voilà ! s'exclama Roland en l'étreignant. T'as l'air en forme, grand-papa. Les dames doivent te tourner autour.

– Oui, mais ça n'enchante pas ta grand-mère.

Il s'est reculé et a fait un clin d'œil. Puis il nous a regardés.

– J'adore mes petits-enfants. Vous êtes ma plus grande joie.

Il a embrassé Conrad, puis s'est dirigé vers moi.

– Skye, tu es de plus en plus belle. Je suis heureux que tu ressembles à ta mère et non à ton père.

J'ai gloussé.

– Merci.

Puis, il a étreint Cayson.

– Oh, tu es plus musclé chaque fois que je te vois.

– Je soulève des poids tous les jours.

Cayson a tapoté son dos et s'est reculé.

– Ça se voit, gamin, dit grand-papa en lui tapant l'épaule. Merci d'être venus. Je sais que ça fait plaisir à tout le monde.

– On ne laisserait pas tomber nos pères, dit Roland. En plus, il y a à boire et à manger gratis, et des jolies filles.

– Mais les filles ne sont pas gratuites — pour toi.

Il a donné un petit coup de coude à Roland.

Roland a ri.

– Bon point.

– Je retourne sur la piste de danse. Ils ne peuvent pas passer *Dirty Dancing* sans moi.

Il s'est dirigé vers la foule et a disparu.

– Grand-papa a toujours la classe, dit Roland. C'est une légende.

– Il est adorable, dit Trinity.

– Trop mignon, ajoutai-je.

Cayson a mis les mains dans ses poches et a descendu la fin de son verre.

– Je vous retrouve plus tard, les gars.

Il est retourné au bar.

– D'accord... peu importe ce que vous pensez, il y a un truc qui le chagrine.

J'ai couru après Cayson et l'ai rattrapé au bar. Mon frère m'a suivi et a foncé droit sur la blonde. Je l'ai ignoré pour me concentrer sur Cayson.

– Qu'est-ce qui se passe ? Tout va bien ?

Cayson m'a regardée, le visage fermé.

– Rien, tout va bien.

– Alors pourquoi t'agis bizarrement ? Tu n'arrêtes pas de me jeter, et tu ne veux même pas être avec nous. La dernière fois que je t'ai vu, tout allait bien, mais maintenant, t'es… différent. J'ai fait quelque chose ?

Il a soupiré puis s'est frotté la nuque. Ses yeux trahissaient son conflit intérieur. Cayson me disait tout et je ne savais pas ce qu'il me cachait en ce moment.

– Excuse-moi, ce n'est pas toi.

– Un des garçons t'a fait quelque chose ? Trinity ?

– Non. Ça n'a rien à voir.

– Alors, c'est quoi ? Tu peux me le dire, Cayson.

– En fait, cette fois je ne peux pas te le dire.

Qu'est-ce que ça signifie ?

– Quoi ?

– Je suis désolé d'être un abruti. Ce n'était pas mon intention.

– Je peux faire quelque chose pour t'aider ?

– Non.

Il a respiré profondément et remis les mains dans ses poches.

– Oublie, d'accord ?

– Oublier quoi ?

– Tout ça.

Il a attrapé une flûte sur un plateau et en a descendu la moitié. Puis il a repéré Roland qui parlait à la blonde.

– Il sort le grand jeu, hein ?

J'ai décidé de laisser tomber. Ce qui chiffonnait Cayson était personnel.

– Ouais. J'espère qu'elle n'est pas mariée.

– Je ne pense pas que ça change grand-chose pour lui. Alors, tu t'amuses bien ?

J'ai haussé les épaules.

– Ouais. Je n'aime pas trop les soirées professionnelles de la famille. Papa est différent. Quand il est à la maison avec nous, il est drôle et détendu. Mais au travail, il est distant et reste sur ses gardes.

– C'est une histoire de territoire.

– Je me sens mal pour lui, parfois.

– Faut pas. C'est le prix à payer pour ce qu'il reçoit en retour.

– Je suppose…

– Heureuse d'être à la maison ?

– Ouais. On a fait une partie de laser tag cet après-midi.

– Je suis jaloux. J'adore le laser tag. Qui a gagné ?

J'ai levé les yeux au ciel.

– Mes parents ! Ils se sont ligués contre nous.

– C'est un peu le but du jeu, dit-il en riant.

– Mais ce n'est pas juste. Ma mère est vraiment bonne.

– Toi aussi.

J'ai secoué la tête.

– Je ne lui arrive pas à la cheville. Elle est bonne dans tout ce qu'elle fait.

J'ai regardé par-dessus mon épaule et j'ai vu que Conrad et Trinity étaient partis. Ils étaient sans doute assis à une table.

– Tu veux t'asseoir ?

– Volontiers.

Il m'a accompagnée à une table. Les couples dansaient un slow sur la piste. Les femmes portaient des robes longues et les hommes des costumes. Mon père dansait avec ma mère au centre, le visage pressé contre le sien. Il la serrait tellement qu'il n'y avait pas d'espace entre eux. Puis il s'est penché et a embrassé le coin de sa bouche avant de reculer.

– Ils sont toujours amoureux, remarqua Cayson.

– Je sais, soupirai-je. C'est dégoûtant.

Il a souri.

– Mes parents sont dégoûtants aussi.

– Tu veux danser ? hasardai-je.

Pourquoi je lui ai demandé ça ?

– Euh… si tu veux.

Il a haussé les épaules.

Je me suis levée et j'ai marché à côté de lui vers la piste. Je n'avais jamais dansé avec Cayson. Il semblait savoir exactement quoi faire. Il m'a pris la main et l'a tenue dans la sienne, puis il a posé l'autre sur ma hanche.

– Tu sais valser ? demandai-je.

– Mon père m'a appris.

Il me tenait la main tout en évoluant avec grâce. Les autres couples faisaient la même chose et nous nous mélangions harmonieusement.

– T'es doué.

– Merci.

Il m'a regardée dans les yeux un instant. Puis il a soudain détourné le regard.

– Tu es jolie.

– Merci. C'est ma mère qui a choisi la robe.

– Elle a bon goût.

Il m'a fait tourner, puis m'a tirée vers lui.

– J'en sais rien… elle a épousé mon père.

Il a ri.

– Bon point.

– Tes parents sont là ?

– Ouais. Quelque part par là.

– Vous avez fait quoi aujourd'hui ?

– J'ai bu des bières avec mon père et on a regardé un match de foot universitaire.

– Sympa.

– J'aime bien passer du temps avec mon père — même s'il me rend dingue par moments.

– Moi aussi.

Les yeux bleus de Cayson reflétaient la lumière du lustre. Je pouvais y voir scintiller le cristal. Ses yeux semblaient plus brillants, magiques.

– Quoi ? demanda-t-il.

– Rien.

Je ne savais pas pourquoi je ne lui ai pas dit la vérité.

Le morceau s'est terminé et Cayson a immédiatement lâché ma main.

– Merci d'avoir dansé avec moi.

– Je devrais te remercier, parce que c'est moi qui t'ai demandé de danser.

– Il serait arrogant de ma part de répondre : de rien.

Il a souri.

– Eh bien, merci.

– De rien.

Nous sommes retournés à la table et nous nous sommes assis.

Trinity et Conrad nous ont rejoints.

– Sortir avec ma sœur un samedi soir… super.

Le reproche était lourd dans la voix de Conrad.

– Ce n'est pas de ma faute si tu t'es fait jeter, siffla Trinity.

Roland s'est joint à nous et s'est assis.

– Je couche avec Blondie ce soir.

Il s'est autocongratulé en se tapotant l'épaule.

– Est-ce que Blondie a un nom ? demandai-je.

Il a haussé les épaules.

– Si oui, je ne m'en souviens pas.

Quel enfoiré.

Nous avons discuté toute la soirée tandis que le gala se poursuivait. Cayson était plus silencieux que d'habitude, et Trinity n'essayait pas de plaire aux hommes. C'était un peu comme si nous étions tous ailleurs. J'ai à peine vu mes parents parce qu'ils s'amusaient bien. Oncle Mike et tante Cassandra se mêlaient à la foule, et grand-papa était trop occupé à danser du hip-hop. Même si nous étions jeunes, nous étions sans nul doute les gens plus vieux de la soirée.

Nous sommes rentrés à la maison peu après minuit et nous nous sommes couchés directement. Même si ma chambre était à l'autre bout de la maison, je pouvais vaguement entendre mes parents faire l'amour. C'était mignon qu'ils soient amoureux, mais ils ne pouvaient pas s'arrêter une minute ? Quand j'ai regardé le réveil, j'ai réalisé qu'il était deux heures de matin. Mince, mes parents étaient vraiment pénibles.

Incapable de me rendormir, même une heure plus tard, je suis descendue boire un verre d'eau. Je n'ai pas allumé parce que je connaissais la maison comme ma poche.

Quand je suis arrivée dans la cuisine, j'ai vu une lumière clignoter sur toutes les fenêtres. Mon père avait le système de sécurité le plus sophistiqué qui existe. Il était maniaque sur ce sujet. Je suis allée au frigo et j'ai ouvert la porte.

À la lumière du réfrigérateur, j'ai aperçu Roland en train de prendre les clés au crochet.

– Qu'est-ce que tu fais ? chuchotai-je.

Il a fourré les clés dans sa poche.

– Je vais baiser Blondie.

J'ai regardé la pendule.

– Il est trois heures du matin.

– C'est le seul moment où elle est disponible.

– Pourquoi ?

– Son mari dort.

J'ai claqué la porte du frigo.

– Chut ! Moins fort.

– Elle est mariée ? demandai-je incrédule. Roland, ne t'avise pas de faire ça.

– Ce n'est pas ma faute si son mari ne peut pas la satisfaire.

– Roland, non. Et si son mari s'en prend à toi ?

Il a ri.

– Tu crois que j'ai peur ? S'il me touche un seul cheveu, je lui ferai regretter amèrement.

– Et si son mari travaille pour l'empire Preston, tu salis la réputation de papa.

– Du calme. Elle ne va pas se faire prendre.

J'ai regardé le porte-clés mural, où était accrochée la clé de mon 4x4.

– Tu ne peux pas prendre la voiture de papa.

– Pourquoi ? Il m'a laissé conduire tout à l'heure.

– Avec sa permission. Il ne te le prête pas maintenant.

– Bon sang, calme-toi. T'es une vraie chieuse.

– Tu dois laisser tomber. C'est grave.

– Je ne vais pas être naze comme toi. Je vais prendre un risque et m'amuser.

– Avec toutes les femmes qu'il y a au monde, pourquoi tu choisis une femme mariée ?

– Parce qu'elle est chaude.

– Roland, je suis sérieuse. Ne fais pas ça.

– Tu vas faire quoi ? Me dénoncer ?

J'ai soupiré.

– Non. Je ne le ferai jamais. Mais reviens à la raison juste une seconde.

– Nan, dit-il en se dirigeant vers la porte. Je rentre avant le lever du soleil.

– Papa se lève tôt, alors reviens avant.

– Merci, sœurette.

Il m'a fait un clin d'œil puis s'est mis devant le boîtier de l'alarme. Il l'a désactivée avant de sortir.

J'ai soupiré, puis rouvert le frigo pour prendre de l'eau. Le fait qu'il se tape une femme mariée me révoltait vraiment. Et si elle avait des enfants ? Et si cela brisait leur mariage ? Roland était plus irresponsable que moi. Il était plus jeune, mais quand même. J'ai bu un grand verre d'eau et j'ai senti la fraîcheur descendre dans ma gorge. Puis je me suis essuyé les lèvres, espérant que mon frère ne se fasse pas attraper.

Quand je suis sortie de la cuisine, mon père a surgi du couloir, un flingue à la main. Il le tenait comme un flic, une main posée sous l'autre pour l'équilibre. Mes yeux se sont élargis et j'ai failli crier, puis il l'a baissée vers le sol.

– Oh, mon Dieu.

J'ai agrippé ma poitrine, la respiration haletante.

– Désolé, ma puce. Je ne voulais pas te faire peur.

– Pourquoi t'as une arme ?

Il l'a laissée pointée au sol.

– T'as touché au boîtier d'alarme ?

Comment le sait-il ?

– Non.

Il a ouvert le boîtier et l'a examiné. Puis il s'est tourné vers moi.

– Tu me mens ?

– Non.

Techniquement, non.

– Qu'est-ce qui se passe ? ajoutai-je.

– Quelqu'un l'a désactivée.

– Comment tu le sais ?

– Il n'y a rien qui se passe chez moi que je ne sache.

Sa voix était sévère. Sa colère frémissait sous la surface.

– Je vais te le redemander encore une fois, Skye Preston. As-tu touché ce foutu boîtier d'alarme ?

Il ne jurait jamais devant moi.

– Non, je ne l'ai pas touché.

Il m'a dévisagé avant de détourner les yeux.

– Où est ton frère ?

Là, ça devient plus délicat...

– Euh...

Il a regardé le porte-clés mural et vu que son trousseau avait disparu.

– Il a pris ma voiture.

Il s'est dirigé vers le garage, puis a ouvert la porte.

– Ce morveux a pris ma voiture.

Il a claqué la porte et est revenu vers moi.

– Où est-il allé ?

J'ai fixé le flingue dans sa main.

– S'il te plaît, range ton arme.

Ses yeux se sont adoucis.

– Je suis désolé de t'avoir fait peur.

Il a marché jusqu'au comptoir, puis il a démonté l'arme pièce par pièce. Elle a pris la forme d'un petit tas de ferraille, impossible à utiliser.

Quand a-t-il appris à faire ça ?

– Je prends la sécurité de ma famille très au sérieux. Je ne joue jamais avec les choses que je ne peux pas supporter de perdre.

Qu'est-ce qui l'a rendu comme ça ? Il s'est passé quelque chose il y a longtemps ?

Il est revenu vers moi et m'a regardée fixement.

– Où est-il allé, Skye ?

Je détestais mentir à mon père, mais je ne pouvais pas dénoncer mon frère. C'était un accord tacite entre nous.

– Tu vas me répondre.

Sa voix était menaçante.

J'étais soulagée que l'arme soit inutilisable. Je savais que mon père ne me ferait pas de mal. Il ne me donnait jamais de fessée quand j'étais petite, mais j'avais quand même peur de lui. Il pouvait blesser par ses seuls mots. C'était un homme intense. Un seul de ses regards pouvait vous transpercer.

– Je ne sais pas... pourquoi tu ne l'appelles pas ?

– Est-ce que tu me mens, Skye ? Tu sais ce que je pense du mensonge.

Argh.

– Je sais où il est, mais je ne te dirai rien. Je suis désolée, papa.

Il a serré la mâchoire.

– Il est en sécurité ? Il fait une chose dangereuse ?

– Oui, il est en sécurité. Non, il ne fait rien de dangereux. Il est juste avec une fille.

Mon père s'est ostensiblement détendu.

– Quelle fille ?

– Je ne peux pas le dire…

– Quelqu'un qu'il a rencontré au gala ?

Sa colère revenait.

– Je ne peux rien dire.

Il a serré les poings contre ses flancs.

– Ce sont des gens avec qui je travaille. La dernière chose dont j'ai besoin, c'est d'un drame dans mon entreprise, et d'une mauvaise réputation pour mon fils. Il peut baiser n'importe qui d'autre, mais là, c'est inacceptable.

– Je lui ai dit que ce n'était pas une bonne idée.

– Les hommes n'écoutent jamais la sagesse des femmes.

– Tu vas l'appeler ?

Il a réfléchi un moment.

– Non, le mal est fait. Je vais le laisser croire qu'il s'en est tiré jusqu'à ce qu'il rentre à la maison. Et là, je vais le massacrer.

Merde, je me sens mal pour Roland.

– Je comprends que tu ne veuilles pas le dénoncer. Mon frère et moi sommes pareils. Mais tu vas me promettre quelque chose. Tu ne vas pas l'avertir, Skye. Je suis sérieux.

– D'accord.

– J'ai ta parole ?

– Oui, papa.

– Maintenant, va te coucher.

Il m'a congédiée, puis il est retourné au flingue sur le comptoir.

– S'il te plaît, range ça avant de l'affronter.

Il ne m'a pas regardée.

– Je ne plaisante pas avec la sécurité des armes à feu, Skye. Je l'ai depuis ta naissance, et tu ne l'as jamais vue pour une bonne raison. Je ne fais pas obéir mes enfants par la peur. Je les fais obéir par le respect. Il y a une énorme différence.

Je suis passé derrière lui et je me suis dirigée vers le couloir.

– Papa ?

– Oui, ma puce ?

– Il s'est passé quelque chose... pour que tu sois comme ça ?

Il a serré le comptoir et s'est crispé, mais il ne s'est pas retourné. Mon cœur a battu plusieurs fois avant qu'il parle.

– Beaucoup de choses. J'ai vu trop de choses pour en discuter, et j'ai failli perdre plus que je ne pouvais le supporter.

– Quoi...?

Je n'étais pas sûre de vouloir savoir.

– Je suis désolé, Skye. J'ai promis à ta mère de ne rien te dire. Ne me le redemande pas, s'il te plaît.

Ma mère ne veut pas que je le sache ? Elle ne veut pas que je sache quoi ?

Je n'étais pas assez idiote pour continuer à questionner mon père. Je suis montée dans ma chambre, mais je n'ai pas pu dormir. Savoir que Roland allait se faire tuer me rendait anxieuse. J'étais mal pour lui. Il a pris cette décision même si j'ai tenté de le faire changer d'avis.

J'AI SU QUE ROLAND ÉTAIT RENTRÉ QUAND J'AI ENTENDU MON père crier.

– Désolé. Je t'ai fait peur ? lança mon père.

– Merde, papa. Pourquoi tu rôdes dans le noir comme un troll ?

– Est-ce que j'ai l'air d'avoir envie de plaisanter ?

Sa voix a pratiquement fait trembler les murs de la maison.

– Où étais-tu ?

– Euh, dehors…

– Dans ma voiture ?

Roland est resté silencieux un moment.

– Je ne pensais pas que ça te dérangerait…

– Alors pourquoi t'as fait ça dans mon dos ? Ne joue pas à ça avec moi, Roland. Je te promets que tu perdras toujours.

– Je voulais conduire une belle voiture, c'est tout.

– Sans ma permission ? Cette voiture ne t'appartient pas. Elle est à moi, ton père, celui qui t'a tout donné depuis le jour de ta naissance. Comment oses-tu me manquer de respect à ce point ? Tu as trahi ma confiance juste pour faire un tour en voiture ? Si tu étais un gosse, je laisserais passer. Mais tu es un adulte, Roland. Si tu ne sais pas ce qu'est le respect, alors j'ai manqué à mon devoir de parent.

Aïe.

– Papa, je m'excuse.

– Ne t'excuse pas avant que j'aie fini.

Ses mots ont tranché l'air comme des lames.

– Si tu penses pouvoir sortir de chez moi sans que je m'en aperçoive, alors t'es un crétin. Je sais tout ce qui se passe dans cette maison et tous les mouvements à n'importe quelle heure de la journée. N'aie pas l'arrogance de croire que tu peux me berner.

– Tu devrais te calmer…

Je me suis caché le visage, même si je ne les voyais pas.

Mon père n'a rien dit pendant un long moment.

Putain, la tension devient insupportable.

– Je n'ai jamais été aussi déçu de ma vie.

Aïe.

– C'est quoi le problème ? dit Roland. J'ai emprunté ta voiture et je suis parti. C'est la seule bêtise que je n'ai jamais faite. Tu réagis comme si j'avais tué quelqu'un.

– Ce n'est pas parce que tu as un casier vierge que ça justifie l'erreur que tu as commise. Où es-tu allé ?

– Juste dehors.

– Où dehors ?

– Ici et là.

– Roland, réponds-moi.

– J'étais avec une fille, d'accord ? T'as fait des conneries quand t'étais jeune. Je sais que tu couchais avec une fille différente toutes les nuits. Je sais que t'as rendu grand-papa fou. Tu n'es pas un saint.

– Je n'ai jamais prétendu l'être. Mais on ne parle pas de moi. On parle de toi. Et ton grand-père ne m'a pas ménagé. Crois-moi, comparé à lui, je suis un tendre.

– J'ai sauté une fille, puis je suis rentré.

– Pourquoi t'as eu besoin de faire ça au milieu de la nuit ?

Oh, non. Nous y voilà.

– Parce que...

– Roland, réponds-moi.

Il est resté silencieux.

– Je l'apprendrai par toi ou je le découvrirai autrement. Si tu choisis cette deuxième solution, c'est que tu es un lâche. Garde ça à l'esprit. Si tu veux que je te traite comme un homme, alors agis en conséquence. Les vrais hommes reconnaissent leurs erreurs et regardent le diable en face en les avouant.

Roland est resté silencieux. Puis il a fini par parler.

– Elle est mariée. Elle voulait être sûre que son mari dormait.

Plusieurs minutes sont passées en silence.

– T'as couché avec une femme mariée ? demanda mon père.

– Comme si tu ne l'avais jamais fait.

– La seule femme mariée que je n'ai jamais eue est ta mère. Tu joues avec le feu, Roland.

– Je ne me suis pas fait prendre, alors c'est bon.

– Non, ce n'est pas bon, rugit mon père. Je ne vais pas te dire comment diriger ta vie personnelle. Je ne vais pas me mêler de tes affaires. Ce que tu fais de ta bite ne me regarde pas. Mais tu dois réfléchir un peu plus loin. Si t'as un peu de respect pour le mariage, tu dois changer ta façon de penser. Ça te ferait quoi si ta femme te trompait ?

– Elle serait satisfaite avec moi, alors ça n'arrivera pas.

– Roland, je suis sérieux.

– Très bien. Je n'aimerais pas ça.

– Je t'ai éduqué mieux que ça. Dis-moi que tu ne recommenceras plus jamais. Et je ne plaisante pas.

Roland a soupiré.

– Je suis désolé. Ça n'arrivera plus.

– Ne me raconte pas de conneries, Roland. Le fait que tu aies couché avec une de mes employées, ou la femme d'un de mes employés, c'est comme si tu m'avais giflé. Il te faudra du temps pour mériter mon pardon. De toutes tes erreurs, c'est cette décision qui me blesse le plus. Je respecte mes employés, et j'ai honte que mon propre fils, un futur PDG possible, ne les respecte pas.

– J'ai fait une erreur. Je m'ennuyais au gala et j'ai eu envie de m'amuser un peu.

– Tu t'ennuyais ? Tu ne fais qu'empirer ton cas.

L'irritation de mon père grandissait.

– Je suis désolé, je m'excuse. J'ai compris et je ne le ferai plus.

– Compris quoi ?

– Je ne coucherai plus jamais avec une femme mariée et je ne volerai jamais mon père.

– Et j'espère que t'as compris que je méritais ton respect.

Roland n'a pas répondu tout de suite.

– Papa, je te respecte vraiment...

– Je ne te crois pas.

– Si, c'est vrai. Je me suis comporté comme un con.

– Tu m'as vraiment blessé, Roland. Tu devras faire mieux que ça si tu veux réparer les dégâts.

Mon frère s'est tu pendant un long moment. Il ne se passait plus rien. Je me demandais si mon père était retourné dans sa chambre. Je me demandais ce qui se passait. Roland était-il parti ? La conversation était-elle terminée ?

Puis, j'ai entendu Roland pleurer.

– Papa, je m'excuse. Si je pouvais revenir en arrière, je le ferais...

Mon frère ne pleurait jamais. On pourrait lui frapper le visage avec une batte de baseball qu'il ne clignerait pas des yeux. Seul mon père pouvait faire craquer ainsi un grand garçon.

– ça va, mon fils.

Sa voix était douce. J'imaginais qu'il le serrait dans ses bras.

– Je m'inquiète, c'est tout, dit mon père. Je ne serai pas toujours là, et j'ai besoin de savoir que tu peux prendre soin de toi. Je ne parle pas sur le plan financier. J'ai besoin de savoir que tu es un homme fort, à la fois tendre et gentil. J'ai besoin de savoir que tu élèveras bien mes petits-enfants. J'ai besoin de savoir que tu t'occuperas de ta mère et de ta sœur s'il m'arrive quelque chose.

– Papa, ne parle pas comme ça.

– J'embellis les choses pour ta mère et ta sœur, mais je ne te ménagerai pas comme elles. Tu es mon fils, tu dois être prêt.

– Tu parles comme si quelqu'un t'en voulait.

– Quand tu es aussi riche que moi, il y a toujours quelqu'un qui t'en veut, dit-il calmement. Être père, ce n'est pas seulement prendre soin de ses enfants et les nourrir. Il s'agit surtout de les éduquer et de façonner les adultes qu'ils seront. L'argent ne compte pas pour ta mère et moi. La famille, l'amitié et l'amour sont les seules choses qui nous importent. Et je veux m'assurer que tu as le même sens moral. Coucher avec une femme mariée n'est pas admissible.

– Je t'ai dit que j'étais désolé…

– Je sais. Je te pardonne, Roland. Apprends de tes erreurs.

Roland a arrêté de pleurer.

– Je t'aime, papa.

– Moi aussi je t'aime, fiston. Mais ne me fous plus jamais en rogne.

Roland a ri doucement.

– Quand t'es sévère, je ne peux qu'imaginer à quel point grand-papa était sévère.

– Ton grand-père est l'homme que je respecte le plus au monde. Il a été dur avec mon frère et moi. Il y a eu des moments où je le détestais, le méprisais. Mais il nous a sacrément bien élevés, ton oncle et moi, et il a fait de nous des hommes. Et pour cela, je lui serai à jamais redevable. Le jour où ta sœur est née, je me suis promis que je serais pareil avec mes enfants, le meilleur père possible.

– Tu fais du bon travail, papa.

Mon père est resté silencieux quelques instants.

– Ça me va droit au cœur, mon fils.

Ils n'ont plus rien dit. Puis, j'ai fini par entendre leurs pas dans l'escalier, les portes se fermer. Ensuite, la maison est redevenue silencieuse. Je n'ai pas réalisé que des larmes coulaient de mes yeux jusqu'à ce que je sente une goutte sur ma joue.

7

Chapitre 7
Cayson

J'ignorais quoi faire à propos de Skye. Quand j'étais près d'elle, elle m'obsédait encore plus. Mes sentiments ne faisaient qu'augmenter de jour en jour. Je caressais le rêve de sortir avec elle. Parfois, j'imaginais qu'elle ressentait la même chose que moi. Je m'enfonçais tellement dans mon illusion que je croyais qu'elle était amoureuse de moi.

Mais quand j'ai vu Zack la caler contre le mur et la peloter, ça m'a ramené à la réalité.

Mon obsession était malsaine. Mes émotions n'étaient pas normales. Je voulais seulement qu'elles cessent, qu'elles disparaissent à jamais. Je me faisais du mal. Aussi j'ai décidé de créer une distance entre nous. Je me suis mis à l'éviter le plus possible. J'ai tenté de la chasser de mes pensées, de prétendre qu'elle n'existait pas.

Puis le gala est arrivé et a tout ruiné.

Je n'ai pas pu l'éviter dans l'espace clos d'une voiture. Je n'ai pas pu me dérober d'elle à la soirée-bénéfice. Et plus j'essayais de la repousser, plus je lui faisais mal. Son regard trahissait sa douleur, on aurait dit que je l'avais poignardé en plein cœur. Je détestais ça. Je me détestais de lui faire vivre ces émotions.

Alors j'ai arrêté.

Et je suis revenu à la case départ.

Je suis descendu au rez-de-chaussée et j'ai posé mes valises près de la porte. Roland venait me chercher d'une minute à l'autre.

Ma mère semblait éperdue.

– Tu vas me manquer, mon bébé.

Elle m'a serré très fort dans ses bras, les yeux remplis de larmes.

– Tu es tellement beau garçon, Cayson. Comme ton père.

Je lui ai rendu son étreinte.

– Tu vas me manquer aussi, maman.

– Reviens vivre ici après l'université. Je déteste ne pas te voir tous les week-ends.

– Bien sûr, maman.

Elle a soupiré de soulagement et reculé. Chaque fois que je m'en allais, c'était dur pour elle.

Mon père m'a donné une claque amicale sur l'épaule.

– Merci d'être passé.

– Tu sais que je ne manquerais pas ça, papa.

Il m'a serré dans ses bras à son tour.

– Je t'aime, fiston. Je sais que je te rends fou, alors merci de me supporter.

– Eh bien, t'es mon père. Je n'ai pas vraiment le choix...

Il a ri.

– Je vois. Appelle-moi à ton arrivée.

– Papa, je suis grand maintenant.

Ma mère s'est mise à pleurer.

– Notre fils n'est plus un enfant.

La peau hâlée de ma mère dissimulait bien ses rides. Elle était toujours aussi belle et élégante malgré les années. Mes copains disaient qu'ils aimeraient coucher avec elle, chose qui me mettait profondément mal à l'aise.

– Appelle quand même, dit mon père. Ça me rassure.

– D'accord.

Il était inutile de discuter avec lui.

On a klaxonné dehors.

– Mon chauffeur est là, dis-je.

Ma mère a essuyé ses larmes.

– À la prochaine fois, mon chéri. Je t'aime.

– Je t'aime aussi, maman.

Je suis sorti avant qu'elle éclate en sanglots à nouveau.

Roland a descendu la fenêtre.

– Embarque avant qu'ils changent d'idée !

J'ai ri, puis lancé mes valises dans le coffre. Je me suis ensuite assis sur la banquette arrière, à côté de Skye.

Mes parents se tenaient devant la maison, agitant la main tandis que Roland s'éloignait. J'ai détourné le regard quand ils ont disparu au loin.

– C'était dur...

– Je te comprends, dit Skye. Je pleure chaque fois que je quitte la maison de mes parents. Je déteste les adieux.

– Je sais ce que tu veux dire.

Elle a sorti un paquet de cartes.

– On se fait un poker ?

– Pas avec de l'argent, dis-je. Parce que j'ai toujours honte de te lessiver.

– Et si on jouait le dîner ? Le perdant paie l'addition.

– J'accepte.

Nous avons joué quelques parties en roulant vers Boston. Skye était plutôt forte à ce jeu. Elle voyait clair dans mon bluff. Mais ça allait dans les deux sens ; je la déchiffrais bien moi aussi.

J'avais essayé de la repousser pour l'oublier, mais nous étions les meilleurs amis du monde. Je voulais tout faire avec elle. Je préférerais même jouer au basket avec elle qu'avec mes potes. Elle me faisait rire au point où je pissais presque dans mon froc. Et je n'oserais pleurer devant personne sauf elle. Skye était tout pour moi.

Putain de merde. Que faire ?

Peut-être devrais-je tout simplement lui déballer mes sentiments. Mon aveu créerait un froid entre nous, mais elle comprendrait pourquoi j'avais besoin d'espace. Les choses ne seraient plus jamais comme avant, mais elles ne pouvaient pas continuer ainsi non plus. Plus le temps passait, et plus la situation empirait.

Skye a eu la main gagnante.

– On dirait que c'est toi qui invites.

– Merde.

– Tu connais mon plat préféré.

– Tout le monde connaît ton plat préféré, râla Trinity.

– Heureusement que j'aime aussi la pizza, remarquai-je.

Skye a rangé les cartes dans leur boîte alors que nous arrivions devant mon appartement.

– Enfin chez toi, dit-elle souriante.

– Merci de nous avoir ramenés, dis-je à Roland.

– Pas de problème. C'est mon père qui paie l'essence.

– Et la caisse, ajoutai-je.

– Sûrement qu'il paie aussi les routes, s'esclaffa Trinity.

J'ai détaché ma ceinture de sécurité et j'ai ouvert la portière.

Skye a agrippé mon bras avant que je sorte.

– On dîne ensemble demain soir ?

La peur dans son regard m'a indiqué qu'elle craignait d'être rejetée à nouveau.

Bon Dieu, elle me tue.

– Que dis-tu de plus tard dans la semaine ? Je dois régler deux trois trucs.

Elle a lâché mon bras.

– D'accord.

J'ai refermé la portière, puis j'ai sorti ma valise du coffre. Quand je suis entré dans mon appartement, j'ai tenté de chasser Skye de mon esprit. Elle était trop ravissante dans sa robe rose, qui mettait parfaitement son teint et ses cheveux en valeur. Elle était un fantasme en chair et en os. Et danser un slow avec elle n'avait fait qu'attiser mon attirance. Le fait d'être proche d'elle, de la toucher, avait été une véritable torture pour moi. Je perdais la tête.

Mon portable a vibré dans ma poche. Je l'ai sorti et j'ai regardé l'écran.

Quoi de neuf ?

C'était Jasmine. *Je viens de rentrer.*

T'as envie de baiser ? Moi oui.

Elle ne tournait pas autour du pot. Probablement parce que je la faisais jouir à tous les coups. Mais je n'étais pas d'humeur. J'avais envie de me lover contre Skye sur le canapé et l'embrasser. Juste l'embrasser. Rien d'autre. Je voulais sentir sa peau douce sous mes doigts. Ses lèvres danser avec les miennes. Je voulais sentir sa proximité, l'intimité, l'amour.

Le réaliser m'a déprimé. Comment allais-je tourner la page si je pensais à elle en permanence ?

J'ai répondu à Jasmine.

Viens.

Peut-être que si je couchais avec Jasmine assez souvent, j'oublierais Skye. Elle était belle et sexy. On s'entendait bien. Et elle était bonne au pieu. Peut-être qu'elle ouvrirait mon appétit pour d'autres femmes. Elle avait déjà réussi à alléger ma solitude, même si le sentiment n'avait pas duré longtemps. Dès que j'avais revu Skye, j'étais retombé dans le désespoir.

J'arrive.

Le sexe était bon entre nous. Jasmine était sensuelle et spontanée. Elle faisait des choses que la plupart des filles refusaient de faire. Ses courbes me plaisaient. Ses jambes étaient longues et minces, et j'aimais sa façon de les enrouler autour de ma taille. Coucher avec elle était un bon exutoire à mes frustrations.

Je suis resté couché sur le dos après l'acte, fixant le plafond. Elle était allongée près de moi, et sa tête reposait sur mon biceps. Elle avait une jambe enroulée autour de la mienne et une main posée sur ma poitrine. Je ne l'ai pas mise à la porte comme j'avais l'habitude de le faire. Elle était devenue une amie et une amante. Et elle acceptait le fait que je ne sois pas émotionnellement disponible.

– Comment tu fais pour être si doué au pieu ? chuchota-t-elle.

J'ai esquissé un sourire en coin.

– C'est en forgeant qu'on devient forgeron.

– La plupart des mecs n'arrivent pas à me faire jouir, et quand ça arrive, c'est un coup de bol.

– Peut-être qu'ils n'essaient pas vraiment de le faire.

– C'est vrai. Les mecs peuvent être des vrais connards.

J'ai posé une main sous la tête et j'ai soupiré.

Elle a fait serpenter ses doigts sur mon torse.

– Comment s'est passé ton week-end ?

– Pas mal. C'était bien de voir ma famille. Qu'est-ce que t'as fait ?

– J'ai bossé.

– T'as sûrement fait de bons pourboires.

– Bien sûr. Être jolie a ses avantages.

J'ai souri.

– Et tu es très jolie.

Elle s'est blottie contre moi.

– C'était comment d'être avec Skye ?

J'ai soupiré, sachant que je ne pourrais jamais me débarrasser de son spectre.

– J'ai essayé de l'ignorer la plupart du temps, mais elle a bien vu que quelque chose clochait. Alors j'ai laissé tomber.

– Depuis quand t'as le béguin pour elle ?

J'ai haussé les épaules.

– Je ne sais pas... quelques années.

– Et elle ne l'a jamais remarqué ? J'ai du mal à le croire.

– Elle est aveugle, apparemment.

– Et idiote.

– Ne parle pas d'elle comme ça, dis-je d'une voix sérieuse.

– Eh bien, elle l'est. Tu te languis d'amour pour elle et elle s'en fout.

– D'abord, elle n'est pas au courant. Ensuite, elle me voit comme un frère. Quand t'as grandi avec quelqu'un, c'est normal.

– Je suis jalouse, c'est tout. J'aimerais que tu sois amoureux de moi. Je serais la fille la plus choyée du monde.

Son commentaire m'a mis un peu mal à l'aise.

– Tu trouveras un homme qui t'adore, Jasmine. Mais ne t'attends pas à ce que ça arrive du jour au lendemain.

– Je peux te poser une question ?

– Tu me la poserais même si je disais non.

– Si tu n'étais pas amoureux d'elle, est-ce que j'aurais une chance ?

Elle s'aventurait en terrain dangereux.

– J'ai été clair : je n'ai pas de disponibilité émotionnelle.

– Je sais. C'est une question hypothétique.

– Je ne sais pas trop. Je te trouve attirante et je t'aime bien. Mais c'est tout.

– Et ça te dit d'essayer de l'oublier avec moi ?

– Qu'est-ce que tu penses que je fais ?

– Je veux dire, tu pourrais me donner une vraie chance. Invite-moi à sortir et passe du temps avec moi. Essayons d'avoir un déclic. Tu sais ce qu'on dit : la meilleure façon d'oublier quelqu'un, c'est de passer à autre chose.

– Ce ne serait pas équitable envers toi, Jasmine.

– En effet. Mais si t'étais quelqu'un d'autre, je ne te ferais pas cette proposition. Mais t'es spécial.

– Je… je ne sais pas.

– Penses-y.

Je n'ai pas répondu.

– Je devrais probablement y aller. On s'envoie en l'air une dernière fois avant que je parte ?

– Je suis crevé.

Elle s'est faufilée sous les draps jusqu'à ma taille et elle a refermé la bouche autour de mon sexe. Bientôt, il était au garde-à-vous. J'ai fermé les yeux et savouré la sensation qu'elle me procurait. Puis j'ai eu envie de la baiser à nouveau, alors je l'ai fait.

J'ai décidé d'éviter Skye à nouveau. Je savais que je lui devais un dîner, mais j'ai fait semblant d'avoir oublié. Je ne voulais pas qu'on s'asseye l'un en face de l'autre à la pizzéria et qu'on passe du bon temps ensemble. J'en avais marre de souhaiter qu'elle soit ma petite amie. Et de me sentir malade chaque fois que je la voyais avec Zack. Aussi je l'ai évitée, comme un lâche.

Je ne suis pas allé au Manhattan Grub mercredi soir. J'ai décidé de mettre fin à la tradition. Quand je n'étais pas en cours, j'étudiais à la bibliothèque ou je travaillais au labo. Comme j'étais déterminé à ne pas penser à Skye, j'étais beaucoup plus concentré. Je me consacrais pleinement à mes études et je ne pensais à rien d'autre.

J'étudiais dans mon salon quand Slade est entré chez moi.

– Salut. Viens jouer.

Il avait un ballon de basket entre les mains.

– Bien sûr, entre, dis-je sarcastiquement.

Il a pris une bière dans le frigo, puis il s'est affalé sur le canapé.

– Tu ne devrais pas boire d'alcool avant de faire du sport, remarquai-je.

– Ce n'est pas comme si j'allais nager.

Il a descendu la moitié de sa bière, puis il l'a posée sur la table basse.

– Comment était ton week-end en famille ?

– Bien. Je manque beaucoup à mes parents.

– Ça fait trois ans que t'es parti, dit-il en levant les yeux au ciel. Ils devraient s'y faire.

– Je sais... mais ils me manquent aussi.

– Je vais pleurer, railla-t-il en faisait tourner le ballon sur un doigt. Et comment se passe l'opération éviter Skye à tout prix ?

– Ça va... mais elle m'a acculé au mur pendant le week-end. Je n'avais aucun moyen de m'enfuir.

Slade a ri.

– Parfois, je me demande si elle t'aime, mais qu'elle est en déni.

– Ne me torture pas.

L'idée était insupportable.

– Désolé, mec.

Il a fait tourner le ballon sur son doigt à nouveau.

– Il y a une fête à la fraternité ce week-end. Ce sera plein de jolies minettes.

– Incluant Skye ?

– Pas à ma connaissance. J'imagine qu'elle passera la soirée avec son enfoiré de copain.

– Pourquoi c'est un enfoiré ? demandai-je.

– Parce que ce n'est pas toi.

J'ai esquissé un sourire en coin en refermant mon manuel scolaire.

– Alors, basket ?

– Pourquoi pas ?

Au même moment, ma porte de chambre s'est ouverte et Jasmine est sortie, vêtue seulement de mon t-shirt.

– Je peux faire une sieste ?

Slade l'a reluquée, et ses yeux sont restés glués aux jambes de Jasmine pendant près d'une minute.

– Bien sûr. Slade et moi allons jouer au basket.

– D'accord.

Elle a souri avant de refermer la porte.

Slade m'a fait un clin d'œil.

– Jolie poulette.

– Ouais.

– Alors, vous vous voyez souvent ?

– J'imagine.

– Elle te plaît ?

– En amie, ouais.

– Et en maîtresse, renchérit-il.

– Elle sait ce que je ressens pour Skye, alors je me sens moins dégueulasse avec elle.

– Attends, dit-il en posant le ballon sur la table. Elle sait que t'es...

– Mec, je mange là-dessus.

– Oh.

Il a posé le ballon par terre.

– Elle sait que t'es amoureux de Skye et elle s'en fout ? Complètement ?

– Je pense que ça la dérange un peu, mais oui.

Il m'a fixé d'un regard nouveau.

– Mec, t'es un dieu. Il faut que tu me montres comment faire. Mes nanas me disent toujours : « Oh, mon Dieu ! Je t'aime. Ne me quitte pas. Marions-nous. » Et je leur réponds : « Putain que non. »

J'ai ri.

– Tu veux connaître mon secret ?

– S'il te plaît.

– Sois honnête, c'est tout.

Il m'a dévisagé.

– Si j'aborde une fille en lui disant que je veux la défoncer, sans lui parler, et ne plus jamais la revoir, elle va être d'accord ?

– Je lui dirais avec un peu plus de tact que ça.

– Mais t'as quand même une relation avec cette nana.

– C'est plus une amitié qu'autre chose. Et c'est bien de coucher avec la même personne souvent, parce que c'est meilleur d'une fois à l'autre. La première fois, c'est toujours un peu maladroit. Tu ne sais pas ce que l'autre personne aime, et elle ne sait pas ce que t'aimes.

– Pas moi. Les nanas raffolent de moi.

– Eh bien, tu dois avoir un don, raillai-je.

– Tu l'as dit, s'exclama-t-il en ramassant le ballon. Maintenant, viens jouer au basket.

Slade et moi sommes arrivés à la fête et avons balayé les alentours des yeux. Les basses de la stéréo défonçaient les tympans et toutes les filles étaient en bikini.

– J'imagine que c'est sur le thème de la plage, dit Slade.

– En plein automne ? C'est bientôt Thanksgiving.

Il a haussé les épaules, puis ôté son t-shirt.

Je l'ai imité.

– C'est mieux comme ça, dit-il. Maintenant, on sait qui a un beau corps et qui rembourre son soutif.

– Ouais... parce que ça a toujours été important pour moi, dis-je sarcastiquement.

– Et Victoria's Secret vend des push-up qui font paraître les nichons plus gros qu'ils ne le sont vraiment. Perso, je préfère savoir si une gonzesse a des melons ou des clémentines avant de coucher avec elle.

Je me demandais parfois pourquoi Slade et moi étions amis. Nous étions tellement différents.

Nous nous sommes dirigés vers le fût de bière et je nous ai servi deux verres. J'ai raclé la couche de mousse qui flottait à la surface.

Slade a examiné les filles autour de nous.

– Tu préfères quoi ? Les blondes ou les brunes ?

– Ce ne sont pas des animaux.

– Réponds à ma question.

– Eh bien, la fille qui m'obsède est brune.

– Mais celle que tu baises est blonde.

Savoir que Jasmine et moi couchions souvent ensemble me donnait l'impression d'être un vrai connard.

– Je ne couche avec personne ce soir.

– Pourquoi pas ? Parce qu'il n'y a pas de chatte meilleure que celle de Skye ?

J'ai grimacé.

– Mec, c'est ta cousine. Et non. C'est à cause de Jasmine. Je n'ai jamais dit que notre relation était exclusive, mais peut-être qu'elle le pense.

– Alors, vous êtes en couple ?

– Non, dis-je prestement. Mais... je ne sais pas. Pourquoi te trouver une autre fille alors que t'as quelque chose de bien avec Jasmine ?

– Toi qui ne te tapes jamais le même petit cul deux fois...

– Pourquoi ? C'est lassant à la longue de seulement coucher avec des nouvelles filles.

Il m'a lancé un regard perplexe.

– Je ne pigerai jamais pourquoi on est meilleurs potes.

– Moi non plus.

Il a haussé les épaules.

– Peu importe. J'imagine que tu peux être mon ailier ce soir.

Au même moment, une table s'est renversée dans un coin de la pièce et un vase s'est fracassé par terre. Deux filles en bikini rose ont éclaté de rire devant les dégâts qu'elles avaient causés. Leurs cheveux leur couvraient le visage, mais il était manifeste qu'elles étaient complètement bourrées.

Slade les a reluquées.

– Des cibles faciles, dit-il en haussant les sourcils.

– Elles ont la tête dans le cul.

– C'est pourquoi elles seront faciles.

– Oublie.

Il a soupiré.

– D'accord...

Les filles ont continué de rire.

– Oh non, je me suis coupée ! glousse l'une d'elles en brandissant sa main entaillée.

Je connais cette voix. J'ai plissé les yeux et reconnu Trinity.

Elle s'est essuyé la main sur sa jambe, étalant le sang sur sa peau. Sa tenue laissait peu de place à l'imagination. Son ventre plat arborait un piercing au nombril, et ses seins étaient pressés ensemble par son haut de bikini.

Quand j'ai regardé la brune qui l'accompagnait, mon cœur a chaviré. *Non.*

Skye était allongée sur le dos, morte de rire en pointant Trinity.

Merde.

– Slade ?

– Quoi ?

Il matait une fille dans un coin.

– C'est Skye et Trinity.

Il s'est retourné.

– Bon Dieu de merde.

– Sortons-les d'ici.

Nous avons laissé nos verres sur une table et nous nous sommes dirigés vers elles.

Skye a semblé surprise en me voyant me pencher sur elle.

– Qu'est-ce que tu fais à poil ? gloussa-t-elle.

J'étais carrément surpris qu'elle m'ait reconnu.

Slade a soulevé Trinity dans ses bras.

– Je la ramène chez elle, car si elle fait une gaffe, oncle Mike achètera l'université juste pour y mettre le feu.

– Bien vu. Je m'occupe de Skye.

J'ai regardé autour de moi en me demandant si Zack était là. S'il l'était, je le mépriserais encore plus.

Slade a porté Trinity jusqu'à la porte.

– Tes tatouages sont trop sexy, marmonna Trinity alors qu'ils s'éloignaient.

– Ouais, je sais, répondit Slade.

J'ai porté toute mon attention sur Skye.

– Je te ramène chez toi.

– Mince, tu t'entraînes beaucoup, dit-elle en louchant sur mon torse.

J'ai senti mes joues s'échauffer légèrement. Elle n'avait jamais complimenté mon corps de la sorte. Mais j'ai ignoré ses mots.

– Allez. Debout.

Je l'ai prise dans mes bras et je l'ai soulevée. Son bikini ne cachait presque rien. Je me suis forcé à détourner le regard par respect pour elle. Mais je me doutais que si elle était habillée ainsi, c'est qu'elle ne voulait pas être respectée.

Une fois dehors, l'air froid m'a fouetté le visage. Comme Slade avait pris la voiture, j'allais devoir porter Skye jusqu'à chez elle. Je l'ai posée par terre un moment, le temps de passer mon t-shirt par-dessus sa tête pour éviter qu'elle prenne froid.

– Mmm, ça sent toi…

Je l'ai soulevée à nouveau, puis j'ai coupé à travers la pelouse.

Elle s'est accrochée à mon cou et a blotti la tête contre ma poitrine.

Je ne lui ai pas parlé, n'en voyant pas l'intérêt. Ses réponses n'auraient ni queue ni tête. Je me suis contenté de la serrer contre moi pour la tenir au chaud. Il valait mieux qu'oncle Sean n'apprenne jamais ce qui s'était passé. Car il serait furax. Et oncle Mike… je ne voulais même pas y penser.

Je me demandais ce que Skye faisait là. Je m'attendais à ce genre de comportement de la part de Trinity, mais pas d'elle. Peut-être qu'elle s'était retrouvée ivre un peu par hasard, comme ça m'arrivait tout le temps avec Slade. Du moins, j'espérais que ce soit le cas. Parce que le fait d'imaginer ce qui se serait passé si je n'avais pas été là me rendait malade. Un mec aurait pu profiter de sa vulnérabilité. Ou elle aurait pu se blesser. J'ai essayé de chasser ces pensées, car elles me nouaient l'estomac.

Où était Zack ? Ne devrait-il pas prendre soin d'elle ? Se foutait-il vraiment de savoir que sa copine participait à une débauche universitaire en bikini ?

Quand nous sommes arrivés à l'appartement de Skye, j'ai utilisé mon double des clés pour entrer. J'ai fermé la porte avec mon pied, puis je l'ai portée jusqu'à son lit. Quand je l'ai déposée, j'ai jeté un coup d'œil à ses jambes. Elles étaient longues, parfaites. Je me suis mis à la border.

– Cayson ? murmura-t-elle.

– Je suis là, Skye. Je sais que tu te sens minable en ce moment, mais ça ira mieux demain.

Elle s'est redressée en passant les doigts dans ses cheveux. Elle me scrutait avec une expression nouvelle. Sans doute parce qu'elle était bourrée. Ou parce qu'elle se sentait pitoyable.

– Tu prends toujours soin de moi…

Je n'avais jamais vu Skye aussi ivre, aussi j'ignorais à quoi m'attendre d'elle. À l'évidence, elle était vulnérable et sans inhibitions. C'était une facette d'elle que je ne connaissais pas.

– Zack ne me traite jamais comme ça… Il ne m'ouvre pas la porte pour me laisser passer en premier. Il me dit qu'il m'aime, mais on dirait qu'il ne le pense même pas. Tu ne me le dis pas, mais je n'ai pas besoin de l'entendre. Je sais que tu m'aimes.

Qu'essaie-t-elle de dire ?

– Il ne me fait pas rire comme toi…

Mon cœur s'est mis à battre à tout rompre, le sang me martelant les tympans. Ma respiration s'est accélérée, et je me suis demandé où la conversation nous mènerait. Un silence assourdissant nous a enveloppés. On n'entendait plus que les criquets striduler dehors. J'ai étudié son visage, et j'ai vu les larmes lui monter aux yeux. Sa lèvre inférieure a frémi. J'ai posé le regard sur le grain de beauté au coin de sa bouche, désirant l'embrasser comme j'avais voulu le faire depuis les cinq dernières années. Je n'ai pas émis un son, la laissant finir.

Mais elle s'est tue. Nous nous fixions sans ciller, comme si c'était un concours. Il faisait sombre dans sa chambre, mais je distinguais bien ses traits dans la pénombre. Et elle distinguait les miens. Elle a posé la main sur mon biceps et a légèrement pressé le muscle.

Mon cœur a cessé de battre un instant.

Sa main a ensuite trouvé mon épaule, puis ma nuque. Elle s'est agrippée à moi en approchant son visage du mien.

Nous étions maintenant tellement proches que je sentais son

souffle sur ma peau. Son parfum d'églantier m'a enivré, mélangé à l'odeur d'alcool dans son haleine. J'ai inspiré profondément, tentant désespérément d'endiguer l'adrénaline qui me parcourait le corps. Je la désirais. Je l'avais toujours désirée.

Puis elle a réduit la distance entre nous et a écrasé sa bouche contre la mienne.

J'ai inspiré à nouveau, surpris par la brûlure soudaine. Nos bouches étaient collées, et un frisson m'a parcouru l'échine. Je n'arrivais pas à croire que c'était vrai, que c'était bel et bien en train d'arriver.

Après m'être remis du choc initial, j'ai commencé à bouger en rythme avec elle. Ses lèvres étaient douces, comme je l'avais imaginé des centaines de fois. J'ai senti chaque centimètre carré de sa bouche, voulant la savourer pleinement. Elle avait un goût divin, qui rappelait la cerise. J'ai respiré dans sa bouche en l'embrassant, essoufflé par l'excitation. J'avais mal à l'estomac tellement les papillons s'affolaient dans mon ventre.

Sachant que mon fantasme le plus fou devenait réalité, j'ai pris son visage en coupe et j'ai approfondi notre baiser. Un doux gémissement s'est échappé de ses lèvres, m'indiquant qu'elle y prenait plaisir autant que moi. Elle sentait la chimie incontestable entre nous, la passion qui nous dévorait. J'avais toujours espéré qu'il y avait quelque chose entre Skye et moi, qu'elle me voyait comme plus qu'un ami. Je voulais tellement plus d'elle. Je voulais passer ma vie avec elle, une vie d'amour.

Elle s'est mordu la lèvre inférieure avant de darder sa langue dans ma bouche, l'entortillant à la mienne. Ma main s'est mise à trembler. Le baiser n'était pas comme ce à quoi je m'attendais. J'avais imaginé ce moment tellement de fois dans ma vie, mais je ne m'attendais pas à ce que ce soit aussi sensationnel.

Sa main a trouvé ma poitrine, sentant les muscles puissants sous la surface. Puis elle a glissé sur mes abdominaux et les a palpés. Elle ne m'avait jamais touché ainsi, jamais reconnu mon sex-appeal. Elle me désirait enfin comme je la désirais.

J'ai succombé à mon désir le plus sombre en embrassant le coin de sa bouche, voulant goûter son grain de beauté sachant pourtant que c'était impossible.

– J'ai toujours voulu ça, soufflai-je.

Je l'ai embrassée à nouveau, sans l'intention d'arrêter avant que mes paupières s'alourdissent de fatigue.

Skye a enlevé mon t-shirt, révélant son corps parfait toujours vêtu de son bikini. Mes yeux ont regardé sa poitrine, puis je me suis forcé à détourner le regard. Ma bouche a trouvé la sienne à nouveau, ressentant le besoin de la goûter.

Sa main gauche a quitté mon torse et s'est dirigée vers son dos. Elle a détaché les ficelles de son haut, puis le tissu est tombé.

Je suis resté bouche bée, sachant ce qui venait de se passer. Je n'osais pas regarder. Je ne serais pas un gentleman si je le faisais. Mais je n'ai pas pu m'en empêcher. Je la désirais depuis trop longtemps. Mes yeux se sont posés sur sa poitrine, sur le spectacle le plus incendiaire et bandant que je n'avais jamais vu. Elle était la perfection incarnée.

Incapable de me contrôler une seconde de plus, je me suis penché sur elle et j'ai sucé chaque mamelon. Elle a planté la main dans mes cheveux, gémissant de plaisir. Je n'avais jamais été aussi excité de toute ma vie. Et je n'avais jamais senti mon cœur saigner ainsi. J'obtenais enfin ce dont j'avais toujours rêvé.

Skye a ôté son bas de bikini, me faisant perdre la tête. Elle était désormais complètement nue dans mes bras, et chaude de désir. Je l'ai allongée sur le lit, puis je me suis placé au-dessus d'elle en continuant de l'embrasser. J'ai pressé le torse contre le sien, sentant ses seins contre moi. Ma main est descendue et a trouvé la douceur de son entrejambe. Je n'arrivais toujours pas à croire que je la touchais. Je n'arrivais pas à croire ce qui se passait.

Quand sa main a atteint la braguette de mon jean, j'ai été ramené à la réalité.

J'ai saisi son poignet, réalisant que c'était mal. Bien que la situation m'enchantait au plus haut point, et que je ne voulais jamais qu'elle cesse, je ne pouvais pas continuer. Elle était saoule, et je ne voulais pas que notre première fois se passe ainsi. Je voulais mieux que ça.

– Cayson…

L'entendre prononcer mon nom m'a donné envie de continuer. Mais je me suis retenu. Je me suis ôté de sur elle et j'ai tiré les draps, couvrant son corps splendide.

– On reprendra ça demain.

– Je ne veux pas attendre.

Elle m'a empoigné par la nuque et attiré mes lèvres vers les siennes.

J'ai fondu à nouveau.

– Skye… je te veux depuis tellement longtemps.

– Alors prends-moi.

Putain de bordel de merde. J'ai reculé.

– Demain.

Je respirais fort, tentant de me remettre de ma chute soudaine de pression.

J'ai vu la déception dans son regard.

– Je reviens demain matin avec le petit déjeuner. On en reparlera à ce moment-là.

– Reste ici.

J'aimerais tant pouvoir le faire, mais je ne me faisais pas confiance.

– Endors-toi. Plus vite tu t'endormiras, plus vite le matin sera là.

Elle a fini par céder.

– D'accord, soupira-t-elle.

Je me suis penché pour poser un baiser sur son front, alors que mon cœur se gonflait de joie. Skye était à moi. Elle était destinée à être mienne, et enfin, elle l'était. J'étais comblé.

– Bonne nuit, dis-je.

– Bonne nuit.

Elle a fermé les yeux et soupiré.

Après l'avoir contemplée longuement, je suis sorti et j'ai verrouillé la porte.

Je n'ai pas dormi de la nuit.

Je ne pensais qu'au fait que ma vie venait de changer. Je devais me convaincre que je n'avais pas rêvé. C'était arrivé pour vrai. Je désirais Skye et elle me désirait aussi. J'avais toujours espéré qu'elle ressentait quelque chose pour moi, mais je m'étais toujours dit que ce n'était qu'un vœu pieux.

Mais elle m'aimait. Réellement.

Dès le lever du soleil, je suis allé prendre une douche et me préparer pour la journée. J'étais trop excité pour rester couché. J'avais envie de grimper sur le toit de l'immeuble et de crier au monde entier que Skye était mienne. De passer chez Zack et lui foutre mon poing dans la figure, juste pour me venger. Et d'embrasser Skye à nouveau. C'était la seule chose que je désirais vraiment : m'étendre auprès d'elle et l'embrasser jusqu'à ce que nos lèvres soient gercées.

Je suis passé dans un café et je lui ai pris un petit déjeuner avec un latté à la citrouille au lait de soja, sa boisson préférée. J'avais un sourire béat aux lèvres, indélébile. Le barista m'a regardé comme si j'étais défoncé.

Puis j'ai mis le cap sur son appartement, tambourinant sur le volant de ma voiture tellement je débordais d'excitation. Ma vie avait changé à tout jamais. Tout était différent. J'étais heureux. Je pouvais désormais faire tout ce que je voulais. L'inviter au resto, au ciné, et être honnête avec elle. Passer tout mon temps avec elle sans avoir à dissimuler mes vrais sentiments. L'embrasser chaque fois que l'envie me prenait.

J'ai monté son escalier quatre à quatre et ouvert la porte avec ma clé. Après avoir posé le petit déjeuner sur le comptoir, je suis allé la trouver. La porte de la salle de bain s'est ouverte et elle est sortie, les cheveux mouillés et vêtue d'un pyjama froissé. Elle était toujours aussi sublime à mes yeux. Je l'avoue, j'ai repensé à son corps nu après l'avoir vu. En fait, je n'ai pas cessé d'y penser. Elle était encore plus sexy que dans mes rêves.

– La vache, j'ai mal au crâne, grogna-t-elle en se frottant les tempes.

J'ai esquissé un sourire en coin.

– Je t'ai apporté le petit-déj', un café et de l'aspirine.

– Merci. Tu me sauves la vie.

– Je t'apporterai le petit-déj' chaque jour si tu veux.

– Alors, je vais devoir commencer à te payer. Et je suis fauchée.

– Tu n'as pas à me rembourser.

Je l'ai fixée, attendant qu'elle se joigne à moi.

– Eh bien, pas en argent…

– En bouffe ? demanda-t-elle en riant.

– Non, je pensais à autre chose.

– Comme quoi ?

Elle ne pige pas ou quoi ?

Elle s'est dirigée vers le comptoir, ne me regardant même pas. Puis elle a pris son café. Quand je me suis approché d'elle pour l'embrasser, elle est allée s'asseoir sur le canapé comme si de rien n'était.

Qu'est-ce qui se passe ?

– Qu'est-ce qui s'est passé hier soir ?

Sa question m'a fait l'effet d'un seau d'eau glacée en plein visage.

– Tu ne t'en souviens pas ?

Elle s'est frotté les tempes à nouveau.

– Je me souviens d'être allée à cette fête à la fraternité… et d'avoir bu… beaucoup.

– C'est la dernière chose dont tu te souviens ?

Mon pouls a ralenti, s'arrêtant presque.

– Euh… Je pense que j'ai renversé une table. Ou cassé un vase ? Je ne sais plus.

Mon cœur a cessé de battre un instant. Le temps a ralenti, m'anéantissant, me réduisant en bouillie. Elle avait oublié ce qui s'était passé hier soir. Elle ne se souvenait de rien du tout. C'était comme si rien n'était arrivé. Notre premier baiser n'existait plus. L'ardeur dans son regard n'était plus qu'un rêve. Tout était faux.

Ce n'était qu'une erreur, due à son ivresse, dont elle ne se souvenait pas. Peut-être qu'elle ne savait même pas que c'était moi. Sans doute pensait-elle que j'étais Zack. Ou un inconnu qu'elle trouvait canon. Je n'étais rien. Je ne représentais rien à ses yeux. La plus belle nuit de ma vie était un souvenir flou pour elle, et encore.

Je m'étais donné corps et âme à elle. Je lui avais montré à quel point elle était précieuse pour moi. Elle s'était jetée dans mes bras et je l'avais couverte de mon t-shirt. J'aurais pu coucher avec elle et elle ne s'en serait même pas rendu compte. J'aurais pu être n'importe qui. J'aurais pu être un quidam avec des mauvaises intentions.

– Cayson ?

Elle me dévisageait.

Je me rappelais toutes les fois de ma vie où j'avais pleuré après l'âge de cinq ans. La fois où ma sœur avait jeté dans les toilettes l'animal en peluche que grand-papa m'avait donné et qu'elle avait tiré la chasse. La mort d'un de mes potes qui avait conduit en état d'ébriété. Et c'était tout. Deux fois.

Et là, c'était la troisième fois.

– Je dois y aller.

Je lui ai tourné le dos pour dérober mon visage à sa vue. Puis j'ai pris mes jambes à mon cou. Les larmes étaient inévitables, mon cœur était broyé. Je me sentais comme le pire idiot de la Terre d'avoir pensé, ne serait-ce qu'une nuit, qu'elle m'aimait vraiment. Je n'étais qu'un ami à ses yeux. Rien d'autre.

Je suis monté dans ma voiture et j'ai démarré. Je ne suis pas retourné à mon appartement. Je me suis contenté de rouler. Les rues étaient glacées, mais je me foutais éperdument du risque. Les chaudes larmes se sont déversées, et l'humidité sur mes joues ne faisait qu'empirer le pathétique de ma situation. Je n'arrivais pas à croire qu'une simple nana puisse avoir un tel effet sur moi, qu'elle puisse se jouer de mes émotions ainsi. L'idée me rendait malade. Skye m'avait fait perdre tellement de temps, mais je n'allais pas perdre une seconde de plus avec elle.

J'en avais fini avec elle.

Pour de bon.

8

SKYE

– T'as vu Cayson ? demandai-je à Trinity en m'asseyant à côté d'elle dans la bibliothèque.

– Euh… pas depuis la soirée.

Elle s'est léché le doigt avant de tourner la page de son magazine.

– Il était à la fête lui aussi ?

– Je ne pense pas. Mais je sais que Slade était là.

– Tu l'as vu ?

– Ouais. Il m'a ramenée chez moi. Il a dit que j'étais irresponsable.

– Tu te rappelles tout ce qui s'est passé ? demandai-je. Sais-tu comment je suis rentrée chez moi ? Je me suis réveillée dans mon lit — à poil.

– Je pense que Cayson t'a ramenée.

– Ah ouais ?

– Il me semble que Slade l'a mentionné. Mais je n'en suis pas sûre… Pourquoi ?

J'essayais de trouver une raison au comportement de Cayson l'autre jour.

– Cayson est arrivé chez moi le lendemain matin avec

le petit-déj'. Il était de bonne humeur et tout semblait normal. Puis soudain, il a déguerpi sans rien dire. Il n'a pas bu son café ni mangé son petit-déj'. C'était trop bizarre…

– Peut-être qu'il avait un rendez-vous important quelque part.

– Un dimanche matin ? Non. Son comportement était bizarre.

Elle a haussé les épaules.

– Je ne sais pas quoi te dire. Tu pourrais lui poser la question, tout simplement.

– J'imagine. Est-ce que ça l'énerverait si je le textais ?

– Pourquoi ça l'énerverait ?

– Il n'est pas lui-même ces temps-ci. On dirait que quelque chose le tracasse.

Trinity a reporté son attention sur son magazine.

J'ai essayé d'étudier, mais je ne cessais de penser au comportement insolite de Cayson. Je le connaissais depuis toujours ; je le savais lorsqu'il était fâché. Mais je n'arrivais pas à comprendre pourquoi. Et le fait qu'il ne me l'ait pas dit était encore plus étrange.

Je me suis forcée à me replonger dans mon travail, chassant ces pensées.

– On se fait une soirée jeux de société ce week-end ? On pourrait inviter toute la famille, proposa Trinity sans même me regarder.

– Ouais, ce serait bien. Chez toi ?

– D'accord. J'invite tout le monde.

– Juste la famille ?

– Ouais.

Zack est apparu à notre table, posant un café devant moi.

– Ton préféré.

– Merci.

J'ai humé l'odeur, me sentant immédiatement ragaillardie. Puis j'ai bu une gorgée, grimaçant au goût anormal.

– C'est quoi ?

– Un latté au caramel.

Beurk. Zack ne m'écoutait jamais. Mais il était inutile de me plaindre. Et puis, j'avais besoin de caféine.

– Quoi ? demanda Trinity.

Elle voyait que quelque chose clochait.

– Rien.

– Quoi ? demanda Zack. Ils se sont trompés ?

– Non... ce n'est pas ce que je prends d'habitude, c'est tout. Je n'ai jamais bu de latté au caramel de ma vie.

– Je croyais que c'était ton préféré ? demanda Zack.

– Non, dis-je, commençant à m'énerver. T'as dû me confondre avec une autre de tes copines.

Il a levé les yeux au ciel en s'asseyant à côté de moi.

– T'es ma seule copine. Tu veux venir chez moi ce soir et regarder un film ?

– Il n'y a pas un match de foot ce soir ? demandai-je.

– Ouais. C'est pareil.

– Euh... regarder un film et regarder un match sont deux activités complètement différentes.

– Peu importe. Tu viens ou pas ?

J'ai soupiré.

– J'imagine.

Trinity m'a jeté un coup d'œil derrière son magazine, puis a baissé les yeux à nouveau.

– Quoi ? demandai-je.

– Rien, dit-elle.

– Je te ferai à dîner, dit Zack.

– Une pizza surgelée ?

– T'aimes la pizza, non ?

– Ouais, j'imagine.

– À plus tard, alors.

Il m'a fait la bise avant de s'en aller.

Trinity m'a regardée.

– Qu'est-ce que tu fous avec lui ?

– Quoi ?

– Il craint. Ce mec ne t'écoute jamais.

– Il m'a dit qu'il m'aimait.

Elle a posé son magazine sur la table.

– Quoi ? Quand ça ?

– Il m'a demandé s'il pouvait venir au gala et rencontrer mes parents, et j'ai dit non. Puis il a dit qu'il m'aimait et qu'il était temps que je lui présente mes parents.

– C'est sorti de nulle part ? Pas dans un dîner romantique ou pendant que vous baisiez ?

– Non, c'était curieux.

– Pourquoi il veut tellement rencontrer tes parents ?

J'ai secoué la tête.

– Aucune idée.

– Tu lui as dit aussi ?

– À ton avis ?

– Et ça ne l'a pas dérangé ? Que tu le rejettes comme ça ?

– Il a dit que non, dis-je en haussant les épaules.

– C'est de plus en plus bizarre…

– Je ne le saisis pas. J'ai l'impression qu'il est pressé de se caser avec moi. Mais j'ignore pourquoi.

– Peut-être qu'il est vraiment amoureux de toi.

Elle a pianoté des doigts sur la table.

– Mais on ne dirait pas, continua-t-elle. Il oublie tout ce que tu dis et il semble plus passionné par le football que par toi.

– Il est passionné par mes pare-chocs.

– Tout le monde aime tes pare-chocs, railla-t-elle.

– J'ai essayé de rompre, mais il a refusé catégoriquement.

– Il a refusé ? demanda-t-elle incrédule. Quand quelqu'un veut rompre, c'est fini. L'autre n'a pas son mot à dire.

– Eh bien, il n'était pas d'accord. Il m'a embrassée et il devenu tout charmant… alors, j'ai fondu.

– Donc il t'a séduite ?

– On peut dire ça, ouais.

– Honnêtement, je ne vois pas d'avenir entre vous deux, alors tu devrais peut-être le larguer.

– Peut-être…

Elle a pris mon café et a bu une gorgée. Elle a grimacé à son tour.

– Putain, ça a mauvais goût.

J'ai ri.

– À qui le dis-tu !

J'ai sonné chez Zack plus tard ce soir-là. Il a ouvert, vêtu d'un jean et d'un t-shirt moulant. Zack avait un beau corps. Je ne pouvais pas le nier.

– Salut, bébé, dit-il en m'embrassant. T'es jolie.

– Je porte un pantalon de yoga et un pull.

– Toujours aussi canon à mes yeux.

Il a reluqué ma poitrine, puis détourné le regard.

– Oh, tu parlais à mes seins, pas à moi.

Il a souri.

– Tu piges enfin.

Il s'est dirigé vers le four et il en a sorti une pizza surgelée.

– Le dîner est servi.

– Miam, dis-je sarcastiquement.

Zack n'avait pas les moyens de m'emmener dîner dans un bon resto. Et ça ne m'avait jamais dérangé, mais un sandwich ferait mieux l'affaire qu'une pizza surgelée.

Il a mis une part dans son assiette avant de me tendre le plat.

Je n'ai pas pu m'empêcher de le comparer à mon père. Il servait toujours ma mère en premier. Cayson faisait pareil avec moi. Mais je ne devrais pas les comparer à Zack. D'ailleurs, je savais comment il était quand on a commencé à sortir ensemble.

Nous avons pris place sur le canapé, devant le match de foot qui passionnait Zack. Je me suis calée dans les coussins en regardant l'écran, tentant de rester attentive. Cette activité ne me plaisait pas particulièrement, mais Zack et moi étions accaparés par les cours et je voulais passer du bon temps avec lui. Au lieu de me plaindre, j'ai donc mangé ma pizza en silence.

À la fin de la partie, il a éteint la télé.

– Bon match, hein ?

– Ouais.

J'ai lancé mon assiette de papier sur la table basse.

Il s'est rapproché de moi sur le canapé, sa main pressant ma cuisse.

– J'aime ton pantalon de yoga.

Ses lèvres ont trouvé mon oreille et il s'est mis à m'embrasser. J'ai renversé la tête en arrière pour lui donner accès à mon corps. J'aimais lorsqu'il me touchait et m'embrassait. Il était doué. Mais le sexe en soi était nul.

Il a continué de me peloter en effeuillant lentement mes vêtements. Mes mains ont empoigné l'ourlet de son pull et l'ont tiré d'un coup sec. Puis j'ai ôté son pantalon, désireuse de le voir à poil.

Zack m'a soulevée dans ses bras et m'a portée jusqu'à sa chambre. Il m'a allongée sur le dos, posant des baisers sur mes cuisses en remontant vers moi. Lorsqu'il a atteint mon entrejambe, je me suis tordue de plaisir en gémissant. Il était habile de sa bouche.

Puis il est remonté.

– Non, ne t'arrête pas, dis-je prestement.

Il a soupiré, manifestement contrarié, puis il est redescendu, m'embrassant entre les jambes comme je l'aimais. J'ai eu du mal à y prendre plaisir sachant qu'il le faisait à contrecœur, mais j'ai atteint l'orgasme malgré tout. J'en avais vraiment besoin. Je l'ai ensuite laissé remonter et se glisser en moi. Il me prenait toujours sur le dos pour pouvoir me mater les seins en me baisant. Ma poitrine l'obsédait complètement. Il s'est mis à me pilonner rapidement et fort, transpirant et grognant tandis qu'il me défonçait la chatte. En moins de cinq minutes, il a joui en poussant un long gémissement. Heureusement que j'avais déjà été satisfaite, sinon il aurait été trop tard.

Je me suis tout de suite levée et rhabillée.

– Pourquoi tu ne passes pas la nuit ici ? demanda-t-il.

– Parce que j'ai cours demain matin.

– Mais tu ne dors jamais avec moi.

Je n'aimais pas les câlins. Ils me mettaient mal à l'aise.

– Peut-être ce week-end.

Il a soupiré avant de se rhabiller à son tour, prêt à me reconduire à la porte.

– Bonne nuit, bébé.

Il m'a embrassée sur la joue.

– Bonne nuit.

J'ai marché jusqu'à ma voiture dans le noir puis j'ai roulé jusqu'à chez moi. J'avais hâte de me retrouver seule dans mon lit.

9

CAYSON

J'AI EU UN DÉCLIC. J'étais blessé, anéanti, mais j'avais également l'impression de renaître. Le fait que je ne représente rien aux yeux de Skye m'a donné le courage de l'oublier, d'accepter une fois pour toutes qu'elle ne soit jamais mienne. Si je continuais comme ça, je souffrirais pour l'éternité. Mais maintenant, ma rage m'aidait à passer à autre chose.

– Pourquoi tu fais cette tête ?

Slade était assis en face de moi dans la salle des étudiants, son manuel d'histoire ouvert devant lui.

– Parce que je suis en rogne, maugréai-je.

Il a levé un sourcil.

– Tu veux que j'aille te chercher un sandwich ?

– Non. Je n'ai pas faim.

– T'es sûr ? Parce que quand j'ai faim, je me comporte en enfoiré.

– Alors, t'as toujours faim ? m'énervai-je.

– Mec, qu'est-ce qui se passe ? T'as l'air d'une bombe nucléaire sur le point d'exploser.

– C'est que je le suis.

J'ai repoussé mon livre de cours, incapable d'étudier.

– Raconte. Skye a fait quelque chose ?

– Ouaip.

– Quoi donc ?

Il était pratiquement suspendu à mes lèvres.

– Tu te rappelles la fête à la fraternité ?

– Ouais. C'était la semaine dernière.

– Eh bien, j'ai ramené Skye chez elle ce soir-là. Je l'ai portée dans l'escalier et jusqu'à son lit. Je l'ai bordée, comme le mec bien que je suis.

L'amertume transparaissait dans ma voix.

– Elle m'a dit que je la traitais mieux que Zack, et que je la faisais rire comme personne. Puis elle m'a embrassé.

Slade était bouche bée.

– Alors, pourquoi t'as le cafard ?

– Parce qu'on a commencé à se peloter. C'était parfait. La plus belle nuit de ma vie. Elle a ôté ses fringues et elle voulait coucher avec moi.

– Vous l'avez fait ? demanda-t-il, les yeux écarquillés.

– À ton avis ? fumai-je. Tu penses vraiment que je coucherais avec l'amour de ma vie alors qu'elle était ivre morte ? Bien sûr que non.

– Oh, dit-il, la déception manifeste dans sa voix. Qu'est-ce qui s'est passé après ?

– Je lui ai dit que je reviendrais le lendemain matin avec le petit déjeuner. Et qu'on pourrait parler de notre relation à ce moment-là. Je pensais qu'on sortait maintenant ensemble et qu'elle allait larguer Zack. Mais quand je suis revenu le lendemain matin, elle ne se souvenait de rien. C'est comme si sa mémoire avait été effacée.

– T'es sérieux ? De rien du tout ?

– Que dalle. La dernière chose dont elle se souvenait vaguement, c'était d'avoir renversé la table.

– Tu lui as raconté ce qui s'est passé ?

– Non, grognai-je. À quoi bon ? Ça ne voulait rien dire pour elle, alors pourquoi lui rappeler ? J'en ai marre de la façon dont elle me blesse constamment. J'en ai fini avec elle — pour de bon.

– Alors… t'es plus amoureux d'elle ?

– Si. Mais plus pour longtemps.

Slade est resté silencieux un moment. Il m'étudiait, cherchant quelque chose à dire.

– Je suis désolé, vieux. Mais peut-être que c'est un mal pour un bien.

– Ouais…

– Tu peux enfin tourner la page.

– J'en ai bien l'intention.

Slade ne me lâchait pas des yeux, le visage empreint de tristesse.

– Quoi ?

Il a haussé les épaules avant de se lever et de contourner la table, les bras déployés. Puis il s'est penché et m'a fait un câlin maladroit. Il m'a tapoté le dos un peu trop fort avant de reculer.

– Désolé que ça te soit arrivé.

– Merci…

L'ambiance s'est tendue quand il est retourné de son côté de la table et qu'il s'est avachi sur sa chaise. Il s'est raclé la gorge.

– En tout cas…

– Ouais…

– Alors, tu vas être mon acolyte ? Tu vas te taper une nouvelle nana chaque soir ?

– Non. J'ai quelque chose d'autre en tête.

– Quoi ?

– Jasmine.

– Tu vas sortir avec elle ?

– On peut dire ça.

– Eh bien, elle est super canon.

– Et elle est gentille.

Il a soupiré.

– J'imagine que tout le monde va enfin laisser tomber l'idée que tu sortes avec Skye.

J'ai levé les yeux au ciel.

– Tout le monde a déjà laissé tomber. C'est à mon tour de le faire.

J'AI TEXTÉ JASMINE APRÈS MON COURS.

Quoi de neuf ?

Je pense à toi. Qu'est-ce que tu fais ?

Je me demandais si tu voulais passer chez moi.

Tu connais déjà la réponse.

Une demi-heure plus tard, elle était devant ma porte. Ses cheveux blonds étaient soyeux. Des boucles d'oreilles turquoise pendaient de ses lobes, mettant ses yeux en valeur. Elle portait un jean moulant et un pull ample. Une écharpe rouge était enroulée autour de son cou.

– T'es jolie.

– Merci, dit-elle en me regardant de la tête aux pieds rapidement. T'es pas mal non plus.

Elle est entrée en me lançant un regard sulfureux.

– On baise tout de suite ?

Ses mains m'ont caressé le torse jusqu'à mes épaules. Elle s'est avancée, et nos corps se sont touchés.

J'ai saisi ses poignets et baissé ses bras.

– En fait, je veux t'inviter à dîner.

Elle a eu l'air perplexe, mais son regard s'est vite attendri.

– M'inviter à dîner ?

– Ouais. Si ça te dit.

Elle a compris ce que j'insinuais.

– Tu veux essayer d'avoir une relation ?

– Si tu peux être patiente avec moi.

Elle a souri.

– Aussi patiente que tu le voudras.

– Très bien.

Je l'ai prise par la main et nous sommes sortis. Je l'ai emmenée au bar-resto sportif, où nous avons choisi une table près de la fenêtre. J'ai commandé une bière et elle a commandé du vin. En la sentant me fixer, j'ai croisé son regard.

– Quoi ?

– Il s'est passé quelque chose ?

– Ouais.

J'ai regardé le menu, puis je l'ai posé sur la table.

– J'ai trouvé Skye ivre morte à une fête et je l'ai ramenée à la maison. Elle m'a embrassé et m'a dit que j'étais important pour elle. Mais le lendemain matin, elle avait tout oublié. C'était comme si rien ne s'était passé.

Je me sentais blessé chaque fois que j'en parlais.

– Tu lui as dit ce qui s'est passé ?

– Non. Et je n'en ai pas l'intention.

– Pourquoi ?

– Parce que visiblement, ce n'était rien à ses yeux. Elle pensait sûrement que j'étais un type au hasard.

Elle a réfléchi un moment.

– Mais elle a dit que t'étais important pour elle, non ?

– Ouais…

– Alors, elle savait que c'était toi. Ce n'est pas parce qu'elle a oublié ce qui s'est passé que ce n'était pas sincère.

Jasmine n'avait pas tort.

– Elle était complètement bourrée. Peut-être qu'elle ne faisait que délirer. Elle voulait même coucher avec moi, ce qui n'est pas son genre. Elle ne tromperait pas son copain. Ce n'était qu'une folie d'ivresse, et par chance, elle a tout oublié.

Jasmine m'a regardé tristement.

– Je suis désolée, Cayson. Je sais ce que tu ressens pour elle.

Je ne voulais plus le ressentir.

– Ça va. En fait, c'est la meilleure chose qui aurait pu m'arriver. Je peux enfin passer à autre chose.

– Avec moi ?

– Je veux bien essayer.

Elle a esquissé un sourire en coin.

– Eh bien, ça me convient. Même si je suis désolée que tu n'aies pas obtenu ce que tu voulais vraiment.

J'ai haussé les épaules.

– C'est la vie. Maintenant, oublions-la.

– Volontiers.

Elle a ramassé son menu et l'a parcouru.

– Je vais prendre les croquettes de poulet.

– Bon choix. Je prends les ailes épicées.

– On est faits l'un pour l'autre, dit-elle en me faisant un clin d'œil.

La serveuse est arrivée à notre table et nous avons commandé. Puis nous sommes restés assis là dans un silence confortable.

Jasmine n'était pas mon genre de fille. Je n'avais rien contre les barmaids, mais je préférais les intellos. Cependant, Jasmine était intelligente. Trop intelligente pour se contenter de servir des gens dans un bar. Elle était belle et humaine. Elle avait de la compassion pour les autres, un esprit libre, et beaucoup d'autres qualités qui me plaisaient.

– Comment se passent tes cours ? demanda-t-elle.

– Bien. Comme d'habitude.

– Tu dois avoir le cerveau bourré de connaissances.

J'ai souri.

– Et ton travail ?

Elle a haussé les épaules.

– Quand je tiens le bar, je fais beaucoup d'argent, mais j'en ai marre de me faire draguer tout le temps.

– J'imagine.

– C'est pourquoi tu m'as plu autant. J'ai vu que t'étais un gentleman — c'est très rare.

J'ai rougi légèrement.

– Je peux te poser une question ?

– Tout ce que tu veux, Jasmine.

– Je ne veux pas être chiante, mais qu'est-ce qu'on est ?

– Je ne sais pas. J'imagine qu'on sort ensemble.

– Laisse-moi reformuler : est-ce qu'on est dans une relation exclusive ?

J'ai haussé les épaules.

– Tu veux qu'on le soit ?

– Quelle question stupide ! dit-elle en riant.

– Alors, on l'est.

Elle a souri.

– Tout vient à point à qui sait attendre.

– Je ne suis pas du genre à coucher avec plein de filles, de toute façon. Je préfère rester avec la même partenaire longtemps. Le sexe est meilleur comme ça.

– Moi aussi.

La serveuse nous a apporté nos assiettes et nous avons attaqué nos plats.

– Qu'est-ce que tu fais pour Thanksgiving ? demanda-t-elle. Je n'arrive pas à croire que c'est dans quelques semaines.

– Je passe habituellement le week-end avec ma famille. On fait une soirée de jeux de société, une compétition de laser tag, puis le dîner de Thanksgiving.

– C'est plutôt... inhabituel.

– On n'a jamais été traditionnels. À part mes parents et ma sœur, je n'ai pas de lien de sang avec les autres. Mais c'est tout comme.

– C'est chou. Comment c'est arrivé ?

– Nos parents ont une relation dysfonctionnelle et dépendante avec tous les autres. Mon père et le père de Slade sont meilleurs potes. Mon père est aussi ami avec la mère de Skye. Et le père de Trinity est le frère du père de Skye… c'est compliqué.

Elle a ri.

– Je vois ça.

– Mais du coup, on forme une famille. Et toi, comment tu vas célébrer Thanksgiving ?

– Je vais sûrement faire la grasse matinée, puis attendre minuit pour faire mon shopping du vendredi fou en ligne. Et rattraper mes séries sur Netflix.

Ça veut dire qu'elle sera seule ?

– Tu ne passes pas le week-end en famille ?

– Non. Mon père nous a quittées quand j'étais petite. Je n'ai jamais eu de relation avec lui. Et ma mère est une ivrogne. On ne se parle plus. Et je suis fille unique.

On aurait dit qu'elle parlait de la pluie et du beau temps. Il n'y avait pas d'amertume ni de colère dans sa voix. C'était comme si elle s'en fichait.

Mais ça m'a brisé le cœur. Elle passait toutes les fêtes seule ? Sans dîner ? Sans compagnie ?

– Je suis désolé.

– C'est moins terrible que ça en a l'air. On se sent toujours mal pour moi, mais je préfère être seule plutôt que de passer du temps avec des gens qui me rendent malheureuse. Alors, n'aie pas pitié de moi. Ça va, je t'assure.

C'était inacceptable.

– Passe Thanksgiving avec moi.

Elle m'a dévisagé.

– Chez tes parents ?

– Ouais. On fait toutes sortes d'activités. Tu vas bien t'amuser.

– Mais… ils vont se faire des idées, non ?

J'ai haussé les épaules.

– Je leur dirai que t'es mon amie. Ce n'est rien.

– T'as déjà emmené une fille chez tes parents ?

– Eh bien, non. Mais ça ne va pas les déranger. Si tu ne veux pas dormir chez moi, tu peux loger ailleurs. Skye et Trinity vivent toutes les deux dans un manoir. Les parents de Slade ont un appartement à New York. Ils t'accueilleront tous à bras ouverts.

– Euh… ça va, Cayson. Mais merci pour l'invitation.

– Non, dis-je, ma colère prenant le dessus. Je ne vais pas te laisser passer le week-end toute seule.

– Cayson, je ne veux pas que les gens se fassent des idées sur nous.

– On s'en fout ! Peu importe ce qu'ils pensent. Si je dis à mon père que t'es mon amie, il me croira. Et on ne sait jamais, peut-être que notre relation évoluera. Mais c'est un bon début.

– Je ne veux pas qu'on ait pitié de moi, c'est tout.

– Eh bien, j'ai pitié de toi. Je suis désolé. Mais personne ne devrait passer Thanksgiving seul.

– Ça fait des années que je le fais…

– La tradition s'arrête maintenant.

Elle a esquissé un sourire en coin.

– T'es très gentil, Cayson.

– T'es mon amie et je me fais du souci pour toi. Si t'étais un mec, je t'inviterais quand même.

Elle a pris une bouchée, les yeux baissés.

– Alors, tu viens ?

– Je vais y penser.

– D'accord.

J'ai regardé le match sur l'écran en mangeant mes ailes. Elle a picoré sa nourriture.

À la fin du repas, j'ai pris l'addition.

– Laisse-moi payer, offrit-elle.

J'ai posé la main sur la sienne.

– Écoute-moi bien : je ne laisse pas les filles payer le resto. N'essaie même pas. Tu ne fais que perdre ton temps.

J'ai lâché sa main et laissé l'addition sur le bord de la table.

– J'aurai été avertie...

Elle a accroché son sac à main sur son épaule et s'est levée.

Je l'ai suivie jusqu'à ma voiture, puis nous avons roulé jusqu'à chez moi. Elle regardait par la fenêtre en silence. Les routes étaient glacées alors que l'hiver s'installait. Je n'avais pas froid, malgré la saison, mais j'ai allumé le chauffage pour elle.

Quand nous sommes arrivés chez moi, elle s'est tout de suite dirigée vers ma chambre. Je l'ai suivie, sachant à quoi m'attendre.

– Je peux passer la nuit ici ? demanda-t-elle en déroulant son écharpe.

– T'as pas besoin de me le demander, Jasmine.

– Et je peux laisser des affaires ici ?

– Bien sûr.

– D'accord.

Elle a enlevé ses vêtements un par un, jusqu'à ce qu'elle ne soit plus qu'en petite culotte. J'ai tout de suite bandé, même si je pensais à une autre. Quand Skye avait ôté son bikini, j'avais vu chaque centimètre carré de son corps. Ses seins étaient ronds et fermes, absolument électrisants. Sa taille se cambrait en forme de sablier, et elle avait des hanches larges, avec un petit ventre légèrement dodu, mais ravissant. Ses courbes étaient féminines, voluptueuses.

Quand j'ai réalisé à quoi je pensais, j'ai tout de suite arrêté. J'ai fermé les yeux un instant, essayant d'oublier la femme de mes rêves, la femme que je n'aurais jamais. Je devais tourner la page, l'oublier pour de bon.

J'ai rouvert les yeux et je n'ai vu que Jasmine. Sa peau était douce et blanche, me rappelant un matin d'hiver. Elle avait de très belles formes. Rien ne clochait chez elle. Elle était parfaite, à sa manière.

– Tu vas me faire attendre encore longtemps ?

Elle a planté les mains sur les hanches en me fixant.

– Non.

J'ai enlevé mon t-shirt en me dirigeant vers elle, puis j'ai écrasé la bouche contre la sienne. Mes mains ont parcouru sa peau nue, la palpant, la tâtant. Mon dernier baiser avait été le meilleur de toute ma vie, mais je devais l'oublier. C'était une étreinte qui n'aurait jamais dû se produire. Et en ce qui me concernait, elle n'avait jamais eu lieu.

10

SKYE

– J'AI APPORTÉ Docteur Maboul dis-je en balançant le jeu sur la table.

Trinity m'a lancé une expression que je ne connaissais que trop bien. Elle avait les yeux plissés et son regard me disait clairement : « T'es naze. »

– Quoi ?

– Ce jeu a vingt ans. Je doute qu'il marche encore.

– Cayson et moi y avons joué il y a quelques mois, alors je suis sûre que oui.

– Eh bien, on ne peut pas tous jouer à ça.

– On ne sait jamais.

– Heureusement que t'as des gros nichons, parce que ta cervelle est toute petite.

Je l'ai fusillée du regard.

– T'as quoi comme jeux ?

– Twister. Cluedo. Uno. Qui Est-ce ?

– Ha ! Qui-Est-ce ? se joue à deux !

Elle a plissé les yeux à nouveau.

– Je te dis ce que j'ai, c'est tout.

– Dommage que tes nichons soient de taille moyenne.

Elle m'a lancé un coussin par la tête.

J'ai ri.

– Ne discute pas avec la fille de mon père. C'est peine perdue.

– Ne te mesure pas à la fille de mon père. C'est peine perdue, dit-elle en serrant son biceps.

– Qu'est-ce que tu serres ? Je ne vois pas de muscle.

Elle m'a lancé un autre coussin.

– Remarque, c'est vrai que tu n'es pas douée avec les mots, ajoutai-je.

Elle s'est tournée pour prendre un autre coussin, mais elle me les avait tous lancés.

– Oh non. On dirait que Trinity est à court de munitions.

Je me suis emparée des coussins et je les lui ai lancés.

– Naze !

Conrad et Slade ont franchi la porte, des caisses de bière dans les bras.

– Les rois sont là, dit Slade.

– Prosternez-vous, les filles, ajouta Conrad.

Conrad a posé sa caisse sur le comptoir et a déchiré le carton.

Trinity et moi avons échangé des regards, puis nous leur avons lancé les coussins.

Slade a levé les mains.

– Qu'est-ce que vous foutez, bon sang ?

– Ne te frotte pas aux reines de la maison, dis-je.

Il a pris une bière et me l'a lancée.

– T'as un décapsuleur ? demandai-je ?

– Non. T'as un briquet ?

J'ai levé un sourcil.

– Qu'est-ce que tu vas faire avec un briquet ?

– T'as jamais ouvert une bouteille comme ça ? demanda-t-il incrédule.

– Je devrais ? demandai-je.

Conrad a fourré la main dans sa poche et en a sorti un.

– Tiens, dit-il en le lançant à Slade.

– Pourquoi t'as un briquet ? demanda Trinity.

– Pour voir dans l'obscurité, s'énerva Conrad.

– Ce n'est pas une lampe de poche. C'est du feu. Pourquoi tu te comportes en idiot ?

– Pourquoi tu te comportes en traînée ? répliqua Conrad. C'est le vrai problème, à mon avis.

Elle a levé les yeux au ciel.

– Alors, si je porte un costume sexy à l'Halloween, je suis une traînée ?

– Ouaip.

Slade a allumé le briquet et a porté la flamme au bouchon, le brûlant pendant quelques secondes. Puis il l'a fait sauter d'un coup de pouce.

– Ça marche à tous les coups.

Conrad l'a imité, faisant sauter le bouchon à son tour.

– Les garçons… soupirai-je.

La porte s'est ouverte, et Roland est entré.

– J'espère qu'il y a une grosse mise pour le poker, parce que cette fête est nulle.

– J'imagine qu'à la longue, les fêtes se ressemblent toutes pour toi.

Roland a balancé quelques sacs de chips sur le comptoir.

– Regardez comme je suis poli.

Il s'est emparé d'une bière avant d'arracher le briquet des mains de Conrad. Il a fait la même chose au bouchon.

– Tu sais faire ça aussi ? demandai-je.

Roland a haussé les épaules.

– Papa m'a appris deux trois trucs.

Nous n'avions pas parlé de la nuit où il s'est fait engueuler par notre père, mais il ne semblait pas penser que je l'avais dénoncé. Il avait fait beaucoup de conneries quand nous étions gosses et j'avais toujours gardé le silence. Lui et moi n'étions pas particulièrement proches, mais nous avions pour accord tacite de ne jamais rapporter à nos parents ce que l'autre faisait. C'était ainsi que nous faisions front commun devant nos parents.

Theo et Silke sont entrés.

– Yo.

Theo a posé une autre caisse de bière sur le comptoir.

– Ce n'est pas une beuverie, remarqua Trinity.

– Je bois ça comme de l'eau, dit Theo.

Silke a posé une bouteille de vin sur le comptoir.

– Parce que j'ai de la classe.

Theo a ri.

– Ouais, c'est ça.

Trinity m'a regardée.

– Zack vient ce soir ?

Je voulais qu'on reste en famille. Je l'invitais parfois, mais en général non. Le temps que je passais avec ces proches était sacré. Nous formions un cercle difficile à pénétrer. Disons que j'avais du mal à partager ma famille avec les autres.

– Non.

– Tant mieux.

Elle s'est levée et a posé la pile de jeux de société au centre du salon.

La porte s'est ouverte à nouveau, et j'ai levé la tête, espérant voir Cayson. Je ne l'avais pas vu depuis presque deux semaines. J'ignorais pourquoi, mais je remarquais toujours son absence plus que celle des autres. Nous étions les meilleurs amis du monde. D'ailleurs, il me devait toujours un dîner.

Il est entré, vêtu d'un jean noir et d'un pull gris. Ses yeux brillaient toujours d'un bleu plus clair lorsqu'il portait des vêtements pâles. Parfois, j'y repérais des touches de couleur différentes si je me concentrais assez. Son torse paraissait musclé même sous le tissu épais. C'était la première fois que je le remarquais. Ses épaules étaient larges, comme s'il utilisait souvent le rameur à la salle de sport. Je l'ai scruté pendant plusieurs secondes, savourant la scène.

Une fille est entrée derrière lui. On distinguait ses courbes sous ses habits moulants. Elle avait une forme de sablier qui plaisait aux mecs, un beau cul et une poitrine qui faisait presque concurrence à la mienne. Ses cheveux blonds étaient rassemblés sur une épaule, on aurait dit un rideau de soie. Ses lèvres rouges et ses yeux bleus ressortaient sur son visage. Elle était très jolie.

– Salut, les mecs.

Cayson a enlevé ses souliers près de la porte.

Tout le monde a reluqué son invitée. Comme il y avait des années qu'il avait présenté quelqu'un à notre cercle d'amis, nous avons tous compris l'importance du geste.

Cayson a passé le bras autour de sa taille.

– Je vous présente ma copine, Jasmine.

Copine ? Il a une copine ?

Il m'avait vaguement parlé d'un rencard, mais... je ne pensais pas que c'était sérieux. Depuis combien de temps étaient-ils ensemble ? Est-ce qu'il l'aimait ? Pourquoi ne m'avait-il pas parlé d'elle ?

– Salut, dit Roland. Bienvenue.

Conrad s'est avancé et lui a serré la main.

– Moi aussi, j'aime les blondes.

Elle a ri.

– C'est bon à savoir.

Cayson l'a repoussé.

– Ignore-le.

Slade s'est approché à son tour et lui a donné un coup de coude.

– Dis-moi que t'as une sœur jumelle.

Cayson a serré sa copine contre son flanc.

– Bas les pattes, les mecs. Laissez-la tranquille.

– Maintenant, il faut qu'on joue au strip-poker, dit Theo. Mais juste avec Jasmine.

Cayson a levé les yeux au ciel.

– Ils ne font que plaisanter. Ignore-les.

Elle a ri.

– Je sais. Je le prends comme un compliment.

Elle est sympa en plus ? Quelle horreur.

Ils se sont dirigés vers le comptoir.

– Qu'est-ce que je te sers ? demanda Cayson à Jasmine.

Je les ai suivis des yeux, remarquant à quel point il était courtois avec elle.

Trinity m'a surprise à les zieuter.

– C'est impoli de fixer les gens...

– Quoi ? dis-je. J'admirais ses bottes, c'est tout.

– C'est ça, Skye, renâcla-t-elle.

Cayson a pris une bière et a dévissé le bouchon à mains nues avant de lui tendre. Puis il s'en est pris une.

Pourquoi étais-je aussi contrariée ? Était-ce parce qu'il ne m'avait jamais parlé d'elle ? Je n'arrivais pas à mettre le doigt dessus.

– Pourquoi tu ne te mêles pas de tes affaires ? dit Slade en claquant des doigts.

Je l'ai fusillé du regard.

– Je suis surprise, c'est tout. Cayson ne m'a jamais parlé d'elle.

– Il n'est pas obligé de tout te raconter, Skye. Il ne te doit rien, bordel de merde, me cracha-t-il comme du venin.

Qu'est-ce qui lui prend ?

Cayson et Jasmine sont revenus s'asseoir dans notre cercle. Il s'est assis près d'elle, lui murmurant quelque chose à l'oreille qui l'a fait glousser.

Il n'allait même pas me saluer ? J'étais toujours la première personne à qui il adressait la parole. Et maintenant, c'était comme si je n'existais pas.

– Je propose qu'on joue au Uno, dit Trinity. Ça se joue bien à plusieurs.

– Et moi, je propose qu'on se fasse un strip-poker, dit Theo en remuant les sourcils.

– Au cas où tu ne l'aies pas remarqué, on est beaucoup de frères et sœurs ici, s'énerva Roland.

– Pas mon problème, répondit Theo en lui faisant un clin d'œil.

– Bon, c'est Uno, dit Trinity énervée.

Elle a mélangé les cartes, puis les a distribuées.

Quand j'ai posé les yeux sur Cayson à nouveau, j'ai senti le regard de Jasmine sur moi. Elle m'observait, étudiant mon visage. Puis elle s'est tournée sans dire un mot.

C'était quoi, ça ?

Nous avons commencé à jouer et, fidèle à son habitude, Cayson a remporté la première partie. Il était bon dans tout ce qu'il entreprenait, ce qui énervait les autres mecs, car ils ne se sentaient pas de taille face à lui.

Nous avons joué une autre partie, et Jasmine a gagné.

Ça m'a irritée, mais j'ignorais pourquoi exactement.

Nous avons fini par nous lasser du Uno, aussi nous sommes restés assis en cercle à boire et discuter.

– Comment vous vous êtes rencontrés ? demanda Trinity à Cayson.

– Eh bien… dit-il en décollant l'étiquette de sa bouteille.

– Je l'ai remarqué au bar où je travaille et je l'ai invité à sortir, dit Jasmine sans aucune honte. J'ai su que c'était une perle rare dès que j'ai posé les yeux sur lui. Vous connaissez la suite de l'histoire.

Elle bosse dans un bar ? C'est une barmaid ?

– Et je n'ai pas pu refuser, dit Cayson, un sourire en coin. Regardez-la.

Mon estomac s'est noué.

– Alors, t'as des copines aussi jolies que toi ? demanda Slade à Jasmine. Et chaudes ?

– J'ai toutes sortes de copines. Tout dépend de ce que tu préfères.

– Je les aime chaudes, s'empressa-t-il de dire. Très, très chaudes.

Elle a ricané.

– Je vais voir ce que je peux faire.

– T'en connais pour moi aussi ? demanda Roland.

– Je pensais que tu préférais les femmes mariées, railla Conrad.

– T'as couché avec une femme mariée ? demanda Trinity, les yeux tellement écarquillés qu'ils menaçaient de lui sortir du crâne.

Roland a haussé les épaules.

– Peut-être bien…

Trinity a grimacé.

– C'est dégueu.

– Toi, t'es dégueu, riposta-t-il.

Et c'est parti…

– Tu t'es fait prendre ? demanda Conrad.

– Pas par son mari. Mais mon vieux a découvert que j'avais pris sa caisse.

– Oh merde, dit Conrad. Il devait être furax.

– T'as pas idée… soupira Roland.

– Si ça avait été moi, j'aurais la jambe cassée, dit Conrad.

– Ouais, notre père est un peu intense, dit Trinity. Je me demande comment maman fait pour le supporter.

– C'est un milliardaire, dit Conrad. Voilà comment.

– Maman s'en fout, dit Trinity.

– La mienne aussi, dis-je.

Jasmine nous a reluqués.

– Je ne savais pas que vous étiez des gosses de riches...

– Disons qu'on ne le crie pas sur les toits. Mais si le pognon te plaît, j'en ai, dit Roland en lui faisant un clin d'œil. La famille de Cayson est pauvre comparée à la mienne.

Cayson a levé les yeux au ciel.

– Merci, connard.

Roland a haussé les épaules.

– Je dis ça comme ça...

Jasmine s'est penchée vers lui.

– Je préfère un type parfait et fauché à un enfoiré plein aux as.

Cayson a passé le bras autour de son épaule en souriant.

– N'est-ce pas...

Je n'arrivais pas à détourner le regard d'eux. Il était affectueux avec elle, la touchait et la serrait contre lui. Ça me déplaisait, même si je n'arrivais pas à comprendre pourquoi.

Nous avons passé le reste de la soirée à boire et bavarder, mais j'ai à peine participé à la conversation. Voir Cayson avec une copine me contrariait. Je ne les quittais pas des yeux, surprise par la façon dont il faisait des pieds et des mains pour elle. L'amour brillait dans les yeux de Jasmine, elle le regardait comme s'il était l'homme le plus merveilleux du monde. Elle lui caressait les bras, les cuisses. L'attirance sexuelle était manifeste.

Je n'arrivais pas à chasser la tristesse. Elle me serrait le cœur, me prenait à la gorge. Je n'arrivais pas à l'expliquer. J'ignorais ce qui se passait. Ce n'était qu'un sentiment.

Cayson et Jasmine sont partis tôt. Je n'ai pas pu m'empêcher de me demander ce qu'ils feraient en rentrant. Quand j'ai imaginé Cayson en train de l'embrasser, j'ai éprouvé un malaise. Était-ce parce que je le voyais comme un frère ? Un membre de ma famille ?

Quand il est parti, j'ai réalisé qu'il ne m'avait pas adressé la parole de la soirée.

Il ne m'avait pas regardée une seule fois.

UNE SEMAINE PLUS TARD, J'AI TEXTÉ CAYSON. *SALUT. ÇA VA ?*

Avant, il me répondait toujours en quelques secondes seulement. Même s'il était en cours, il m'envoyait une réponse. Cette fois, trois heures ont passé avant que je reçoive quoi que ce soit. *Bien. Toi ?* C'était court et direct.

Tu me dois toujours un dîner.

Vingt minutes se sont écoulées avant qu'il réponde. *Peut-être le week-end prochain. Je suis très occupé ces temps-ci.*

Quelque chose clochait. Il n'était pas lui-même. *On peut se voir ?*

Tout de suite ?

J'ai besoin de te parler.

Cette fois, la réponse a été immédiate. *Tout va bien ?*

Oui, je vais bien. Mais je veux te parler.

Un quart d'heure de plus a passé. *Je suis à la bibliothèque. J'ai quelques minutes à tuer — rien de plus.*

Quelques minutes à tuer ? Avant, il avait tout le temps du monde pour moi. *J'arrive.*

D'ac.

Je suis arrivée à la bibliothèque et je me suis tout de suite dirigée vers son recoin de prédilection. Il portait une veste noire avec un t-shirt gris en dessous. Il n'a pas souri quand il m'a vue. En fait, il a semblé agacé.

– Salut, dis-je en m'asseyant en face de lui.

– Quoi de neuf ? dit-il d'une voix lasse.

Il feuilletait son livre sans me regarder.

Que se passait-il ? C'était comme si nous n'étions plus amis.

– Tu peux me regarder quand tu me parles ?

Il s'est figé pendant une seconde, et j'ai remarqué qu'il serrait le poing. Je connaissais Cayson depuis assez longtemps pour savoir lorsqu'il était en colère, et pour une raison qui m'échappait, il l'était en ce moment.

Il a desserré le poing, puis il a levé les yeux vers moi.

– Tu as toute mon attention.

Son regard n'était pas chaleureux comme d'habitude. On aurait dit qu'il me détestait. Tout avait changé et j'ignorais ce qui avait provoqué ce froid entre nous. L'avais-je insulté ? Blessé ? J'avais l'impression de l'avoir perdu, et j'ignorais pourquoi. J'ai contenu mes larmes, ne voulant pas qu'il me voie dans cet état.

– Cayson, j'ai fait quelque chose qui t'a contrarié ?

– Non.

Sa voix était vide.

– Il y a quelques semaines, t'es sorti de chez moi sans me dire au revoir. J'ai fait quelque chose ?

– Non.

– Tu ne m'as même pas adressé la parole à la fête le week-end dernier.

– Qu'est-ce que tu racontes ? J'ai parlé à tout le monde. On était assis en cercle, bordel.

Quoi ?

– Cayson, pourquoi t'es comme ça avec moi ? Tu prétends que je ne t'ai pas contrarié, mais j'ai l'impression que tu ne veux même plus être mon ami.

J'étais sur le point de craquer, ne tenant plus qu'à un fil.

– Maintenant que j'ai une copine, j'imagine que je n'ai plus de temps pour toi.

– Pourquoi tu ne m'as pas parlé d'elle ? Tu me racontes tout.

– Ma vie personnelle ne te regarde pas.

Sa voix était lourde de rancœur.

Qu'est-ce qui se passe, bon sang ? On aurait dit une

personne différente. Je commençais vraiment à m'écrouler. Je perdais mon meilleur ami. Cayson me méprisait pour une raison qui dépassait mon entendement. Qu'avais-je donc fait ? Que s'était-il passé ? La situation était insupportable. Je ne pouvais pas rester assise en face de lui une seconde de plus. Je me suis levée, enfouissant la tête dans mes mains.

– J'ai l'impression d'avoir perdu mon meilleur ami.

Je m'en suis allée sans dire un mot de plus.

Quand je suis sortie de la bibliothèque, j'ai fondu en larmes. Le vent glacial m'a fouetté le visage. J'ai respiré l'air froid, sentant mes poumons se serrer douloureusement. Cayson était la personne sur qui j'avais toujours compté, et il avait disparu du jour au lendemain. Il n'existait plus. La dernière fois où il avait été lui-même, c'était à la conférence. Quand nous étions rentrés, tout était différent.

Il avait disparu.

11

CAYSON

Je savais que j'avais été salaud avec Skye, mais je n'y pouvais rien. Pour réussir à l'oublier, il fallait que je la repousse. Et croyez-moi, la blesser me faisait mal. Mais c'était le seul moyen. Si j'étais aux petits soins pour elle comme avant, je n'avancerais jamais. Si je passais tout mon temps avec elle, à admirer la courbe de son cou ou la roseur de ses joues, je serais amoureux d'elle toute ma vie. Je n'avais pas le choix.

Mais je n'en suis pas fier.

Toute la semaine, je me suis concentré sur mes études. Je ne traînais plus avec la bande parce que j'évitais Skye. Je voyais Slade et Conrad, nous allions à la salle de sport ensemble ou jouions au basket, mais à part ça, j'évitais tout le monde. Jasmine venait souvent dormir chez moi et repartait tard le matin.

Nous passions beaucoup de temps ensemble, et je l'aimais bien. Mais je ne ressentais rien d'autre pour elle. Cet amour passionné et dévorant que j'éprouvais pour Skye ne s'était pas reporté sur Jasmine. Je la trouvais jolie et j'appréciais sa compagnie, mais c'était tout. Je ne ressentais rien d'autre.

Peut-être que j'avais besoin de plus de temps. Le changement ne pouvait pas se produire du jour au lendemain. Il exigeait du temps et des efforts soutenus. Nous sortions au restaurant et au cinéma, faisions les choses que les couples normaux faisaient. Mais parfois, je redoutais que Jasmine tombe amoureuse de moi alors que je ne pouvais pas avoir les mêmes sentiments pour elle. Plus j'étais avec elle, plus j'avais peur que ça arrive.

Peut-être que nous étions tous destinés à n'avoir qu'un seul amour, et j'avais déjà le mien. J'étais tombé amoureux de Skye un jour, et ce sentiment était inaltérable. Peut-être que je ne ressentirais plus jamais cela pour une autre.

C'est déprimant.

Jasmine était allongée à côté de moi dans le lit, et effleurait ma poitrine du bout des doigts.

– J'aime ton corps. Il est si fort.

Je me suis tourné et penché vers elle, prenant un mamelon dans la bouche.

– J'aime ton corps. Il est parfait.

Elle a ronronné doucement sous mes baisers.

J'ai léché la vallée entre ses seins, puis je me suis rallongé sur le dos.

– Skye est vraiment bête. Mais ça m'arrange bien.

Je n'aimais pas parler d'elle, surtout au lit. Alors je n'ai rien dit.

Jasmine s'est blottie contre moi, lovant son corps autour du mien.

Je n'étais pas un grand fan des câlins, mais ça ne me dérangeait pas avec elle. Je savais qu'il était important pour une femme de faire des câlins après le sexe afin de ne pas se sentir utilisée. Je voulais qu'elle se sente bien.

– T'es encore amoureux d'elle ? murmura-t-elle.

Le désespoir pointait dans sa voix.

– Jasmine, je pense que je serai toujours amoureux d'elle. Si j'étais toi, je ne perdrais pas mon temps à espérer que ça change.

Ses doigts me caressaient encore la poitrine.

– Compris.

– Je suis désolé. Vraiment.

– Je sais.

Elle n'a plus dit un mot.

Le lendemain, je suis allé à la bibliothèque et me suis installé à une table dans un coin tranquille, derrière une étagère. J'ai sorti mes livres. Je n'aimais pas écouter de la musique au casque quand j'étudiais parce que ça me déconcentrait. Je préférais le silence de cathédrale des lieux. La bibliothèque était suffisamment vaste pour se perdre dans un océan de livres. Alors qu'à la maison, j'avais tendance à regarder la télé ou à jouer à des jeux vidéo plutôt qu'à réviser et faire mes devoirs.

Je terminais mon rapport de chimie analytique pour le labo quand j'ai entendu des voix derrière moi.

– Tu lui as demandé si tu pouvais passer Thanksgiving avec elle ? dit un type.

L'autre a soupiré.

– Ce n'est pas la peine. Elle a été assez claire sur le fait qu'elle ne veut pas que je rencontre sa famille.

J'ai reconnu cette voix parce qu'elle me hérissait. C'était Zack.

– Elle n'a pas voulu m'emmener au gala de la société de son père, même quand je l'ai suppliée de l'accompagner. Putain, j'avais les boules.

Je ne savais pas vraiment de quoi parlait Zack, mais je m'en tapais. J'ai ouvert mon sac à dos et cherché mes écouteurs. Je préférais écouter de la musique plutôt qu'entendre sa voix.

– J'ai même lâché un « je t'aime » pour qu'elle m'emmène.

Cette salope n'a pas cédé.

Mes mains se sont figées.

Il vient vraiment de dire ce que j'ai entendu ?

– C'est dur, mec, dit son ami. On dirait qu'elle ne tient pas vraiment à toi.

– Tu m'étonnes. Elle a essayé de rompre deux fois, mais j'ai réussi à la dissuader, dit Zack. Mais j'arrive à court de solutions. Je dois juste rencontrer ses parents et faire en sorte que son père m'aime bien. Je pourrais ensuite l'épouser et m'assurer qu'il n'y a pas de contrat de mariage. Et alors, je serai blindé jusqu'à la fin de mes jours, putain.

J'avais les mains qui tremblaient en l'écoutant. Je n'en croyais pas mes oreilles. Zack était avec Skye pour son argent. C'était sa stratégie depuis le début. Il ne l'a jamais aimée. Il ne s'est jamais soucié d'elle. Il avait la fille la plus incroyable du monde et il n'en avait rien à foutre. Ça m'a fait frissonner.

– Un de ses potes a essayé de me la piquer pendant un moment. Mais cette fiotte a fini par lâcher l'affaire. C'est de plus en plus dur de la garder en laisse. Je me demande parfois pourquoi je m'acharne, mais je dois continuer coûte que coûte. Je veux la moitié de sa fortune. Je veux ne jamais travailler, et elle est ma meilleure solution pour y arriver.

Je n'en croyais pas mes oreilles. C'était un coup de couteau dans la poitrine. Mon premier instinct a été d'aller le voir et de lui casser la gueule. Mais la raison a pris le dessus.

J'ai sorti mon téléphone et j'ai enclenché l'enregistrement. Puis sans faire de bruit, je me suis tourné et j'ai glissé l'appareil entre deux livres pour enregistrer leur conversation.

– Alors, tu n'aimes même pas Skye ? demanda le type.

– Non. Elle est trop chiante. Elle est bonne au lit et elle a des nichons incroyables, mais c'est tout. Si seulement elle se pâmait d'admiration pour moi et coopérait, je pourrais en finir plus vite.

– Je suis sûr que son père n'est pas un imbécile. Il démasquera probablement ton plan.

– Non. Je lui dirai que je veux être avocat et faire de la politique. Je suis sûr qu'il apprécierait d'avoir un homme qui peut défendre ses propres intérêts au Congrès.

– Je doute qu'il la laisse t'épouser sans contrat de mariage.

– J'arriverai à la convaincre. Elle n'est pas très intelligente.

Ça devenait de plus en plus dur pour moi d'écouter ça.

– Alors tu vois toujours Vanessa ?

– Ouais. Elle déteste cette situation, mais je lui rappelle qu'on sera pleins aux as quand ce plan marchera.

– Si tu ne te fais pas prendre, dit son ami en riant.

– Skye ne se doute de rien. Elle est trop naïve. Quelle conne !

J'ai récupéré mon téléphone et arrêté l'enregistrement. J'avais tout ce qu'il me fallait. Skye n'avait pas besoin de l'entendre l'insulter plus.

J'ai fixé mon téléphone et soupiré. Je ne voulais pas être celui qui lui fasse écouter ça. Je ne voulais pas lui faire du mal. Elle n'était pas amoureuse de Zack, mais je savais qu'elle douterait de son intelligence pour ne pas avoir deviné ses intentions. Sa confiance serait ébranlée et elle serait blessée.

Pourquoi fallait-il que ce soit moi qui aie surpris la conversation ?

J'ai soupiré et j'ai ramassé mes affaires. Je suis parti dans la direction opposée pour que Zack ne me voie pas. Il ne savait pas que son plan sordide allait échouer. Et quand elle raconterait à son père ce qui s'était passé, il veillerait à ce que Zack ne décroche jamais un job de toute sa vie. Il rendrait son existence si insupportable que la mort finirait par lui sembler désirable.

Une fois dehors, j'ai soupiré puis envoyé un texto à Skye. *Salut. J'ai besoin de te voir.* On ne s'était pas parlé depuis des semaines. Notre dernière conversation s'était mal terminée. Je restais loin d'elle, je l'évitais à tout prix. Notre relation avait changé et notre amitié avait volé en éclats. Ça m'attristait parce qu'elle me manquait terriblement, mais je devais penser à moi. Je ne pouvais plus supporter de souffrir.

Je suis chez moi.

J'étais content qu'elle ne m'engueule pas. Je ne savais pas comment elle réagirait suite à notre dernière conversation. *J'arrive dans 5 min.*

D'ac.

J'ai marché jusqu'à son appartement à l'autre bout du campus, puis j'ai frappé à sa porte. Je n'ai pas utilisé mon double, ç'aurait été bizarre. Le stress me rongeait tandis que j'attendais qu'elle ouvre. Je ne voulais pas lui faire écouter l'enregistrement. Je ne voulais pas la faire souffrir.

Elle a ouvert la porte, restant sur ses gardes.

– Salut.

– Salut.

Je l'ai observée, remarquant le bleu profond de ses yeux. Le grain de beauté au coin de sa bouche a attiré mon attention. Je me souvenais de la dernière fois où je l'avais embrassé, de notre attirance fusionnelle.

– T'avais besoin de quelque chose ?

Elle ne m'a pas laissé entrer comme à son habitude.

– Je suis venu pour te parler. Je peux entrer ?

Elle m'a laissé passer, puis a refermé la porte. Elle a croisé les bras sur sa poitrine et s'est plantée devant moi.

J'ai remarqué qu'elle avait maigri depuis la dernière fois où je l'avais vue. Je n'aimais pas ça. Son corps était parfait et elle n'avait pas besoin de changer quoi que ce soit. J'ai eu une boule dans la gorge en la regardant. J'ai soupiré et sorti mon téléphone de ma poche.

– J'ai quelque chose à te dire, mais je n'ai pas vraiment envie d'avoir cette conversation.

– Pourquoi ?

– Ça va te faire du mal.

Ses yeux ont brillé légèrement.

– Vas-y…

– J'étais à la bibliothèque quand j'ai entendu Zack parler à un ami. Apparemment, il ne sort avec toi que parce qu'il veut t'épouser. Et par ce mariage, assurer son avenir financier. Il veut à tout prix rencontrer tes parents pour qu'ils acceptent de lui donner ta main. Puis il refusera de signer un contrat de mariage afin de pouvoir prendre la moitié de tes biens et ne jamais travailler.

Elle n'a pas réagi à mes paroles.

J'ai appuyé sur le bouton Lecture du téléphone et n'ai plus rien dit.

Elle a fixé le sol pendant qu'elle écoutait. Quand l'enregistrement s'est arrêté, elle n'a pas réagi. Le silence s'est installé pendant un long moment. Elle avait le regard vide et les lèvres pincées.

Je ne savais pas quoi faire.

Puis elle a soupiré et s'est couvert le visage des mains.

– Je me sens tellement bête…

J'ai mis les mains dans mes poches, debout face à elle.

– Je comprends maintenant pourquoi il m'a lâché un « je t'aime » à la hâte, sans que la situation s'y prête. Je comprends pourquoi il tenait tellement à rencontrer mes parents. Je comprends maintenant… je comprends tout.

Ses mains sont retombées, dévoilant ses yeux humides.

– Mon Dieu, je suis tellement bête.

– Tu n'es pas bête. Il t'a menti. Lui avoir fait confiance ne veut pas dire que t'es bête. Mais seulement qu'il est un putain d'enfoiré.

Elle a reculé d'un pas et s'est retournée, marchant au ralenti. Elle portait un jean et un sweat violet, ma couleur préférée sur elle. Ses longs cheveux lui tombaient sur les épaules, souples et soyeux.

L'émotion m'a submergée. J'ai pressé ma poitrine contre son dos et je lui ai entouré la taille, la serrant contre moi.

– Skye, je suis désolé.

– Je sais, Cayson.

– Il ne te mérite pas. Il ne t'a jamais méritée.

J'ai posé la bouche contre son oreille, sentant la chaleur me brûler les doigts.

– Comment quelqu'un a pu me faire ça… me piéger comme ça ?

– C'est un enfoiré, Skye. Ne le laisse pas te démolir.

Elle a soupiré en ravalant ses larmes.

– Il ne s'est jamais intéressé à moi jusqu'à ce qu'on ait un cours en commun. Il a entendu mon nom de famille quand le prof a fait l'appel, et il a dû décider de tenter sa chance.

Elle a secoué la tête.

– Je suis vraiment nulle.

– Ne t'en veux pas. Les blessures de la vie ne rendent pas faible. Ça va te rendre plus forte parce que tu ne vas pas te laisser abattre.

Elle s'est retournée, brisant mon étreinte.

– Je sais maintenant pourquoi mon père est comme ça. Il ne fait jamais confiance à personne. Il observe plus qu'il ne participe. En public, il est calculateur et froid. Ce n'est que derrière les portes fermées, surveillées par un système de sécurité, qu'il s'adoucit.

J'ai vu le changement au fond de ses yeux. J'ai saisi ses mains et les ai serrées dans les miennes.

– Skye, ne le laisse pas te foutre en l'air. Je suis sérieux.

– Il ne me fout pas en l'air. Il m'apprend la vie.

Je détestais voir la peine sur son visage. C'était insupportable.

– Ne change pas qui tu es. T'es une fille belle et intelligente. T'es bienveillante, généreuse et chaleureuse. Reste comme ça.

Elle a fermé les yeux et soupiré, laissant échapper une larme.

Mon cœur s'est serré en la voyant. J'ai posé la main sur sa joue et essuyé sa larme du pouce. Elle a soupiré à mon contact.

– Tu me manques tellement...

Une autre larme est tombée.

Ses mots me sont allés droit au cœur.

– Ces moments me manquent... tu me manques.

Elle a ouvert les yeux et m'a regardé, le voile humide de ses yeux scintillant à la lumière.

J'ai ravalé la boule dans ma gorge, sentant l'émotion dévaler jusque dans mon estomac.

– Tu me manques aussi.

Elle s'est blottie contre ma poitrine et a enroulé les bras autour de mon cou, me serrant fort. J'ai posé les mains sur sa taille, sentant son petit corps dans mes bras. Elle a pleuré doucement, s'appuyant sur moi comme sur une béquille. L'entendre pleurer m'était insupportable. J'ai essayé de me déconnecter pour ne pas pleurer aussi.

Elle a sangloté pendant une heure, faisant le deuil de son histoire. Je l'ai emmenée doucement vers le canapé, et me suis allongé à côté d'elle. Son bras m'entourait la taille et son visage était enfoui au creux de mon cou. Je lui caressais le dos, tentant de la calmer. Finalement, ses sanglots se sont transformés en larmes silencieuses, puis elle s'est endormie d'un seul coup.

Mon téléphone a vibré dans ma poche. J'ai lu le message.

Je peux venir ? C'était Jasmine.

Je ne pouvais pas laisser Skye maintenant. *J'ai des projets. Peut-être demain.*

D'accord. Tu me manques.

Je n'ai rien répondu. J'ai jeté mon téléphone sur la table basse et j'ai reporté mon attention sur Skye, l'écoutant respirer. J'aimerais pouvoir arranger les choses. J'aimerais pouvoir faire disparaître son chagrin. Mais au fond de moi, je ne pensais qu'à une seule chose.

Si elle était avec moi, elle ne souffrirait jamais.

12

SKYE

Quand je me suis réveillée le lendemain matin, Cayson était toujours là. Son visage était près du mien et il me regardait. À en croire la fatigue dans ses yeux, il n'avait pas dormi de la nuit.

Sa main a délicatement dégagé une mèche de cheveux de mon visage, comme elle l'avait fait des centaines de fois.

– Tu veux prendre le petit déjeuner ?

– Je n'ai pas faim, dis-je d'une voix rauque.

– Je peux te préparer un café.

– Non, ça va.

– D'accord.

Il m'a caressé la nuque.

– Merci d'être resté avec moi...

– Avec plaisir.

La pitié transparaissait dans son regard.

Je voulais rester sur ce canapé et passer la journée lovée contre lui. La douleur semblait moins insupportable lorsque ses bras formaient une cage autour de moi. Je m'y sentais en sécurité, comme si rien ne pouvait m'atteindre. Même au moment le plus difficile, je m'étais sentie forte en sa présence.

– J'espère que tu te sens mieux.

Pas vraiment.

– Un peu.

Sa main était posée au creux de mes reins et ses yeux sondaient les miens, empreints de tristesse.

J'avais envie de sécher les cours et rester ainsi pour toujours. Je voulais que Cayson me serre dans ses bras et chasse toutes mes pensées sombres. Mais je savais qu'il ne le pouvait pas. Il avait cours, et d'autres obligations. Il avait une copine…

– Tu devrais probablement y aller…

Je me suis redressée sur un coude et j'ai regardé l'heure. Il était huit heures passées.

– Tu rates déjà ton premier cours.

Il s'est redressé à son tour, me regardant attentivement.

– T'es bien plus importante que mes cours, Skye.

C'était le Cayson qui m'avait tant manqué, le meilleur ami qui ferait tout pour moi.

– Je sais. Mais je vais passer la journée à me morfondre. Tu n'y peux rien.

Il a pris ma main dans la sienne.

– On peut se morfondre ensemble.

J'ai posé la tête sur son épaule et soupiré. Je n'avais qu'une seule envie : me glisser sous les draps avec lui et oublier le monde extérieur. Je ne voulais pas penser à la souffrance que Zack m'avait causée.

– Cayson, va en cours. On se parlera plus tard.

Je me suis levée et j'ai passé les doigts dans mes cheveux.

– T'es sûre que ça va aller ? demanda-t-il en se levant à son tour, me regardant d'un air inquiet. Parce que ça ne me dérange pas de rester avec toi. Pas du tout.

– Oui, Cayson. Vas-y.

Son regard trahissait un conflit intérieur. Après quelques instants, il s'est avancé et m'a serrée dans ses bras.

– Je t'aime, Skye.

J'ai inspiré profondément, et l'air m'a brûlé les poumons.

– Je t'aime aussi...

– Appelle-moi si t'as besoin de quelque chose.

J'ai senti sa charpente solide entre mes bras. Il me dépassait de plus d'une tête, et faisait facilement deux fois ma taille. J'ai senti son torse ferme comme du béton lorsqu'il m'a serrée contre lui.

– D'accord.

Il a pris mon visage en coupe et il a pressé le front contre le mien. C'était un geste qu'il n'avait jamais fait avant. Il a fermé les yeux, respirant fort. L'intimité que nous partagions à ce moment m'était étrangère. Nous nous étions déjà fait des câlins, mais ce contact était nouveau. Il a fait un pas en arrière.

– Zack regrettera de s'être frotté à toi.

Sur ce, il est sorti en fermant la porte derrière lui.

Me retrouvant seule à nouveau, je me suis assise et j'ai senti les larmes me monter aux yeux. J'aurais voulu que Cayson reste, mais je n'avais pas osé le lui demander, de peur de paraître égoïste. Les études étaient importantes pour lui, et je ne voulais pas y faire obstacle.

Tous les rideaux étaient tirés, aussi j'étais dans la pénombre. J'avais cours aujourd'hui, mais je n'étais pas d'humeur à m'y rendre. J'étais trop troublée, bouleversée. Ce n'était pas simplement le fait que Zack m'ait trompée qui m'avait blessée. Ni qu'il n'ait pas été sincère en m'avouant son amour. C'était la réalisation d'avoir été dupée, utilisée, à mon insu. Je me sentais idiote d'avoir laissé entrer un menteur dans mon cercle d'amis. J'avais honte de ma propre stupidité.

D'autres larmes me sont montées aux yeux, mais je les ai endiguées. Pleurer une merde humaine comme Zack était ridicule. Inutile. Mais je ne pouvais pas m'en empêcher. J'étais déchirée. Les six derniers mois de ma vie n'étaient qu'un mensonge. Une fourberie.

J'ai pris mon portable et j'y ai cherché le nom que je mourais d'envie de voir. Personne d'autre au monde ne me comprendrait sauf lui. Il n'avait sans doute jamais vécu une telle trahison, mais je savais qu'il avait essuyé beaucoup de déceptions dans sa vie. J'ai appuyé sur le bouton Appel.

Il a répondu à la première sonnerie.

– Ma puce, comment vas-tu ?

Entendre l'amour dans sa voix m'a fait fondre en larmes.

– Skye, est-ce que ça va ? Es-tu blessée ? demanda-t-il d'une voix alarmée.

– Ça va… ça va.

– On t'a enlevée ? On te fait du mal ?

Il imaginait toujours les scénarios les plus abominables.

– Non, je suis en sécurité. Je vais bien, dis-je entre deux sanglots.

– Parle-moi, ma puce.

– Je… je me sens tellement idiote.

Même lorsque mon père ne savait pas ce qui clochait, il était patient avec moi.

– Je quitte le bureau immédiatement. Je serai là dans deux heures.

– Non… tu n'as pas besoin de faire ça. Ne pars pas du boulot pour moi.

– Je me fous du boulot. J'arrive dans deux heures.

Je savais qu'il était inutile de discuter avec mon père. Et en toute honnêteté, je voulais qu'il vienne me voir.

– D'accord…

– Je t'aime, ma puce. À tout de suite.

– Je t'aime aussi, papa.

Il a raccroché.

J'ai posé mon portable sur la table basse, puis je me suis recroquevillée sur le canapé, tentant de me rendormir.

Mon père est arrivé en moins de deux heures. Il ne comprenait pas les limites de vitesse ni les interdictions. Il se pensait au-dessus des lois. Il a frappé à ma porte.

– Ma puce, c'est moi.

J'ai perçu la peur dans sa voix.

Même si j'avais une sale tête, j'ai ouvert.

– Salut...

Il a aperçu mon visage en larmes, et le sien s'est immédiatement déconfit. Il me fixait d'un regard empreint de tristesse, comme l'avait fait Cayson plus tôt. On aurait dit que son cœur se brisait en mille morceaux. Sans mot dire, il a fermé la porte derrière lui et m'a attirée dans ses bras, me serrant fort.

Il a frotté mon dos doucement. Le sentir m'entourer d'un amour inconditionnel m'a fait m'écrouler à nouveau. Zack ne m'avait jamais aimée. Il se foutait de moi. Il s'était servi de moi, et je l'avais laissé faire. Je me suis remise à pleurer.

Mon père m'a guidée jusqu'au canapé et nous nous sommes assis. Il ne me quittait pas des yeux, le regard inquiet. Il a passé un bras autour de mes épaules, me serrant contre son flanc.

– Dis-moi ce qui s'est passé.

Je ne savais même pas par où commencer.

– Papa, as-tu déjà été utilisé... pour ton argent ?

Il s'est immobilisé un instant.

– Tellement de fois que j'en ai perdu le compte. Pourquoi ?

– Est-ce que tu t'es senti idiot ?

– Oui.

– Qu'est-ce qui s'est passé ?

– Pourquoi tu me demandes ça ?

– Je suis curieuse, c'est tout. T'es tellement froid et discret parfois. Quand t'es en public, tu n'es pas le même. Tes murs sont érigés et tu es intouchable. Tu te méfies de tout le monde et tu n'es pas chaleureux comme tu l'es avec nous. À la maison, t'es... différent. Tu sembles heureux. Pourquoi t'es comme ça ? Il s'est passé quelque chose ?

Il est resté silencieux longtemps, à absorber mes mots.

– Je manquerais de temps pour te raconter toutes les déconvenues qui m'ont rendu aussi méfiant envers les gens. Contrairement à ton grand-père, j'ai beaucoup de mal à voir la bonté chez les autres. Si tu les laisses faire, ils se serviront de toi, te saigneront à blanc. Très peu de gens dans ce monde t'aimeront pour qui tu es vraiment. Je suis heureux quand je suis à la maison parce que ta mère m'a aimé de cette façon-là dès le début. Elle m'a toujours aimé malgré ma richesse, et je peux dire la même chose de ma famille élargie. Personne d'autre au monde ne me traite ainsi. J'ai beaucoup de chance.

– Est-ce qu'une copine s'est déjà servie de toi ?

Il a réfléchi un moment.

– Oui. La dernière fille que j'ai fréquentée avant ta mère m'a menti et m'a manipulé pour que je sorte avec elle. Elle voulait ma richesse pour la sécurité, et elle était prête à tout pour l'avoir. Elle a fait beaucoup de mal à ta mère. Mais heureusement, ta mère m'aimait assez pour me pardonner.

– T'as trompé maman ?

– Non, s'empressa-t-il de dire. Jamais. Mais je l'ai quittée pour cette femme — car je pensais qu'elle était enceinte.

– Elle l'était ?

– Oui, mais pas de moi.

– Qu'est-ce qui lui est arrivé ?

– Honnêtement, je m'en fous, dit-il, une lueur de colère dans la voix. Skye, pourquoi tu me demandes ça ?

J'ai essuyé mes larmes.

– Mon copain... ou plutôt mon ex-copain s'est servi de moi.

Il a froncé les sourcils.

– Comment ?

Jamais je n'aurais cru l'avouer à mon père, mais j'étais désespérée.

– On sortait ensemble depuis six mois. Il insistait toujours pour que je vous le présente, à toi et maman. Je n'ai jamais compris pourquoi. Il m'a même dit qu'il m'aimait pour pouvoir venir au gala. Mais je ne l'ai pas dit en retour. Puis Cayson l'a entendu parler à un ami à la bibliothèque...

Le visage de mon père était indéchiffrable, mais la colère pointait dans ses yeux.

– Il sortait avec moi pour ma richesse. Il avait l'intention de m'épouser, puis de divorcer et de prendre la moitié de ma fortune. Il me trompe depuis le début. Il ne m'a jamais aimée. Il ne s'est jamais soucié de moi. Je me sens tellement stupide...

D'autres larmes ont coulé.

Mon père n'a pas réagi. Il avait toujours le bras passé autour de mon épaule, et je l'ai senti trembloter. Je m'attendais à ce qu'il explose, qu'il démolisse mon appartement, mais il ne l'a pas fait. Il est resté calme.

– Je suis désolé que ça te soit arrivé, Skye. J'ai toujours craint que ma richesse sabote ta vie, et je m'en veux que ça se soit produit.

– Ce n'est pas ta faute, papa.

– Et je suis désolé que tu aies appris combien les gens peuvent être mauvais et cupides. J'espérais que la vie t'épargne...

– Je me sens tellement idiote...

– Mais non, dit-il doucement. Quand on possède tout, les gens nous envient. Maintenant, tu comprends pourquoi je suis aussi protecteur de toi et de... ta vie privée.

– Ouais...

Il a posé un baiser sur mon front.

– Tu es si belle et intelligente. Plus intelligente que ta mère et moi réunis. Je sais que c'est difficile pour toi. Ça le serait pour n'importe qui. Mais ne le laisse pas t'abattre. Ce n'est qu'un enfoiré, dans un océan d'hommes bons. Tu trouveras quelqu'un qui t'aime pour qui tu es, quelqu'un à qui tu fais confiance implicitement. Et tu seras heureuse.

– Comme maman et toi ?

– Et plus encore, dit-il, les yeux soudainement humides. J'ai vécu beaucoup d'épreuves, mais voir ma fille se faire briser le cœur est probablement la pire souffrance de toutes.

– Je suis désolée… je ne voulais pas te faire de mal.

– Ne t'excuse pas. Je suis là, tu n'as pas à porter le fardeau toute seule.

Il a essuyé une larme avec son pouce.

– Tu veux entendre une histoire à propos de ta mère et moi ?

J'ai hoché la tête.

– Je sortais avec une femme dont j'étais amoureux. Elle était ravissante, parfaite. J'avais acheté une bague et j'allais la demander en mariage. En fait, c'est même ta mère qui m'a aidé à la choisir. Puis cette femme m'a trompé et largué pour un autre. J'étais dévasté, j'avais le cœur en miettes. Ta mère a été là pour moi, l'amie dont j'avais grand besoin à ce moment-là. Puis, j'ai eu un déclic. J'ai cessé de la voir comme une simple amie. Une nuit d'ivresse, on a couché ensemble, et ça m'a ouvert les yeux ; j'ai réalisé ce que j'avais sous le nez depuis le début. Je suis tombé follement amoureux de ta mère. Et au final, ce chagrin d'amour a été la meilleure chose qui me soit arrivée. Parce que sans ça, je ne serais pas avec elle.

Il a pris mon visage entre ses mains.

– Et je ne t'aurais pas eue.

Ses paroles m'ont serré le cœur.

– Je sais que c'est difficile pour toi, mais tu réaliseras que c'est la meilleure chose qui te soit arrivée. Tu trouveras un homme bon pour toi, et tu sauras le reconnaître grâce à cette douleur. Elle t'aura rendue plus sage, et bien sûr, plus forte.

Étrangement, les mots de mon père m'ont rassurée. Même si

Zack avait été une erreur regrettable, il m'avait appris une précieuse leçon. Et j'étais heureuse d'avoir reçu cette leçon plus tôt dans la vie que mon père.

Il a décollé une mèche de cheveux de ma joue trempée avant de poser la main sur mon épaule.

– Est-ce que ça t'a aidé ?

– Oui, acquiesçai-je.

Mes pleurs avaient cessé.

Puis la chaleur qui émanait de son regard un instant plus tôt a disparu, laissant place à un air sérieux et malveillant.

– Dis-moi son nom.

Je détestais Zack, mais il ne méritait sûrement pas ce que mon père avait en tête.

– Qu'est-ce que tu vas lui faire ?

– Ne t'occupe pas de ça.

Il ne me touchait plus, se contentant de me toiser.

– Skye, son nom, insista-t-il.

– Tu ne peux pas le tuer.

Je savais que c'était absurde, mais mon père pouvait se débarrasser de quelqu'un s'il le voulait vraiment.

– Son nom.

– Papa.

– Skye.

– Promets-moi que tu ne vas pas le tuer.

Il a contracté la mâchoire.

– Promis.

– Qu'est-ce que tu vas faire ?

Ses yeux brûlaient d'un feu démoniaque.

– Je vais m'occuper de son avenir financier — comme il avait l'intention de le faire avec toi.

Qu'est-ce que ça veut dire ?

– Il n'arrivera pas à se trouver d'emploi en sortant de la fac. Il devra travailler au McDo pour joindre les deux bouts. Il sera obligé de faire des semaines de quatre-vingts heures au salaire minimum rien que pour payer son loyer. Il ne connaîtra que la pauvreté. Il cherchera de l'aide, mais il n'en trouvera jamais. Son appartement se fera cambrioler constamment, et on lui volera ses biens les plus précieux. Il sera inscrit au registre des délinquants sexuels, et il ne se trouvera jamais de copine. Il devra s'en remettre aux prostituées les soirs où il en aura marre de sa main. Puis il sera jeté en taule pour ses crimes. Quand il en sortira, le cycle recommencera. Et il s'en voudra éternellement de s'être frotté à Sean Preston.

Mon pouls s'est accéléré à ses mots. C'était un châtiment auquel il n'échapperait jamais. Mon père ruinerait sa vie — littéralement.

– C'est trop cruel...

– Skye, donne-moi son nom. Sinon, je le soutirerai à ton frère ou un de tes cousins. Que tu le veuilles ou non.

– Papa, je sais que t'es fâché, mais tu ne peux pas faire ça.

– Ah non ?

– Non... Je sais que t'es protecteur, mais tu vas trop loin. Tu le sais. Ce n'est pas ce que je veux, et toi non plus.

Il a pris une grande inspiration, puis a serré ma main dans la sienne.

– T'as raison. J'imagine que j'ai du mal à contrôler ma colère parfois. Les gens peuvent me faire ce qu'ils veulent, j'en ai rien à cirer. Mais quand ils s'en prennent à ma famille... je suis cruel.

J'ai tapoté sa main.

– Je sais, papa. Ça va.

– Je veux quand même son nom.

Le sérieux était revenu dans son regard.

– Pourquoi ?

– Dis-le-moi, Skye.

J'ai ravalé la boule dans ma gorge.

– Zack Stone.

– Merci.

Il s'est visiblement relaxé, frottant ses paumes ensemble. Sa Rolex a scintillé dans la lumière.

– As-tu déjeuné ?

– Non.

Je n'avais pas faim. Pas avec la menace qui planait sur Zack.

– Tu veux me tenir compagnie ?

– Ça va, papa. Tu devrais retourner au travail.

Il m'a regardée fermement.

– Comme je l'ai dit des centaines de fois, je me fous du travail. Des empires s'édifient et d'autres s'effondrent tous les jours. Mais ma famille est tout pour moi. Alors, prends le temps de déjeuner avec moi.

– D'accord.

Nous sommes allés à un snack-bar du coin, où nous avons commandé des gaufres. Mon père a mangé lentement, touchant à peine son assiette. Il était obsédé par sa ligne. Il avait un corps musclé et tonique malgré son âge. Il pratiquait la boxe et les arts martiaux après le boulot. Ma mère ne s'entraînait pas aussi souvent que lui, mais ils faisaient du jogging sur la plage de temps en temps.

Quand nous avons fini de manger, nous sommes retournés à mon appartement.

– Tu veux regarder un film ? demanda-t-il.

Qu'il passe la journée avec moi au lieu d'aller travailler me faisait tellement chaud au cœur. Dès que j'avais besoin de lui, il venait à ma rescousse. J'avais les meilleurs parents du monde. Pas seulement parce qu'ils s'occupaient de mes besoins financiers, mais aussi parce qu'ils me montraient leur amour tous les jours.

– D'accord.

Je me suis assise à côté de lui sur le canapé et j'ai tiré le plaid sur moi. Il a zappé d'une chaîne à l'autre jusqu'à ce qu'il trouve quelque chose d'intéressant.

Son portable a sonné. Il a jeté un coup d'œil à l'écran, puis il a pris l'appel. Je savais qu'il n'aurait pas répondu à moins que ce soit ma mère.

– Oui, bébé ?

– Mike m'a dit que t'étais parti du bureau et que tu ne répondais pas au téléphone. Est-ce que tout va bien ?

– Skye a appelé et m'a demandé d'aller la voir.

Sa voix a changé.

– Elle va bien ?

– Ça va. Je t'expliquerai en rentrant.

– D'accord, soupira-t-elle soulagée. Tu rentres quand ?

– Tard ce soir.

– Tu peux m'appeler avant de partir ?

Il a esquissé un sourire en coin.

– Pourquoi ne vérifies-tu pas l'appli GPS sur ton téléphone ?

– Appelle-moi, Sean.

– Tu me fais penser à moi.

Il aimait enquiquiner ma mère.

– Et c'est la faute de qui, à ton avis ? Tu vas m'appeler ou pas ?

– Je vais y penser.

J'ai levé les yeux au ciel.

– Tu n'auras pas de dessert ce soir, si tu vois ce que je veux dire.

Il a ri.

– C'est ça. Je sais que tu bluffes.

– Je suis sérieuse.

– Allez, t'es pire que moi.

– Est-ce que je devrais me couvrir les oreilles ? demandai-je.

– Tu verras quand tu rentreras, dit ma mère d'une voix glaciale.

Mon père a tout de suite changé de tactique.

– Je t'appellerai, bébé.

– C'est bien ce que je pensais.

– Mais tu sais que je t'appellerai toujours.

Sa voix s'est radoucie.

– Je sais.

– Je vais vomir, dis-je.

Mon père a ri.

– Je t'aime, bébé.

– Je t'aime aussi.

Il a attendu qu'elle raccroche la première. Puis il a posé le téléphone sur la table basse.

La porte s'est ouverte et Cayson est entré, une boîte de pizza et un litre de soda dans les mains. Il s'est immobilisé quand il a vu mon père.

– Oh. Salut, oncle Sean.

– Salut, gamin. Qu'est-ce que t'apportes là ?

– Skye raffole de la pizza, expliqua-t-il.

– Comme sa mère, dit mon père souriant.

Je suis allée à sa rencontre et je l'ai débarrassé.

– Merci, mais on vient de manger.

– Garde-la pour plus tard, dit-il en me regardant d'un air inquiet. Tout va bien ?

– Ouais, mon père m'a remonté le moral, dis-je en posant le carton sur le comptoir.

– Tant mieux, dit-il en opinant lentement. Je suis heureux de l'apprendre.

– Merci d'être resté avec moi la nuit dernière.

– T'as pas besoin de me remercier, Skye.

J'ai replacé une mèche de cheveux derrière mon oreille, me sentant soudain nerveuse.

– Bon, je vais vous laisser seuls, dit-il. Mais tu peux m'appeler si t'as besoin de quoi que ce soit, même si tu veux juste parler.

– Je sais, Cayson.

Cayson s'est dirigé jusqu'à mon père sur le canapé.

– Oncle Sean.

Mon père s'est levé et l'a serré dans ses bras.

– Merci de veiller sur ma fille.

– Pas de problème. Ça me fait plaisir.

Il a tapoté son épaule.

– Ça me rassure de savoir qu'elle est entourée de types bien comme tes cousins et toi.

– Tu peux compter sur moi.

– Je sais.

Il a souri.

– Et ne t'en fais pas pour Zack. Je vais m'en occuper.

Cayson a pâli.

– D'accord. Mais vas-y mollo avec lui.

Mon père avait un regard maléfique.

– Tu ne le penses pas vraiment.

– T'as raison.

Mon père a mis les mains dans ses poches de complet.

– Je vais dire à ton père que je t'ai vu et que tu vas bien.

– Merci. Salue-le de ma part.

– Sans problème.

– À plus, oncle Sean.

– À plus.

Cayson s'est dirigé vers la porte et m'a lancé un dernier regard avant de sortir.

Mon père s'est rassis sur le canapé.

– Cayson est un bon gaillard. Je l'aime bien.

– Moi aussi.

Je me suis rassise à ses côtés, tirant le plaid sur moi à nouveau.

– Il pourrait être une bonne influence sur Roland. J'aimerais que Cayson déteigne sur lui.

– Roland est un type bien aussi.

– Je le sais, ma puce. Je suis très fier de mon fils. Son niveau de maturité n'est pas le même, c'est tout.

– Tu n'étais pas imprudent à son âge ?

Il a souri.

– Ouais...

– Roland va mûrir.

– Je n'en doute pas.

Mon père et moi avons regardé un film, puis la télé pour le reste de la soirée. Lorsque nous avons eu faim, nous avons dévoré la pizza jusqu'à la dernière croûte. Je commençais à être fatiguée, mais je ne voulais pas qu'il s'en aille.

– Je vais rester jusqu'à ce que tu t'endormes.

– D'accord.

Je me suis étendue sur le canapé et il m'a bordée. Il s'est assis sur le fauteuil d'en face en attendant que le sommeil m'emporte. Il était déjà vingt-trois heures et il avait deux heures de route à faire, mais ça ne semblait pas le déranger.

Parce que mon père ferait tout pour moi.

Le lendemain matin, mon père était parti. Mais il m'avait laissé un cadeau.

Un vase de lis blancs était posé sur mon comptoir, avec une note.

L'amour d'un père pour sa fille
Est plus fort que tout
Dès qu'elle voit le jour

Son amour est incomparable
Et ils sont à jamais inséparables
Unis par un lien indestructible
Car il sera toujours là pour la border
Lui lire des contes de fées
L'aimer et la protéger
Avec des bras forts au cas où
Mais aussi tendres pour l'enlacer
D'une étreinte paternelle
Avec des baisers doux
Des rires et des sourires
Et une étincelle dans les yeux
Qui sait lui réchauffer le cœur
Que demander de plus
Qu'une fille si douce et si pure ?
Rien au monde n'est plus rare
Et de cette chose il est sûr
L'amour d'un père est unique
Et ne peut être remplacé
Il chérira toujours sa fille
Et leurs souvenirs partagés

Un sourire m'a balafré le visage quand je l'ai lue. Puis j'ai regardé le bouquet à nouveau, me rappelant toutes les fois où il avait eu ce geste attentionné. Toujours des lis blancs, des fleurs qui me rappelaient immanquablement mon père. Il avait le don de me faire sentir spéciale.

À ce moment-là, j'ai réalisé à quel point il était absurde d'être triste à cause de Zack. Il se foutait de moi, mais j'étais entourée de gens qui se souciaient de moi. J'avais la chance d'avoir une famille qui m'aimait pour qui j'étais et pas pour ma fortune. Je n'allais pas me laisser abattre par ce salaud de Zack.

Je me suis douchée avant de partir pour la fac, me sentant déjà revigorée. Je ne pensais même pas à Zack. Je savais que je finirais par le croiser, et j'avais hâte. C'était lui qui m'avait blessée, qui m'avait rabaissée, mais je sauterais sur l'opportunité de lui rendre la pareille.

J'étudiais dans la bibliothèque lorsqu'il a fait son apparition.

– Salut, bébé.

Il s'est penché pour m'embrasser.

J'ai détourné la tête.

– La vache, t'as mauvaise haleine.

Il a bronché.

– Quoi ?

J'ai balayé l'air d'une main.

– Dégoûtant.

Le silence régnait dans la bibliothèque, et tout le monde m'a entendue sans que j'aie à hausser le ton. Les gens aux tables voisines nous ont jeté des coups d'œil, dévisageant Zack.

Il a reculé, gêné par mes mots.

– Euh, désolé.

Il a porté sa main à sa bouche, tentant de sentir sa propre haleine.

– Qu'est-ce que tu veux ? demandai-je.

Il a levé un sourcil.

– Qu'est-ce que je veux ? Saluer ma copine, c'est tout, chuchota-t-il.

Je n'ai pas chuchoté lorsque je lui ai répondu :

– Je ne suis plus ta copine. Je te largue.

Il a dégluti.

– Quoi ? Pourquoi ?

– Parce que t'es nul au pieu.

Ses yeux se sont écarquillés et il a regardé autour de lui, espérant que personne ne m'ait entendue.

– Tu devrais étudier l'anatomie féminine, car de toute évidence, tu ne sais pas faire jouir les femmes.

Les filles à la table d'à côté ont pouffé.

Le visage de Zack s'est empourpré.

– Pourquoi tu te comportes en salope ?

Il chuchotait toujours.

– Pourquoi *je* me comporte en salope ? demandai-je incrédule. Ce n'est pas ma faute si t'as une petite bite dont tu ne sais même pas te servir.

Personne ne riait plus de ma cruauté.

Zack commençait à s'énerver.

– Pourquoi tu fais ça ?

– Désolée, est-ce que je t'ai blessé ?

J'ai fourré mes affaires dans mon sac et je l'ai mis sur mes épaules.

– Peut-être que tes prouesses pathétiques et tes mensonges horribles fonctionnent avec Vanessa, mais pas avec moi.

Il a écarquillé les yeux à la mention de ce nom.

– J'en ai fini avec toi, Zack. Je vais trouver quelqu'un d'autre avec qui partager ma petite fortune. Quelqu'un qui sait où se trouve le clitoris.

Les filles à la table voisine ont éclaté de rire.

Puis je lui ai empoigné la gorge, le prenant par surprise. J'ai rapproché mon visage du sien, percevant la peur dans son regard.

– Prends-t'en à moi une fois de plus, et je te castre.

Je l'ai toisé longuement avant de m'en aller, balançant les hanches en m'éloignant, la tête haute.

Rien n'effaçait les mois que j'avais perdus avec lui, mais au moins, j'avais mis un terme à cette foutue relation comme une championne.

13

CAYSON

– POURQUOI ON SE retrouve à dix heures du soir tous habillés en noir, bordel ? demanda Conrad.

– Ouais, renchérit Theo. Ça veut dire quoi ?

Je me suis adossé au comptoir et j'ai croisé les bras sur ma poitrine.

– Parce qu'on va bastonner quelqu'un ce soir. Et on va y prendre beaucoup de plaisir.

– Quoi ? glapit Slade. Qui ? Mec, tu me fais peur. T'es le Bouddha de la bande. Pourquoi tu voudrais faire une chose pareille ?

– Tu vas bientôt le savoir, dis-je sombrement.

Roland est arrivé, en jean et sweat noir.

– J'espère que ça vaut le coup parce que j'ai un exam demain.

– Comme si t'avais révisé, de toute façon, railla Slade.

– Justement, j'ai révisé.

– Du calme, dis-je. Il faut qu'on parle.

– De qui s'agit-il ? demanda Roland.

– Zack.

Je détestais prononcer son nom.

– Le copain de ma sœur ? s'étonna Roland. Il a fait quoi ?

– Je l'ai entendu parler à un copain à la bibliothèque. Il a avoué qu'il n'était avec Skye que pour son argent. Il l'a séduite uniquement pour l'épouser et lui en piquer la moitié. L'enregistrement que j'ai fait explique le reste.

J'ai mis en route l'enregistrement et j'ai posé le téléphone sur le comptoir. J'ai laissé tourner jusqu'à la fin de la conversation. Puis j'ai éteint et remis le téléphone dans ma poche.

Roland s'est raidi et la fureur a enflammé ses yeux.

– Il s'est foutu de la gueule de ma sœur à ce point ?

J'ai opiné.

Roland et Skye n'étaient pas très proches. Ils traînaient avec la même bande, mais ils ne se confiaient pas grand-chose l'un à l'autre, sinon rien du tout. Mais je savais qu'il la protégeait, et quand quelqu'un l'embêtait, il était furieux.

– Il l'a manipulée pendant tout ce temps ? Je vais arracher les yeux de cet enfoiré.

Les autres étaient tout aussi remontés.

– On devrait le tuer, dit Slade d'un air sérieux. Je ne plaisante pas. On balance son corps dans l'océan — après l'avoir découpé.

– Moi je dis qu'il faut le tabasser au point qu'il passe une semaine à l'hôpital, dit Theo.

Roland a frappé sa paume du poing.

– Attendez que mon père apprenne ça.

– Il le sait déjà, dis-je. Il m'a dit qu'il allait s'occuper de lui. Mais je ne sais pas trop ce que ça veut dire.

– Moi si, dit Roland. Mon père va détruire sa vie. Crois-moi, ce salaud va regretter d'avoir joué au con avec ma sœur.

– Je n'en doute pas. Mais j'ai envie de lui casser la gueule à titre personnel.

Personne ne pouvait se moquer de la fille que j'aimais et s'en tirer indemne.

– Alors, on est deux, dit Slade. Quel est le plan ?

– Je sais qu'il a un entraînement de basket avec le club des anciens élèves ce soir. Ça se finit généralement à dix heures, dis-je en serrant les poings. On n'a qu'à l'attendre devant chez lui, et lui éclater la gueule.

Roland a souri.

– Ton idée me plaît. Beaucoup.

– Alors, allons-y.

Nous nous sommes garés en bas de la rue, puis nous sommes dirigés vers son immeuble. Il y avait toujours des étudiants dehors à proximité du campus. Quand il rentrerait chez lui, il y aurait une foule de témoins. De quoi l'humilier encore plus.

– Capuches, dis-je.

Tout le monde a mis sa capuche pour cacher son visage.

Quand nous avons tourné au coin de la rue, c'était trop tard. Un groupe de gens était amassé sur le trottoir, regardant Zack se faire frapper près de sa Volvo.

– C'est quoi ce bordel ? dit Roland.

Un homme vêtu d'un sweat à capuche noir et d'un jean a agrippé Zack par la gorge et l'a jeté sur le capot. La capuche masquait son visage. Nous étions tous là, donc je ne voyais pas qui pouvait s'en prendre à lui. C'était peut-être une simple coïncidence.

Zack est tombé par terre, le sang ruisselait sur son visage. Il s'est tenu le ventre en toussant.

L'homme l'a relevé puis l'a balancé contre la voiture avec une force qui m'a fait frémir.

– Oh merde !

La foule a reculé, trop effrayée pour intervenir.

– Arrêtez ! se mit à hurler Zack. Qu'est-ce que je vous ai fait, bordel ?

Le type l'a tiré en arrière puis l'a jeté sur le béton. Le visage de Zack saignait tellement qu'on le reconnaissait à peine. Il a gémi et essayé de ramper, mais son corps n'obéissait plus.

L'homme l'a attrapé par la gorge et s'est penché sur lui. Il lui a murmuré quelque chose d'inaudible, que seul Zack pouvait entendre. Ça devait être effrayant parce que les yeux de Zack se sont écarquillés. Puis le type lui a donné un coup de pied dans les côtes, pour le retourner sur le dos.

L'homme s'est mis devant lui et lui a craché au visage. La lumière du réverbère est entrée légèrement dans sa capuche et j'ai vu ses yeux bleus. J'ai entraperçu son visage. Il a regardé dans notre direction, comme s'il nous reconnaissait.

– C'est oncle… souffla Slade.

J'ai couvert sa bouche pour qu'il ne prononce pas le nom de Sean.

Le père de Skye est parti en petite foulée, abandonnant Zack sur le trottoir. Quelques minutes plus tard, nous avons entendu le bruit d'un hélicoptère qui décollait. Il faisait trop sombre pour voir quoi que ce soit, mais nous avons entendu les pales tourner.

Roland a hoché la tête.

– Putain. Mon père est un vrai tueur.

J'ai baissé ma capuche.

– Barrons-nous d'ici avant d'attirer l'attention sur nous.

– Ouais, dit Conrad.

Nous sommes retournés à la voiture et avons démarré, ne voulant pas être vus par les ambulanciers ou les flics. Une fois de retour à l'appartement, nous nous sommes détendus et avons parlé librement.

– Putain de merde, dit Slade. Oncle Sean a failli le tuer.

– Faut pas emmerder mon père, dit Roland. Ce mec est capable de te massacrer.

J'avais encore du mal à y croire, mais ça ne m'étonnait pas.

– Ne dites pas aux filles ce qu'on a vu, surtout à Skye.

– Pourquoi ? s'enquit Roland.

– Je ne pense pas qu'oncle Sean veuille qu'elle le sache.

– Elle est stupide si elle pense que notre père ne fera rien, dit Roland.

– Elle sait qu'il va utiliser sa fortune et son pouvoir pour détruire la vie de Zack, mais je doute qu'elle imagine que son propre père irait jusqu'à le tuer de ses mains. Mieux vaut ne rien dire.

– Très bien, acquiesça Roland. Je garderai son secret.

Slade a secoué la tête.

– Heureusement que ça n'a pas marché entre Skye et toi. T'imagines ce qu'il te mettrait si tu lui faisais du mal ?

Ça ne m'effrayait pas le moins du monde.

– Non. Parce que je ne lui ferai jamais de mal.

Je suis passé chez elle le lendemain. J'aurais dû rester loin d'elle pour mon propre bien-être, mais je voulais savoir si elle allait bien. Comment l'abandonner au moment où elle avait tant besoin d'un ami ? Je ne serais jamais aussi égoïste.

Je suis entré avec mon double des clés.

Elle était assise à la table de cuisine et faisait ses devoirs. Elle portait un jean sombre, un cardigan rouge et un collier en or. J'ai remarqué un bouquet de lis blancs sur sa table basse. Je savais qui lui avait offert sans avoir à le demander.

– Comment tu vas ?

– Bien. Je termine un devoir pour le cours d'éthique commerciale de demain.

– Je parie qu'il est bon, avec toute ton expérience.

J'ai avancé jusqu'à la table et me suis assis en face d'elle.

– Mon père refuse de faire des affaires en dehors des États-Unis. Pas parce qu'il n'aime pas les négociations internationales, mais parce qu'il refuse d'employer des esclaves pour maintenir les coûts à un bas niveau. Tous ses employés sont américains, y compris ses fournisseurs pour les pièces et la production. Et j'ai le même point de vue, que j'ai développé dans ce devoir.

J'ai hoché la tête.

– Cool.

Elle a souri puis glissé ses cheveux derrière ses oreilles. Elle semblait beaucoup mieux. Sa bonne humeur était revenue. Les fenêtres étaient ouvertes et de bonnes ondes circulaient dans son appartement.

– Je suis content de voir que tu vas mieux.

– Moi aussi. Mon père m'a aidée à relativiser.

– C'est un type intelligent.

– Oui. Il m'a fait réaliser que cette expérience est en fait utile. Non seulement je ne commettrai plus la même erreur, mais en plus, je sais comment trouver le bon mec la prochaine fois. On ne me trompera plus aussi facilement.

Alors pourquoi ne réalisait-elle pas que j'étais le bon mec ?

– T'as parlé à Zack ?

– Ouais, je l'ai largué devant tout le monde à la bibliothèque. Et j'ai fait en sorte que toutes les filles sachent qu'il était nul au lit.

J'ai souri.

– C'est la honte pour lui.

– J'espère bien.

– Tu lui as dit que tu savais ?

– Plus ou moins. Je ne lui ai pas donné la satisfaction de voir à quel point j'étais bouleversée. Je l'ai juste largué et lui ai dit de ne plus s'approcher de moi.

– Bien. C'est la meilleure façon de faire.

Elle a feuilleté son cahier et reporté les yeux sur son ordinateur.

– J'ai perdu mon temps avec Zack. Je suis prête à l'oublier et à passer à autre chose.

J'étais content qu'elle aille mieux. Son père pouvait la consoler comme personne d'autre, et j'étais heureux qu'il ait été présent pour elle. J'avais beau faire de mon mieux, ça n'aurait pas suffi. Mais il était vrai que je ne l'avais pas élevée.

Si elle allait mieux, ça signifiait que je devais reprendre mes distances… ce qui ne m'enchantait pas. Passer la nuit avec elle m'a rendu accro à nouveau. Je l'ai regardée dormir, j'ai observé son joli visage en souhaitant pouvoir l'embrasser encore. J'aurais aimé que Zack n'ait jamais existé et que je sois l'homme qu'elle juge digne de son cœur. Elle n'aurait jamais été blessée ni trahie. Nous serions heureux tous les deux.

Mais ce n'était pas la réalité. Jasmine était ma petite amie, la fille que je baisais. Skye ne me verrait jamais comme un amant.

– Bon, je dois y aller. Il faut que je bosse.

– Travaille ici, dit-elle. On faisait nos devoirs ensemble avant.

C'était une très mauvaise idée.

– Je dîne avec Jasmine ce soir.

C'était un mensonge, mais j'avais besoin d'une excuse.

Son regard a exprimé sa déception.

– Oh… T'es amoureux d'elle ?

Je ne m'attendais pas à une question aussi personnelle.

– Non.

Elle a hoché la tête lentement.

– J'ai été surprise que tu ne me parles pas d'elle.

J'ai haussé les épaules.

– J'étais occupé.

– Alors, tu l'aimes bien ?

Pourquoi elle me demande ça ?

– J'aime bien être avec elle. On s'entend bien.

Que voulait-elle savoir de plus ? Je ne pouvais pas lui dire que je la baisais uniquement pour oublier la fille dont j'étais amoureux.

– Eh bien, je suis contente pour toi, alors.

En fait, elle avait l'air triste.

– Merci…

Elle m'a regardé fixement, attendant que je parte.

– Bon, à plus tard.

– Ouais.

– Dis-moi si t'as besoin de quelque chose.

– Cayson, je vais bien, dit-elle d'une voix assurée.

– D'accord. Au revoir.

– Au revoir.

J'ai fermé la porte et j'ai soupiré ; elle me manquait dès que je n'étais pas avec elle.

Jasmine se trouvait devant ma porte quand je suis arrivé. Et elle avait l'air énervée.

– Quoi ? demandai-je.

– Tu m'as laissée tomber toute la semaine. Si tu ne veux plus être avec moi, dis-le-moi en face. Ne me mène pas en bateau comme ça. C'est méchant et cruel.

Sa voix était chargée d'émotion. Ses yeux étaient mouillés. Elle était visiblement bouleversée.

– Je ne t'ai pas laissée tomber. Je…

– Ne me mens pas. Je suis une grande fille et je peux encaisser.

Je me suis retenu de l'agresser verbalement.

– Je ne suis pas un menteur. Je pensais que je te l'avais déjà prouvé en te disant franchement que j'étais amoureux de quelqu'un que je ne pouvais pas avoir.

J'ai serré la mâchoire en parlant.

– Si je veux rompre, je te le dirai. Je ne te tromperai et ne te quitterai pas sans explication. On se connaît depuis un moment et je croyais que tu le savais déjà.

Elle a croisé les bras sur sa poitrine et soupiré. La honte marquait son visage.

– Je suis désolée.

Je l'ai regardée fixement, dans l'attente de la suite.

– On m'a fait souffrir dans le passé. J'admets avoir un problème de confiance.

J'ai ressenti la pitié m'étreindre le cœur.

– Navré de l'apprendre.

– Je ne voulais pas imaginer le pire. Je sais que t'es un mec bien, Cayson.

J'ai ouvert ma porte et je l'ai tirée à l'intérieur, ne voulant pas avoir cette conversation dans le couloir.

– Qu'est-ce qui t'est arrivé ?

Elle a répondu sans me regarder.

– J'ai été en couple pendant longtemps, mais il me trompait régulièrement avec son ex. À notre anniversaire des deux ans, il m'a quittée et est retourné avec elle. Ils se sont mariés trois mois plus tard.

C'était une histoire déprimante.

– Tu ne méritais pas ça.

Elle a haussé les épaules, sans rien dire.

J'ai pris son visage entre les mains et je l'ai regardée dans les yeux.

– Je ne peux pas t'offrir l'amour. Et je ne pourrai sans doute jamais. Mais je peux t'offrir une franchise totale. Je peux te donner mon amitié. Et ma fidélité.

Elle a posé les mains sur mes bras.

– Je sais...

– N'aie pas peur de revivre ça avec moi. Je sais que c'est dur et je comprends. Mais tu perdras ton temps à t'imaginer des choses.

Elle a acquiescé.

– D'accord.

– Maintenant, laisse-moi t'expliquer ce que j'ai fait cette semaine.

Elle a attendu que je parle.

– En fait, le mec de Skye est un escroc. Il sortait avec elle dans le seul but de lui piquer sa fortune. Je l'ai pris sur le fait et je l'ai raconté à Skye. C'était une semaine un peu folle à cause de cette histoire.

Elle s'est étranglée.

– Il s'est servi d'elle depuis le début ?

J'ai hoché la tête.

– Quel sale connard.

– Je sais.

J'étais content qu'oncle Sean lui ait cassé la gueule et l'ai envoyé à l'hôpital.

– La pauvre.

– Ouais. Elle va mieux. Son père est venu, et l'a réconfortée. Et j'ai passé la nuit chez elle.

Elle a sourcillé.

– T'as dormi avec elle ?

– Sur le canapé. C'est tout.

Elle n'a pas cherché à en savoir plus.

– Je réussissais bien à l'éviter jusqu'à présent. Maintenant, je dois recommencer à zéro. La voir pleurer et dormir avec elle m'a fait revenir à la case départ. C'est tellement facile pour moi de retomber amoureux d'elle. Je suis foutu.

Elle m'a frotté les bras.

– Non, pas du tout. Tu finiras par t'en remettre. Mais, ça prendra du temps.

– Ouais.

J'avais du mal à croire que ça arriverait.

– Cayson, je te demande une seule chose.

– Dis-moi.

Elle semblait troublée.

– Quand t'es avec moi… je ne veux pas que tu penses à elle.

C'était une demande raisonnable.

– Je ne le fais pas, Jasmine. J'admets qu'elle s'invite parfois dans ma tête, mais je la repousse.

– Tu promets ?

J'ai hoché la tête.

– Je te promets. Je te respecte trop pour te faire ça. Mais j'avoue que je pense à elle à l'improviste. Parfois, je suis en classe et j'imagine que je l'embrasse. Parfois, je suis en train de dîner et je me surprends à avoir des pensées érotiques. Mais c'est tout.

– D'accord.

Elle n'a pas paru ravie de ma réponse, mais elle n'était pas fâchée non plus.

– Je t'invite à dîner ?

J'ai dégagé quelques mèches de son cou.

– Avec plaisir.

– Alors, allons-y. Je meurs de faim.

– On prendra le dessert à la maison.

J'ai ri.

– J'aime bien ta tournure d'esprit.

– J'ai des éclairs de génie de temps en temps.

– Je vais les guetter.

Nous sommes sortis de l'appartement en souriant.

Nous nous rendions au bar des sports pour regarder le match de football du jeudi soir. Jasmine m'accompagnait parce qu'on passait beaucoup de temps ensemble. En plus, si jamais Skye était là, j'avais besoin d'une distraction.

Nous nous sommes glissés dans un box.

– Salut.

Slade m'a fait un clin d'œil.

J'ai opiné et passé mon bras autour de Jasmine.

Conrad a fait glisser un verre vers moi, puis il m'a servi de la bière au pichet.

– Tu veux une bière, Jasmine ?

– Non, merci.

– Tu veux que j'aille te chercher du vin ? demandai-je.

– Non, je veux juste de l'eau pour le moment.

– D'accord.

Roland avait les yeux rivés sur l'écran.

– Mon père et moi, on a parié sur le match.

– Combien ? demandai-je.

– Le perdant doit faire la vaisselle après le dîner de Thanksgiving.

Slade a grimacé.

– Mec, ça craint si tu perds.

– M'en parle pas, dit Roland. Il faut absolument que je gagne. En plus, c'est mon père. Il faut que je le batte de toute façon.

– Il a probablement payé la NFL pour être sûr de gagner, dit Conrad en riant.

Roland a soupiré.

– J'espère sincèrement que non.

Les filles sont arrivées à notre table. Trinity et Silke marchaient devant, et Skye était derrière elles. J'ai remarqué toutes les têtes se tourner dans leur direction. C'était des belles filles, mais Skye était vraiment ravissante. Elle m'a regardé et a vu mon bras autour de Jasmine. Puis elle a tourné la tête vers la télé dans le coin de la salle.

Roland s'est levé et dirigé vers elle.

– Salut, sœurette. Comment ça va ?

Roland était particulièrement attentionné envers sa sœur depuis une semaine. En temps normal, il agissait comme s'il ne se souciait pas le moins du monde de son existence, mais visiblement, ce n'était pas le cas aujourd'hui.

– Bien. Et toi ?

Il l'a prise dans ses bras et l'a serrée.

– Tu sais que tu peux me parler, hein ?

– Ouais...

Elle a appuyé sa tête contre sa poitrine.

Tout le monde était témoin de leur affection, mais personne n'a taquiné Roland.

– Je vais vraiment mieux, Ro. Ne t'inquiète pas pour moi.

Elle s'est écartée et lui a souri.

– OK. Tu veux une bière ? Ou des sticks de mozzarella, peut-être ?

– Oui. Et oui.

Elle a ri doucement.

– Ça arrive tout de suite.

Il l'a guidée vers le box, puis s'est dirigé vers le bar.

Trinity a souri.

– C'était trop mignon.

Skye a haussé les épaules.

– J'imagine que Roland m'aime bien — par moments.

– Je ne serai jamais comme ça avec ma sœur, elle est trop moche, dit Conrad.

Trinity lui a frappé l'épaule.

– Menteur ! T'es hyperprotecteur avec moi.

– Seulement parce que je ne veux pas que papa se fâche contre moi.

Il a descendu la moitié de sa bière.

Elle a levé les yeux au ciel.

– Bien sûr… Peu importe.

Roland est revenu et a posé la bière et les bâtonnets de fromage devant Skye.

– Tu veux autre chose ?

Slade s'est penché vers Skye et lui a parlé à l'oreille.

– Profites-en au max.

Elle a souri.

– Non, merci. C'est très gentil, Roland.

Il s'est assis à côté d'elle et lui a piqué un bâtonnet de fromage.

– Je sais que tu ferais la même chose pour moi.

J'ai gardé ma main sur Jasmine et j'ai soupiré. Skye et moi étions très proches, et en même temps si distants. C'était dur de me retrouver en sa présence. J'avais le sentiment d'être maladroit et pas à ma place. Si nous sortions ensemble, la dynamique de groupe serait si différente. Ce serait tellement mieux.

Slade s'est tourné vers Jasmine.

– Alors… et tes copines sexy ?

– T'es du genre à coucher avec elles et ne jamais les rappeler ? demanda-t-elle.

– Naturellement.

Il a fait un sourire narquois.

– Alors, je n'ai pas de copines.

Elle a bu son verre d'eau.

Slade a soupiré.

– Allez. Faut répartir les richesses.

– Je ne vais pas envoyer mes copines à l'abattoir.

– Alors, envoie-les-moi.

Son propre humour l'a fait rire.

Roland a redressé les épaules.

– Je suis un mec bien, branche-moi avec elle.

– T'as pas couché avec une femme mariée ? demanda-t-elle.

Roland a soupiré.

– Putain. Ça va me poursuivre toute ma vie ?

– Ouais, c'était pas cool, mec, dit Conrad.

– Ne me fais pas croire que t'aurais pas fait pareil, protesta Roland.

– En fait, non. Je n'aurais jamais couché avec une employée de mon père. C'est rédhibitoire. Il me reprendrait ma voiture, mon argent et ma Rolex. Et ma mère piquerait sa crise. Elle peut être pire que lui.

Jasmine m'a touché le bras.

– Cayson est le seul à qui je présenterais une de mes copines, mais il est déjà à moi.

Elle m'a lancé un regard aguicheur.

Je l'ai embrassée, puis je me suis écarté. Quand j'ai regardé Skye, elle fixait ses sticks de mozzarella comme s'ils étaient la chose la plus intéressante du monde.

– Alors, quelle est l'expérience sexuelle la plus dingue que vous ayez eue ensemble ? demanda Slade. Derrière une benne à ordures ? Contre un arbre sur le campus ? Au pied du lit ?

Je l'ai fusillé du regard.

– Slade, ce n'est pas un sujet de conversation.

Je parlais souvent de ma vie privée avec mes amis, mais je gardais secrets les aspects les plus intimes par respect pour ma partenaire. Les filles n'aimaient pas voir leur vie sexuelle étalée en public.

– Sur le sèche-linge dans la buanderie, dit Jasmine en souriant. Pendant qu'il séchait les vêtements de quelqu'un d'autre.

Tout le monde s'est tu. La mâchoire de Slade touchait presque la table. Roland me regardait comme si j'étais un dieu. Conrad tenait sa bière à mi-chemin de sa bouche, immobile comme si on avait appuyé sur la touche Pause pendant un film. J'ai rougi un peu en imaginant ce qu'ils pensaient en ce moment.

Slade a fini par refermer la bouche.

– Merde. Cayson, t'es le meilleur.

Il a tendu le poing pour frapper le mien.

Je l'ai fixé sans bouger le bras.

Jasmine a pris ma main et a tapé son poing pour moi.

– Ça mérite les honneurs.

Conrad m'a filé une tape sur l'épaule.

– Tu. Es. Un. Dieu.

J'ai regardé Trinity ; elle avait l'air de s'ennuyer. Puis j'ai vu l'assiette pleine de bâtonnets de fromage. Skye n'était plus à table. Elle était partie. J'ai balayé la salle des yeux et l'ai vue disparaître dans les toilettes.

Était-ce une simple coïncidence ?

14

SKYE

J'AI PASSÉ les semaines suivantes à me remettre dans le bain. Je ressentais encore une pointe d'amertume d'avoir été dupée par Zack, mais je l'ai chassée de mon esprit. Je perdais mon temps à être en colère contre lui. Je devais tourner la page et l'oublier. De toute façon, je ne l'aimais pas, aussi j'étais moins blessée que si ça avait été le cas. J'étais heureuse que mon cœur ait été assez fort pour ne pas le laisser entrer.

Mon père m'envoyait des textos tous les jours.

As-tu regardé le match hier soir ? Nous étions deux amateurs de sports.

Ouais. T'as vu cette interception ?

Après trois interceptions dans un match, le quarterback devrait être relégué au banc.

Il ne me demandait pas si j'allais bien ni même comment j'allais. Il évitait de parler de Zack et abordait des sujets plus légers, ce qui me réconfortait. Il prenait de mes nouvelles, tout en restant discret.

Et ton travail sur l'éthique commerciale ?

J'ai eu un A.

Typique.

Grâce à toi.

Non. Tu tiens ça de ta mère. J'étais flemmard à l'école.

Alors, comment t'as décroché une maîtrise de Harvard ?

J'ai couché avec quelques profs.

Papa !

Je rigole, ma puce. Non, je travaillais dur. Mais mon intelligence n'arrivera jamais à la cheville de ta mère. C'est d'elle que tu as hérité ton cerveau et ta beauté. Heureusement.

Je comprends pourquoi Roland est un idiot. Il a hérité ça de toi.

Haha ! Non, il a l'intelligence de ta mère aussi. Mais il est comme une version plus jeune de moi. J'ai de la chance qu'elle m'ait donné deux ravissants enfants.

Elle mérite une médaille.

T'as vu le gros diamant à son doigt.

J'ai souri, puis j'ai mis mon portable de côté. Mon père était une saine distraction. Il me rappelait que j'étais aimée sans le dire. Nos conversations étaient naturelles, jamais forcées. Ma mère et moi étions proches, mais ma relation n'était pas la même d'un parent à l'autre. L'humour était différent, tout comme le ton.

Je n'ai pas vu Cayson pendant deux semaines. Honnêtement, je l'évitais un peu. Le voir avec Jasmine m'avait déplu, mais je n'arrivais pas à mettre le doigt sur le pourquoi de la chose. C'était une fille sympa, jolie et intelligente, et il était évident qu'elle était folle amoureuse de lui. Mais… je n'aimais pas être en sa présence.

Je n'ai pas revu Zack. Je m'attendais à ce qu'il me coince sur le campus et me supplie de lui donner une deuxième chance. Et j'avais l'intention de lui donner un coup de genou dans les bijoux de famille s'il le faisait. Je l'avais averti de ne plus s'approcher de moi et il ne l'avait pas fait. Il était peut-être moins idiot que je le pensais.

Deux semaines plus tard, j'ai attrapé un vilain rhume. J'avais une toux persistante et les yeux rouges. J'étais épuisée et je ne voulais même pas sortir du lit.

Mon frère a remarqué mon absence sur le campus et m'a texté. *Pourquoi t'es pas en cours ?*

Je suis surprise que tu l'aies remarqué. Prise d'une quinte de toux, je me suis allongée sur le canapé.

Ne fais pas la maline. Tout va bien ?

Je suis malade comme un chien. Je ne sais pas si je vais pouvoir venir à Thanksgiving.

Quoi ? T'es obligée. Maman va cuisiner sa fameuse dinde.

Mais je vais cracher mes microbes dessus.

Beurk ! Laisse tomber, alors. Reste chez toi.

T'as changé d'idée assez vite.

T'as besoin de quelque chose ?

Non, ça va. J'ai posé mon portable sur la table basse, puis je me suis emmitouflée dans la couverture sur le canapé. Je vomissais chaque fois que j'essayais de manger. J'avais du mal à respirer tellement j'avais le nez bouché. J'étais trop fatiguée pour aller me chercher de l'eau. J'étais une épave. Et mes poumons me faisaient mal chaque fois que je respirais.

Mon portable a vibré à nouveau.

Ton frère m'a dit que t'étais malade. C'était mon père.

J'ai un rhume.

T'as besoin de quelque chose ? Seul mon père ferait deux heures de route pour venir me porter du sirop pour la toux.

Non. Ça va. Roland va aller me chercher quelque chose si j'en ai besoin.

Tu vas manquer Thanksgiving ?

À ce rythme-là, ouais.

D'accord. Rétablis-toi pour que ça change.

Je vais essayer. J'ai reposé mon portable sur la table et tenté de me rendormir. Au moins, je ne me sentais pas naze lorsque j'étais inconsciente.

La porte de mon appartement a grincé et j'ai ouvert un œil. Une seule personne entrait chez moi sans invitation. Tout le monde avait un double de la clé, mais il était le seul à utiliser le sien.

Cayson s'est approché du canapé.

– J'ai entendu dire que t'étais malade.

– Waouh, les nouvelles vont vite.

J'ai eu un autre accès de toux, aussi je me suis couvert la bouche.

L'inquiétude a traversé son regard.

– T'as une sale tête, Skye.

– Merci, dis-je sarcastiquement.

Il a posé une main sur mon front.

– T'es brûlante.

– Je suis malade...

J'ai toussé à nouveau.

Il est allé au comptoir et il s'est mis à fouiller dans les sacs qu'il avait apportés.

– Je t'ai pris des médicaments, du sirop pour la toux, des biscuits, du soda, et tout ce dont tu pourrais avoir besoin.

– Merci. Maintenant, va-t'en avant d'attraper mon rhume.

Il est revenu vers moi et a posé la main sur mon front à nouveau.

– Non. T'es trop malade. Je ne peux pas te laisser seule.

– Quoi ? Ne sois pas ridicule, Cayson. T'as cours.

– Les cours sont importants, mais pas autant que toi.

Cayson était toujours là pour moi, peu importe la situation. Il semblait se soucier de moi plus que de lui-même.

– T'es tellement gentil...

– Seulement avec toi, chuchota-t-il.

– Quoi ?

Il a haussé le ton.

– Seulement avec les gens que j'aime.

– Oh. Mais tu devrais vraiment aller en cours.

– Ne gaspille pas ton énergie à discuter avec moi. Je reste.

Sa voix était ferme. Il a posé une main sur mon cou.

– Ouvre la bouche.

– Quoi ? Pourquoi ?

– Laisse-moi regarder le fond de ta gorge.

Parfois j'oubliais que Cayson faisait une année préparatoire de médecine. J'ai ouvert la bouche et il en a inspecté l'intérieur.

– T'es certainement malade.

– Waouh, t'es perspicace, dis-je sarcastiquement.

Il a tâté mon front à nouveau.

– T'es tellement chaude, Skye.

– Quoi ?

– Ton front… il est chaud.

– Oh… ouais.

Il a soupiré.

– Ça fait mal quand tu tousses ?

– Ouais. Très.

– T'arrives à manger ?

– Non…

Il a pincé ma peau.

– Aïe !

– Je voulais voir si t'étais déshydratée.

– Évidemment que je le suis.

Il a ri tout bas.

– Skye, je pense qu'on devrait aller à l'hôpital.

– Ne sois pas ridicule. C'est juste un rhume.

J'ai toussé à nouveau, sentant la douleur m'enflammer les poumons.

– Je pense que tu fais une pneumonie.

– Quoi ? Non. Je n'ai jamais été hospitalisée.

– Donc tu ne le seras jamais, c'est ça ? Drôle de raisonnement.

– Je n'ai pas besoin d'y aller. Je vais rester ici et j'irai mieux dans quelques jours.

– Je pense vraiment que t'as une pneumonie.

Il a posé la main sur ma poitrine et l'a sentie monter et redescendre.

– T'es médecin ?

– Non, mais je ne suis pas stupide.

– Cayson, va en cours.

– Non.

Il s'est levé et il a disparu dans ma chambre.

– Qu'est-ce que tu fais ? lui criai-je.

Une autre quinte de toux s'est emparée de moi et j'ai porté les mains à ma poitrine.

– Désolée, je t'entends mal quand tes poumons essaient de faire sortir les bactéries qui sont logées à l'intérieur, dit-il avant de sortir avec des vêtements. Enfile ça et on y va.

– Je ne vais nulle part.

Il a serré mon avant-bras et m'a toisée.

– Tu. Y. Vas.

Ce n'était pas son genre d'être aussi agressif. D'habitude, les choses se passaient à ma manière, mais Cayson n'allait pas me laisser gagner.

– Habille-toi.

Il a tiré la couverture, exposant mon jogging et mon t-shirt. Je ne portais pas de soutif, mais il n'a pas regardé mes seins une seule fois.

– T'as besoin d'aide ?

– Je pense que je peux me débrouiller.

– D'accord.

Il a marché jusqu'à la cuisine et il m'a tourné le dos, s'occupant avec son portable.

J'ai soupiré en me levant, puis j'ai essayé d'ôter mon jogging.

J'ignore comment j'ai fait mon compte, mais j'ai trébuché et je me suis étalée par terre.

– Skye, ça va ?

– Ouais… je suis faible, c'est tout.

Mon jogging était autour de mes chevilles. Je savais que j'étais complètement hideuse et pathétique. Je n'avais jamais eu aussi honte de toute ma vie.

– Laisse-moi t'aider.

Cayson s'est approché de moi et a tiré le pantalon. Puis il m'a aidée à mettre mon jean. Il ne semblait pas mal à l'aise devant mon corps à moitié dénudé. C'était comme s'il l'avait déjà vu. Je ne me sentais pas laide ni mise à nu devant lui.

Il a fermé les yeux avant d'ôter mon t-shirt. Puis il a trouvé le t-shirt propre à tâtons et il m'a aidée à le passer. Une fois que j'ai été habillée, il a rouvert les yeux et m'a tendu mon manteau.

– Mets ça pour rester au chaud.

J'ai essayé de l'enfiler, mais mon corps ne coopérait pas. Cayson l'a fait à ma place et m'a aidée à me rasseoir sur le canapé.

– Si c'était seulement un rhume, tu ne serais pas aussi faible.

Il avait peut-être raison. Peut-être que j'étais sérieusement malade.

Il a accroché mon sac à main sur son épaule. Puis il m'a soulevée dans ses bras.

– Je peux marcher…

– Tu ne pouvais même pas te changer. Je ne vais pas te laisser descendre l'escalier.

Nous sommes sortis de chez moi et il m'a assise du côté passager de sa voiture, puis il a attaché ma ceinture de sécurité avant de se mettre en route pour l'hôpital. Il est resté calme pendant le trajet, comme si tout allait bien.

J'avais un peu peur.

Cayson, lisant dans mes pensées comme toujours, a pris ma main dans la sienne.

– Ça ira, Skye. Tu te remettras sur pied avec des antibiotiques.

– J'espère.

– Je t'assure.

Cayson m'a enregistrée au comptoir d'accueil, puis on m'a donné une chambre au service des urgences. J'ai enfilé la blouse d'hôpital qu'on m'a donnée et tenté de me détendre. Je ne cessais de cracher mes poumons. Ce n'était pas un simple chat dans ma gorge, mais une véritable explosion à chaque quinte de toux.

Cayson s'est assis à mon chevet et a sorti son portable de sa poche.

– Qu'est-ce que tu fais ? demandai-je.

Il m'a regardée du coin de l'œil.

– Je texte ton père.

– Ne le fais surtout pas.

Il a levé un sourcil.

– Pourquoi ? T'es à l'hôpital et je sais qu'il voudrait le savoir.

– Ma mère et lui sont en voyage d'affaires à Paris. Si tu l'appelles, il laissera tomber tous ses engagements et prendra le premier vol pour les États-Unis. Quand il arrivera, je serai déjà sortie d'ici. Et comme il ne pourra pas être là tout de suite, il enverra oncle Mike à sa place. Et il avertira mes grands-parents et tous les autres. Tout le monde viendra me voir pour rien et je serai morte de honte.

Cayson a esquissé un sourire en coin.

– Tu connais bien ta famille.

– Alors s'il te plaît, n'appelle pas mon père.

– Je me sentirais irresponsable de ne pas le faire.

– Tu m'as amenée ici et tu prends soin de moi. Ce n'est pas irresponsable. Tu pourras lui dire quand il reviendra de Paris.

– Quand ?

– Dans quelques jours.

– Et si c'est quelque chose de plus sérieux ?

– Alors tu peux lui dire.

– Marché conclu.

Il a rangé son portable.

J'ai soupiré de soulagement, contente d'avoir pu éviter une crise.

L'infirmière est venue prendre un échantillon de mon sang. Puis on m'a fait une radio des poumons. Je ne supportais pas les hôpitaux. On disait qu'ils étaient propres, mais je savais qu'ils ne l'étaient pas. Je détestais le fait d'être couchée dans un lit ayant été occupé par tant d'autres personnes avant moi. Ma peau me démangeait à cette seule idée.

– Je veux rentrer chez moi…

Cayson a rapproché sa chaise de mon lit et a pris ma main dans la sienne.

– Tu sortiras d'ici bientôt.

Son pouce a balayé mes phalanges d'une façon rassurante.

Je me suis rapprochée du bord du lit, le plus près possible de lui. J'avais un cathéter dans le bras et je toussais, mais je voulais être près de Cayson. Il me remontait le moral.

Il me fixait, caressant toujours ma main.

– Je peux faire quelque chose ?

– Ta présence me suffit.

J'ai serré sa main contre ma poitrine.

– Tu veux que j'appelle les autres ? Tu veux voir ton frère ?

– Non. Juste toi.

J'ai fermé les yeux. Mes poumons brûlaient à chaque respiration.

Sa main libre a effleuré mon front. Puis il a passé les doigts dans mes cheveux, et le geste m'a apaisée.

Son contact était exactement ce dont j'avais besoin. Cayson

me faisait toujours du bien lorsque je me sentais mal. Il me calmait assez pour que je me laisse emporter dans un sommeil profond. Mon champ de vision s'est obscurci lentement, et j'ai sombré.

Cayson a chuchoté à mon oreille.

– Skye, le médecin est là.

J'ai gémi en ouvrant les yeux, et j'ai vu le visage de Cayson près du mien.

– D'accord...

Il a reculé sans lâcher ma main.

– Miss Preston ?

Le médecin s'est assis sur un tabouret à mon chevet.

– Oui ? dis-je d'une voix rauque.

– La radiographie et la prise de sang confirment que vous avez une pneumonie. Je vais vous prescrire des antibiotiques et vous devriez pour rétablir rapidement.

– Je peux rentrer chez moi ? dis-je faiblement.

– Vous passerez la nuit ici en observation. Vous pourrez rentrer chez vous demain matin.

Mince...

– Merci.

Il a hoché la tête avant de quitter la pièce.

– Tiens tiens, qui avait raison ? railla Cayson.

– Ce n'était qu'un hasard.

– Un hasard ? Non, j'en suis arrivé à cette conclusion par déduction. Il était évident que tu n'avais pas un simple rhume.

– On se fout de qui avait raison ou pas.

– Non. Car j'avais raison.

Il était toujours à mon chevet, ne lâchant pas ma main.

– La vache... Eh bien, merci de m'avoir amenée ici.

– Avec plaisir.

– J'imagine que tu peux t'en aller maintenant.

Je ne voulais pas qu'il parte. Je voulais qu'il reste avec moi et qu'il me tienne la main. Lorsqu'il était près de moi, tout était plus facile.

– Je ne pars pas, Skye. Je passe la nuit ici et je te ramène chez toi demain matin.

Je n'ai pas pu m'empêcher de ressentir un soulagement.

– Merci.

– Pas de quoi.

Il a frotté mes phalanges, puis massé ma main.

– Maintenant, dors.

– Tu vas passer la nuit dans cette chaise ?

– Ça ira. Ne t'inquiète pas pour moi.

– Ça ne doit pas être confortable…

– Ça l'est.

Je lui ai fait de la place sur le lit et j'ai tapoté le matelas.

– Dors avec moi.

– Je doute que ce soit permis.

– Ce sera bientôt le service de nuit. Ils ne viendront pas me voir avant le matin. Allez.

– Je ne veux pas t'écraser. Ce lit est minuscule.

– Mais non. D'ailleurs, je vais mieux dormir comme ça.

Il a semblé hésitant.

J'ai ouvert les draps.

– Allez. Il fait trop froid ici de toute façon.

Il a soupiré avant d'ôter ses souliers. Puis il s'est allongé près de moi en tirant la couverture sur nous deux. Je me suis blottie contre lui, posant la tête sur sa poitrine. Nos deux corps se sont emboîtés parfaitement, comme si nous étions faits l'un pour l'autre. Il a caressé mes cheveux à nouveau, me relaxant de plus en plus. J'ai dû déplacer le bras pour ne pas arracher mon cathéter, mais autrement, j'étais confortable.

J'ai humé son odeur tandis qu'il était allongé près de moi, l'écoutant respirer. J'avais froid avant qu'il me rejoigne sous la couverture, mais j'étais désormais brûlante. Il était ma propre chaufferette, me tenant chaud malgré les frissons qui me parcouraient le corps.

Je me suis endormie, perdant le fil de mes pensées. J'étais reconnaissante à Cayson de m'avoir emmenée à l'hôpital. S'il ne l'avait pas fait, ma pneumonie aurait empiré. Et j'étais encore plus reconnaissante du fait qu'il n'ait pas appelé mon père. Ça aurait été un véritable cauchemar.

Quand je me suis réveillée le lendemain matin, Cayson contemplait mon visage.

– T'as bien dormi ?

– Ouais, chuchota-t-il. Je me suis réveillé il y a quelques minutes.

– Je t'avais bien dit qu'on ne s'attirerait pas d'ennuis.

– Ouais.

Son bras était autour de ma taille et nous étions collés, presque fusionnées.

– Comment tu te sens ?

– Un peu mieux… mais à peine.

– Donne-toi quelques jours.

L'infirmière est entrée dans la chambre.

– Ah, les tourtereaux. Vous ne supportez pas d'être séparés. Comme c'est adorable.

J'ai senti mes joues s'empourprer. Si je lui disais que nous étions seulement amis, elle ne me croirait pas.

– Tout est en ordre, vous pouvez partir. Vous n'avez qu'à remettre vos vêtements et ramasser votre ordonnance en sortant.

Elle a enlevé mon cathéter avant de sortir pour nous donner un peu d'intimité.

Cayson est sorti du lit, puis il m'a tendu mes vêtements.

– T'as besoin d'aide ?

– Je pense que je peux me débrouiller.

– D'accord.

Il s'est tourné et il a fermé les yeux.

J'ai détaché ma blouse d'hôpital avant de l'enlever. Lentement, j'ai remis mes vêtements un à un. L'épuisement se faisait déjà sentir et j'aurais dû prendre une pause, mais j'ai réussi à me rhabiller.

– T'es décente ?

– Ouais.

Il s'est retourné et m'a aidée à sortir du lit.

– Tu peux marcher ?

– Ouais… j'ai un peu de mal à respirer.

Il a pris ma main et m'a aidée à me lever. Puis il a passé le bras autour de ma taille, soutenant mon poids.

– Allons à la voiture.

Il m'a reconduite chez moi, et m'a portée jusqu'à la porte. Après m'avoir allongée dans mon lit, il a ouvert un tiroir et en a sorti un pyjama.

– Tu dois rester au lit et te rétablir.

Il a sorti mes antibiotiques et les a laissés sur la table de chevet.

– Mince, je vais devoir manquer les cours…

– Je vais veiller à ce que tu reçoives tes devoirs et tes notes de cours.

– Comment ?

– Je vais parler à tes professeurs.

– Tu ferais ça pour moi ?

J'avais du mal à croire sa générosité.

– Oui, bien sûr.

Il a tiré la couverture.

– Maintenant, couche-toi.

J'ai soupiré.

– Mais je n'ai pas sommeil.

– Et si on se faisait un poker pendant que tu te reposes ?

J'adorerais ça.

– Cayson, je sais que tu dois avoir mieux à faire.

– Ne t'en fais pas. Je vais chercher les cartes.

– D'accord.

Il est sorti de ma chambre pour me laisser me changer. Il est revenu un instant plus tard, un paquet de cartes à la main.

– Quelle est la mise, cette fois ?

– Tu me dois toujours un dîner, au cas où tu aies oublié.

– Quitte ou double ?

– Ooh… alors, deux dîners ?

– Ouaip.

Il a mélangé les cartes avant de les distribuer.

Nous avons joué pendant quelques heures, et j'ai encore gagné.

– Hmm… Tu veux manger où ?

– Ce n'est pas juste. Oncle Mike t'a appris à jouer.

– Et à compter les cartes.

– Tricheuse, dit-il avec un sourire en coin.

– Ou peut-être que t'es nul.

– Peut-être que je t'ai laissée gagner. As-tu pensé à ça ?

Non…

– Tu m'as laissée gagner ?

Il a haussé les épaules.

– C'est un secret.

– Allez ! dis-je en frappant son bras doucement.

– Nan.

– Enfoiré.

Il a ri en mettant le jeu de cartes de côté.

– J'imagine que je devrais y aller… t'as besoin de quelque chose avant que je parte ?

Je ne voulais pas qu'il s'en aille. *Qu'est-ce qui cloche chez moi ?*

Il a perçu la tristesse dans mes yeux.

– À moins que tu préfères que je reste ?

– Non, ça va. Tu devrais y aller.

Cayson me scrutait.

– Je vais dormir sur le canapé, alors.

Je ne voulais pas qu'il dorme là.

– Tu peux dormir avec moi ?

Je ne réalisais pas à quel point je paraissais désespérée. Avec lui, je me sentais au chaud et en sécurité. Je savais que j'aurais un sommeil réparateur malgré l'infection.

Il a hésité un moment.

– D'accord.

– Tu n'es pas obligé…

– Non, ça ne me dérange pas. Mais je vais prendre une douche avant.

– D'accord.

Il s'est dirigé vers la salle de bain, où il a ouvert l'eau. Je l'ai entendue couler à travers les murs. Il est revenu dans ma chambre les cheveux humides, vêtu de son jean et de son t-shirt. Il s'est glissé sous les draps à mes côtés. Quand ses bras se sont enroulés autour de moi, je me suis relaxée à nouveau. Malgré la pneumonie, je me sentais bien. Ma gorge n'était pas trop endolorie et mon estomac ne me faisait pas souffrir. Ses mains ont caressé mes cheveux à nouveau, m'endormant comme une berceuse.

– Tu te sens mieux ?

Trinity est entrée et a posé une pizza sur le comptoir.

– Beaucoup mieux.

J'étais sur le canapé à me vernir les ongles.

– J'ai entendu dire que t'avais eu une pneumonie.

Elle a mis une part de pizza dans une assiette avant de s'asseoir au comptoir.

Oh, non. Mon père l'apprendrait d'un jour à l'autre.

– Qui t'a dit ça ?

– Cayson.

La nouvelle allait inévitablement se répandre.

– Ouais, mais je vais mieux maintenant.

– Est-ce que c'est... contagieux ?

Elle me regardait d'un air méfiant.

J'ai souri.

– Non. Tu ne cours aucun danger.

– Ouf ! s'exclama-t-elle la bouche pleine. J'ai aussi entendu dire que Cayson a passé trois jours ici...

– Ouais. Il m'a amenée à l'hôpital le premier jour et m'a aidée à me remettre sur pied le deuxième. Le lendemain, il est allé en cours, mais il est revenu dormir ici.

– Dans ton lit ? sourcilla-t-elle.

J'en avais marre de cette accusation.

– On n'a pas couché ensemble.

– Quelle fille dort avec un mec qui ne l'intéresse pas ?

Elle me dévisageait comme si une chauve-souris venait de me sortir du nez.

– Tu peux me regarder dans les yeux et me dire que Cayson n'est rien d'autre qu'un ami ?

– Oui...

J'ai éprouvé une douleur dans la poitrine en prononçant ce mot. C'était l'anxiété que je ressentais lorsque je mentais. Mon corps se crispait et je me sentais nauséeuse. Je détestais mentir, d'autant plus que je ne le faisais pas bien. Mon père m'avait appris dès le plus jeune âge que c'était inacceptable. Honnêtement, je n'étais plus sûre de savoir ce que je ressentais. Quand je le voyais avec Jasmine, mon cœur se serrait. Lorsque je ne le voyais pas ou que je ne lui parlais pas pendant plusieurs jours de suite, il me manquait. Lorsqu'il ne s'est pas présenté au Manhattan Grub comme à son habitude, j'ai été triste. Qu'est-ce que ça signifiait ?

– Eh bien, tu n'as aucun lien de sang avec Theo et tu le connais depuis tout aussi longtemps que Cayson. Est-ce que tu coucherais avec lui ?

– On n'est pas aussi proches, me défendis-je.

– Pourquoi pas ? C'est un type bien, comme Cayson. Ils sont également attirants.

– C'est plus que ça...

– Tu m'étonnes ! Je pense que t'aimes Cayson et que t'es jamais vraiment tombée amoureuse de Zack parce que ton cœur était déjà pris. Je ne sais pas pourquoi t'as la tête enfoncée aussi loin dans le cul, mais tu dois la sortir de là. Pourquoi tu ne l'avoues pas ?

Son regard s'est adouci.

– Skye, c'est moi. Tu peux tout me dire.

J'étais tellement perplexe... Avais-je des sentiments pour Cayson ? Était-ce possible ? Et si j'étais amoureuse de lui, mais que j'étais en déni ? Et si mon cœur le ressentait vraiment, mais que mon cerveau ne le savait pas encore ?

– Skye, allez. De quoi t'as peur ?

De beaucoup de choses.

– Cette conversation est inutile de toute façon, car il a une copine.

Elle a levé les yeux au ciel.

– Une copine de baise.

– On dirait qu'elle représente plus que ça. Sinon, il ne la traînerait pas partout.

Elle a étudié mon visage.

– T'es en train de dire que la seule raison pour laquelle tu ne lui avoues pas ton amour, c'est parce qu'il fréquente quelqu'un ?

Elle s'aventurait en terrain dangereux.

– Je ne suis pas amoureuse de Cayson. Laisse-moi tranquille.

– Oh là ! dit-elle en levant les mains. Du calme. Toutes tes réactions m'indiquent que t'es amoureuse de lui. Désolée d'avoir insisté. On se dit tout, je ne pensais pas que t'en ferais une histoire.

Elle a jeté son assiette de papier dans la poubelle avant de se diriger vers la porte.

– On se verra une autre fois — quand tu te seras sorti la tête du cul.

Sur ce, elle est partie, me laissant toute seule.

J'ai soupiré et je me suis laissée fondre dans le canapé, tentant de mettre de l'ordre dans mes émotions. Quand j'étais avec Cayson, j'aimais son contact. J'étais toujours à l'aise en sa présence, je pouvais lui dire le fond de ma pensée sans inhibition. Nous passions du bon temps ensemble. De tous les gens de notre cercle d'amis, il était de loin mon préféré. Peut-être que j'éprouvais quelque chose pour lui, après tout...

Mais il avait une copine. N'était-ce pas mal d'avoir des sentiments pour lui ? S'il la fréquentait elle, il ne ressentait évidemment rien pour moi. Je n'étais qu'une amie, une sœur avec qui il n'avait aucun lien de parenté. Il m'avait vue manger de la terre et me fourrer des crayons de couleur dans le nez. Il m'avait vue grandir, apprendre de mes multiples erreurs. Il m'avait vue sans maquillage plus souvent que mon propre miroir. Comment pouvait-il me voir sous un jour différent ? Et si je m'ouvrais à lui et que je lui avouais mes... sentiments mitigés ? Cela le mettrait-il mal à l'aise ? Le repousserait ? Ferait du tort à notre relation ? Et s'il ressentait la même chose que moi et qu'une relation se développait entre nous, à quoi mènerait-elle ? Et si nous rompions ? L'un de nous deux serait-il banni du groupe ? Que se produirait-il ?

Toutes ces pensées se bousculaient dans mon esprit. Étais-je amoureuse de Cayson ? Je voulais dire non, mais une douleur me serrait l'estomac. Au fond de moi, je savais qu'il y avait quelque chose. Trinity était ma meilleure amie, mais je ne lui révélais qu'une infime partie de ce que je disais à Cayson. Il était différent des autres, spécial. Pourquoi donc ?

Je devrais peut-être lui parler, lui dire ce qui me pesait sur le cœur. Ce serait la chose la plus mature à faire. S'il n'éprouvait rien, il ne me rejetterait pas. Ce ne serait pas la fin de notre amitié. Peut-être qu'il y aurait un froid entre nous, mais tout finirait par rentrer dans l'ordre.

Mais si j'avais tort ?

Mon téléphone a sonné et j'ai jeté un coup d'œil à l'écran. C'était mon père. Je savais déjà pourquoi il appelait. J'ai soupiré avant de répondre.

– Salut, papa.

– Salut.

Le ton de sa voix laissait transparaître son hostilité. Il ne m'a pas appelée *ma puce*, ce qui en disait long.

– J'ai entendu dire que t'avais fait un séjour à l'hôpital.

Il arrivait même à m'intimider au téléphone.

– Je savais que maman et toi étiez en France et je ne voulais pas vous inquiéter.

– Ce n'est pas à toi d'en décider.

Sa colère était palpable.

– J'ai fait une pneumonie — rien de sérieux.

– Je m'en fous de ce que c'était. Je suis ton père et t'aurais dû m'appeler.

– Si t'avais été aux États-Unis, je t'aurais appelé.

– Skye, j'aurais pu m'assurer que tu voies un meilleur médecin. J'aurais pu te trouver une meilleure chambre. Me laisser dans l'ignorance me rend complètement impuissant.

– Je n'avais pas besoin de tout ça. Tout s'est très bien passé.

– T'aurais quand même dû m'appeler.

– Si je l'avais fait, t'aurais envoyé oncle Mike et tout le

monde me visiter à l'hôpital, et ça aurait causé une panique pour rien. Ce n'était qu'une petite infection. Cayson s'est occupé de moi. Il n'a pas quitté mon chevet.

– Et je lui en suis reconnaissant, grogna-t-il.

– Papa, tu réagis trop fort.

– Non, pas du tout. Je suis fâché que tu n'aies pas averti ta mère et moi de ton état de santé. Je me fiche que tu sois légalement adulte. T'es encore sous notre responsabilité. Ne nous cache plus jamais rien. Compris ?

– Je l'ai fait parce que vous n'étiez pas là. J'aurais déjà été chez moi quand vous seriez rentrés au pays. Vous auriez perdu votre temps, et t'aurais raté tes rendez-vous. C'est tout.

– Laisse-moi m'occuper de mes affaires. Je peux me déplacer plus rapidement que les gens normaux.

– Je suis désolée. Je ne le referai plus.

– Promets-le-moi.

– Promis.

Il respirait fort dans le combiné.

– Comment tu te sens ?

– Bien. Les antibiotiques fonctionnent et j'arrive enfin à respirer.

– Je peux t'apporter quelque chose ? As-tu besoin que je parle à tes professeurs ?

– Non, Cayson s'en est chargé.

– C'est un bon gars.

– Ouais…

– Et l'autre enfoiré t'a dérangée ?

Je savais à qui il faisait allusion.

– Non.

– Tant mieux.

Nous sommes restés silencieux un moment. Les secondes se sont écoulées. Il n'avait plus rien à dire et moi non plus.

– Ma puce, je vais y aller. Il se fait tard.

– Papa ?

– Oui ?

– Quand maman et toi avez commencé à sortir ensemble... qui a eu des sentiments en premier ?

Il a marqué une pause. J'entendais le silence au bout du fil.

– Pourquoi tu veux savoir ça ?

– Je me demandais, c'est tout.

– Ta mère a réalisé qu'elle avait des sentiments pour moi la première. À l'époque, je ne ressentais pas la même chose. Ça a été un énorme malentendu. Qui s'est transformé en conflit, et elle a déménagé, le plus loin possible de moi. Mais dans son absence, j'ai réalisé qu'elle était plus que ma meilleure amie. Chaque samedi soir, je sortais seul dans les bars et j'essayais de tourner la page. Mais la seule personne avec qui je voulais être, c'était elle. Quand je faisais mon jogging au parc, je voulais l'appeler et la rejoindre chez le glacier pour manger un sorbet. Quand j'étais seul dans mon appartement, j'hallucinais sa voix. J'ai vite réalisé qu'elle était tout pour moi. Et que, simplement dit, je ne pouvais pas vivre sans elle. Alors je suis parti à ses trousses et j'ai refusé de baisser les bras. Ta mère dit qu'elle a toujours été amoureuse de moi, mais qu'elle ne l'a pas toujours su. Et quand je l'ai revue, j'ai réalisé que je l'étais aussi. Je l'avais rencontrée à la fac, et je l'avais toujours trouvée époustouflante. Je voulais être plus qu'un simple ami à ses yeux. Mais j'ai vite saboté mes chances avec ma propre stupidité. Étrangement, elle a toujours été mon âme sœur. Mais on a tous les deux mis beaucoup, beaucoup de temps à le reconnaître.

Ses mots ont résonné dans mon esprit longtemps après qu'il les ait prononcés. J'ai assimilé l'information tranquillement, disséquant chaque phrase. Mes parents formaient le couple le plus uni de la Terre, et pas seulement parce qu'ils étaient fous amoureux l'un de l'autre. C'était parce qu'ils étaient amis — meilleurs amis.

– Est-ce que ça répond à ta question ?

J'ai opiné, même s'il ne pouvait pas me voir.

– Oui, papa.

MÊME S'IL ÉTAIT PASSÉ VINGT ET UNE HEURES, J'AI PRIS MA voiture et j'ai roulé jusqu'à chez Cayson. Mon cœur battait plus fort que jamais. Malgré le gel sur les routes, j'avais les mains moites. Le volant était glacial et la sensation était agréable contre mes paumes. Je n'ai pas allumé la radio, car rien ne pourrait me calmer.

Je vais vraiment le faire.

Quand je me suis garée devant chez lui, j'ai aperçu sa voiture. Une fine couche de neige la recouvrait, m'indiquant qu'il n'avait pas quitté son appartement de la journée. Je suis restée assise dans l'habitacle un instant, tentant de me ressaisir avant de me diriger jusqu'à sa porte et de tout lui déballer.

Bon sang, je suis nerveuse.

S'il ne ressentait pas la même chose que moi, je serais anéantie. Mais si c'était le cas ? Et s'il avait des sentiments, aussi insignifiants soient-ils ? Et si lui et moi étions destinés à vivre une histoire semblable à celle de mes parents ? Zack et tous mes autres petits amis n'étaient pas du tout faits pour moi. Les seuls hommes qui avaient eu une présence constante dans ma vie étaient mon père et Cayson.

Cayson avait toutes les qualités que je recherchais chez les autres. C'était mon meilleur ami, la personne avec qui je partageais tout. Je n'avais jamais peur de lui avouer mes secrets les plus sombres. Quand nos mains se touchaient, je sentais plus que seulement la chaleur de son corps. Quand je sondais ses yeux, je voyais toutes les étoiles de l'univers. Je savais que notre situation était délicate. Passer d'amis à amants n'était pas du gâteau. Mes parents avaient mis dix ans à le comprendre. Cayson et moi aurions-nous plus de mal qu'eux ? Ou moins ? Si je frappais à sa porte et que je lui avouais mon amour, l'accepterait-il ? Ou me rejetterait-il ?

Je ne pouvais pas rester dans ma voiture éternellement, malgré que j'en aie envie. Je redoutais ce que je m'apprêtais à avouer, mais je me sentais à la fois poussée à le faire. Sinon, je retournerais à ma vie d'avant. À regarder Cayson de loin, à passer du temps avec lui sans jamais avancer. Je ne pouvais pas être lâche. Mes parents ne l'étaient pas, aussi je refusais de l'être moi-même.

Le trajet jusqu'à chez lui m'a semblé durer une éternité. Un silence de mort régnait sur l'immeuble. Tout le monde s'était réfugié à l'intérieur pour éviter le froid glacial de l'hiver. Mais j'étais immunisée. Mon cœur diffusait tellement de chaleur que je transpirais.

Quand je suis arrivée devant chez lui, j'ai fixé la porte longtemps. J'ignorais comment se déroulerait la conversation une fois que je serais à l'intérieur. Ce qui ne signifiait pas que je devrais rebrousser chemin. J'ai fermé les yeux et inspiré profondément pour calmer mes nerfs. Puis je les ai rouverts et j'ai frappé.

Mince, je ne peux plus revenir en arrière.

J'ai frappé et je sais qu'il m'a entendue. Des pas ont résonné derrière la porte. Il s'en approchait.

Tu peux le faire, Skye. Cayson m'aimait, peu importe les circonstances. S'il ne partageait pas mes sentiments, il ne sacrifierait pas notre amitié. Il était bien trop gentil pour ça.

J'ai calmé ma respiration, tentant de paraître posée. Mais bon sang, c'était difficile.

La porte a fini par s'ouvrir, et j'ai cru que j'allais vomir toutes mes tripes.

– Skye ? demanda Jasmine en penchant la tête. Qu'est-ce que tu fais là ?

J'ai regardé ses vêtements, sentant que j'allais être malade.

Elle portait un des t-shirts de Cayson. Je le reconnaissais parce que je lui avais offert pour sa fête il y a quelques années. Il était bien trop grand pour elle, lui allant à la mi-cuisse.

J'étais muette. J'avais la bouche sèche, tout à coup. Je détestais l'imaginer avec elle. En fait, j'avais horreur de l'imaginer avec n'importe quelle autre fille. Mais Jasmine avait des cheveux blonds lisses, une belle peau et des traits parfaits. Je n'étais pas surprise qu'il la désire. Quel homme ne serait pas attiré par elle ? Ses jambes étaient longues et toniques. Elle n'avait pas une once de gras sur le corps. Elle était bien plus mince que moi. J'avais un ventre un peu dodu et mon cul débordait presque de mon jean. Jasmine, quant à elle, avait l'air d'un top-modèle. Comparée à elle, j'étais... fade.

– Skye... ça va ?

Je n'avais pas encore émis un seul son. Normal qu'elle me dévisage ainsi.

– Désolée... J'étais venue voir Cayson. Il est là ?

– Il est sous la douche. Tu veux l'attendre ?

Je me suis dégonflée d'un coup. Jasmine était celle qui partageait sa vie. Elle n'était pas qu'une simple copine de baise. Manifestement, elle dormait chez lui et passait beaucoup de temps avec lui. Il était évident qu'elle était folle de lui, voire amoureuse. Peut-être qu'il ressentait la même chose pour elle.

– Non... Je ferais mieux d'y aller, dis-je en tournant les talons.

– Tu veux que je lui dise que t'es passée ?

– Non, bredouillai-je en m'éloignant. Je lui parlerai plus tard.

Elle a refermé la porte.

Une fois dans la cage d'escalier, loin des regards, je me suis assise et j'ai attiré mes genoux vers ma poitrine. Une chaleur intense a brûlé derrière mes yeux, puis les digues ont lâché. Mes yeux ont papillonné et des larmes ont coulé. Je ne les ai même pas essuyées. Quand elles ont atteint mes lèvres, j'ai goûté leur sel.

J'ai enfoui la tête dans mes mains et contrôlé ma respiration. La souffrance était atroce, intolérable. Je ne savais pas exactement ce que je ressentais pour Cayson quand j'avais pris ma voiture et que j'avais roulé jusqu'à chez lui. Mais désormais, je le savais sans l'ombre d'un doute.

J'avais tenté d'ignorer mes sentiments. De faire semblant qu'ils n'existaient pas depuis tellement longtemps. Mais la vérité me frappait de plein fouet comme un mur de briques. Je ne pouvais plus me mentir à moi-même.

Je suis amoureuse de Cayson.

Mais ça n'avait plus d'importance. Il était avec une fille qu'il aimait. Une fille avec qui il passait le plus clair de son temps. Elle était importante pour lui. Ils avaient une relation. Ils se souciaient l'un de l'autre. Mes sentiments à moi n'avaient aucune importance.

J'ai raté ma chance.

15

CAYSON

– ENCORE DEUX.

Slade se tenait au-dessus de moi, les mains sous la barre, prêt à l'attraper si j'avais besoin d'aide.

J'ai plié les coudes et laissé les poids tomber sur ma poitrine. Puis j'ai soulevé l'haltère de nouveau.

– Encore une fois, mec.

– Je sais compter, dis-je en serrant les dents.

– Alors, ferme-la et finis.

J'ai fait le dernier effort, puis je l'ai laissé m'aider à remettre la barre en place. Mes bras tremblaient et je haletais. J'avais le visage rouge et les tempes en sueur.

– Tu t'es bien débrouillé, mec.

Il m'a tapoté l'épaule.

Je me suis épongé le visage avec une serviette.

– Merci.

Slade a jeté un coup d'œil par-dessus son épaule et aperçu deux filles près des haltères. Elles nous mataient, sans aucune discrétion.

– On dirait qu'elles aiment les tatouages.

– Ou peut-être les muscles.

– Je pense que c'est un mélange des deux. Je prends la blonde. Tu prends la brune.

J'ai levé les yeux au ciel.

– Pour la énième fois, j'ai une petite amie.

– Ce n'est pas ta nana. C'est une copine de baise, et elle est plutôt collante.

– Elle n'est pas collante.

Je me suis assis et j'ai posé mes coudes sur les genoux.

– Tu veux rire ? Elle ne t'a pas fait une crise quand t'as passé du temps avec Skye à cause de ce que cet enfoiré lui a fait ?

– Elle était juste inquiète de ne plus me voir.

– Non, elle est collante. Je déteste ça.

Il a frotté son biceps en regardant fixement les filles.

– Prends la brune. Et ne discute pas.

– Slade, non.

– Très bien. Prends la blonde. Je m'en fous.

Je lui ai lancé un regard agacé.

– Slade, je ne suis pas libre.

– Alors, que je comprenne bien : tu te maques avec cette nana, mais t'es amoureux de Skye ? C'est moi ou c'est du grand n'importe quoi ?

– C'est n'importe quoi. Mais Jasmine est au courant de la situation.

– Et elle sait que t'as passé tout ton temps avec Skye cette semaine ? À la torcher et à la nourrir à la cuillère ?

– Parfaitement…

Slade a roulé des yeux.

– J'ai sauté beaucoup de filles qui n'avaient aucun amour propre, mais je dois avouer qu'elle bat tous les records.

– Tu ne l'as pas sautée.

Il m'a lancé un regard noir.

– Tu sais très bien ce que je veux dire.

– C'est une fille vraiment cool et j'espère que je pourrai oublier Skye et lui donner ce qu'elle mérite.

– T'as le beau rôle, dit-il sarcastique.

– Arrête de me faire chier, Slade. Je sais que c'est une situation pénible, surtout pour Jasmine.

– C'est bien ce que je ne comprends pas...

J'ai soupiré.

– Et c'est reparti.

– Skye dort avec toi tous les soirs et te tient la main comme si t'étais son prince charmant. Si mes souvenirs sont bons, Theo et elle ne sont pas de la même famille, et ils ne sont pas collés l'un à l'autre comme des lapins en hiver.

– Eh bien... on est différents.

– Non, elle doit avoir des sentiments pour toi. Soit ça, soit c'est une petite garce hypocrite qui a besoin de toute ton attention.

Je lui ai jeté un regard assassin.

– Ne l'appelle pas comme ça.

– C'est ma cousine. Je l'appelle comme je veux. Tu sais combien de fois elle m'a traité de connard ?

– Mais *t'es* un connard.

– Et c'est une garce. Il n'est pas possible qu'elle soit aveugle à ce point. Elle sait parfaitement que tu l'aimes et elle se sert de toi, elle profite de tes sentiments pour se sentir mieux dans sa peau. Si ça ne fait pas d'elle une garce, alors je ne sais pas comment t'appelles ça.

J'ai pointé du doigt un haltère de 25 kilos posé par terre.

– Tu vois ça ?

– Ouais. Où veux-tu en venir ?

– Je vais te fracasser le crâne avec si tu n'arrêtes pas de l'insulter.

– Peu importe. Très bien. Je vais la traiter de... dragon à partir de maintenant.

Slade disait souvent des trucs bizarres, mais là, c'était le pompon.

– Hein ?

– Tu ne veux pas que je la traite de g..., alors je la traite de dragon. Elle crache du feu et te crame le cœur. Elle est radine et amasse son or pour ne pas avoir à le partager avec quiconque. Et c'est un animal à sang froid — comme le lézard.

Je ne savais pas quoi répondre à ça.

– Tu ne devrais pas dire de méchancetés sur elle. Elle fait partie de ta famille.

– Et une famille se dit la vérité. Et ce n'est pas parce qu'on a des liens de parenté qu'on est obligés de s'aimer. T'es pas de ma famille, mais t'es plus mon frère que ma propre jumelle. Les liens de sang, c'est de la connerie.

Je n'ai pas répondu pour ne pas encourager cette conversation. Je savais que Slade aimait sa cousine, mais dès qu'on abordait ce sujet, il était odieux avec elle. Je comprenais qu'il voulait me protéger, mais il prenait ça trop à cœur.

Slade a regardé à nouveau les filles.

– Je peux te dire que ça ne dérangerait pas la blonde si je lui faisais l'anguille visqueuse.

– La quoi visqueuse ?

– L'anguille. Tu vois ce que je veux dire ?

Il m'a poussé du coude.

– Non. Pas vraiment.

– Tu sais, quand tu sors ta bite de sa chatte et que tu lui glisses dans le cul.

Slade avait encore le don de me surprendre par ses propos.

– Je ne comprends toujours pas pourquoi t'es mon meilleur ami.

Il m'a fait un petit sourire entendu.

– Ne fais pas l'innocent. Je sais que tu l'as fait.

J'étais très secret sur ma vie sexuelle. Non pas parce que je me souciais de ce que les gens pensaient de moi, mais par respect pour les filles avec qui j'avais couché. Je n'étais pas du genre à faire des potins ou à répandre des rumeurs sur une fille.

– Tu baises une nana dans la buanderie, alors ne me fais pas croire que t'as jamais fait l'anguille visqueuse.

J'ai ignoré sa remarque déplacée.

– Je vois bien quel genre de fille est Jasmine. Et crois-moi, elle n'a rien contre le sexe anal.

– On peut arrêter de parler de ma copine, maintenant ?

– Très bien. Peu importe. Mais si tu ne l'as jamais fait, tu devrais essayer.

J'ai bu ma bouteille d'eau, préférant ne pas répondre.

– T'es prêt pour Thanksgiving ?

– T'as pas idée. Je ne suis pas impatient de passer un week-end magique avec Skye. Au moins, Jasmine sera là.

J'ai cru que les yeux de Slade allaient lui sortir de la tête.

– Attends. T'emmènes Jasmine ?

– Ouais.

– En week-end ?

J'ai opiné.

– Avec toute ta famille ?

– Pourquoi c'est si dur à piger ?

– Vous vous dites des « je t'aime » ou quoi ?

– Non. Elle n'a pas de famille, alors je l'ai invitée.

– La première fille que tu présentes à tes parents est une nana que tu te tapes pour oublier Skye ? Sérieusement, c'est tordu.

– Je dirai que c'est une amie.

– Tes parents ne vont pas penser ça.

– Si. Je n'ai jamais menti à mon père, alors il me croit toujours.

Il a levé les yeux au ciel.

– Lèche-cul.

Je lui ai frappé le bras et l'ai poussé du banc.

Les deux filles ont pouffé dans leur coin.

Slade m'a fusillé du regard.

– T'as de la chance que je ne riposte pas.

– Ne déçois pas ta copine.

Il s'est rassis sur le banc et les a matées.

– Très bien. Si tu n'en veux pas, je prends les deux.

– Les deux ?

– Je vais leur faire l'anguille visqueuse.

Il m'a fait un clin d'œil, puis s'est dirigé vers elles d'une démarche de macho.

Ne voulant pas donner une chance à l'une des filles, je suis rentré chez moi.

J'ai appelé mon père. Il a décroché à la troisième sonnerie.

– Heureux de t'entendre, dit-il. J'ai l'impression que c'est toujours moi qui appelle.

– C'est le cas.

– Qu'est-ce qui me vaut ce plaisir ?

– Je voulais juste te dire que j'amène quelqu'un ce week-end pour Thanksgiving.

Un silence a suivi. Mon père a parlé au bout de trente secondes.

– Tu viens avec une fille ?

Il avait du mal à cacher son excitation.

– Non. C'est juste une amie. Elle n'a pas de famille et nulle part où aller ce week-end, alors je l'ai invitée. J'espère que ça ne vous dérange pas.

– Bien sûr que non. Plus on est de fous, plus on rit. Mais j'ai du mal à croire que ce n'est qu'une amie…

J'ai décidé de lui dire la vérité.

– Je couche avec elle, mais ce n'est pas sérieux.

– Ça a l'air compliqué.

– Non. Elle est d'accord avec cet arrangement, mais c'est mon amie et je tiens à elle. Je ne veux pas qu'elle soit seule à Thanksgiving.

– Et il y a une raison pour laquelle elle n'est pas plus importante pour toi ?

Je voulais lui dire, mais il était le meilleur ami de la mère de Skye. C'était trop risqué.

– Je ne suis pas amoureux d'elle.

– Peut-être que tu le deviendras...

– J'en doute, dis-je honnêtement. Je ne veux vraiment pas que vous vous fassiez un film. Je n'ai pas du tout envie que maman la traite comme sa belle-fille alors que vous ne la reverrez sans doute jamais. Ne vous attachez pas à elle. Elle n'est pas la femme que j'épouserai.

– Oh... c'est franc, dit-il en riant.

– Je veux juste que tu saches qu'elle est la vraie nature de notre relation. Alors, c'est clair ?

Mon père a soupiré.

– Oui. Merci de m'avoir prévenu.

– Et dis-le à maman.

– Je lui donnerai une version plus... édulcorée. Je ne pense pas qu'elle serait fière que tu couches à droite à gauche comme Slade.

– Je ne suis pas comme ça. Et franchement, ce que je fais de ma vie privée ne vous regarde pas. Je vous préviens juste pour que vous ne soyez pas surpris.

– Très bien. Ta mère espère tellement que tu nous présenteras une fille... J'imagine qu'elle devra attendre encore un peu plus longtemps.

Ou beaucoup plus longtemps.

– À bientôt.

– Oui, mon fils. Je t'aime.

– Je t'aime aussi, papa.

J'ai raccroché et soupiré, espérant que mon père m'ait pris au sérieux.

Roland s'est arrêté le long du trottoir et a baissé la vitre.

– Jette tes merdes à l'arrière et on se casse.

– Bonjour à toi aussi.

J'ai pris mes sacs et je les ai mis dans le coffre. Puis je suis rentré pour prendre ceux de Jasmine.

Roland a levé un sourcil.

– Mec, pourquoi tu prends autant d'affaires ?

– Jasmine vient aussi.

– Oh.

Il s'est frotté le front.

– Merci de m'avoir prévenu.

Jasmine est sortie avec son sac sur l'épaule. J'ai vu qu'elle était nerveuse.

– Tu vas passer un super moment. Je te le promets.

Elle s'est détendue.

– D'accord.

J'ai ouvert la portière arrière pour qu'elle s'installe. Puis j'ai fait le tour de la voiture et je me suis glissé sur la banquette.

Skye était assise sur le siège passager, mais elle ne m'a pas regardé. Elle ne m'a pas non plus dit bonjour.

– Salut, Skye. Tu te sens mieux ?

Elle ne s'est pas retournée.

– Mouais...

Roland lui a jeté un coup d'œil.

– Pourquoi t'es de mauvaise humeur tout à coup ?

– Je ne suis pas de mauvaise humeur, protesta-t-elle.

Elle regardait par la fenêtre, ignorant son frère.

Roland s'est tourné dans son siège et m'a regardé.

– T'as dit que tu venais accompagné ?

– J'ai appelé mes parents hier.

Il s'est retourné et a enclenché la vitesse.

– Ouais, mais n'empêche, ça aurait été sympa de nous prévenir.

– Conduis, c'est tout, dis-je énervé.

– Je vous dérange ? demanda Jasmine.

– Non, m'empressai-je de dire. Roland est juste un petit con.

Roland m'a fusillé du regard dans le rétroviseur.

– Tu veux y aller à pied ?

– Tu veux prendre des baffes pendant que tu conduis ?

– Tu veux qu'on ait un accident ? riposta Roland.

– Conduis, c'est tout, soupira Skye. Et vite.

Quel était son problème ? La dernière fois que je l'ai vue, elle était joyeuse et optimiste. Elle a dormi avec moi dans son lit et s'est blottie contre moi. Et là, elle était redevenue lointaine. Ses sautes d'humeur commençaient à me gonfler.

Nous avons roulé en silence sur l'autoroute, regardant la neige tomber. Jasmine a pris ma main et l'a enlacée, caressant mes jointures du pouce. Ce contact m'a rappelé la façon dont je tenais la main de Skye, et je me suis senti coupable de cette pensée.

Skye a monté le volume de la radio et bientôt la musique a noyé tous les autres bruits dans la voiture. Roland lui a lancé un regard, mais il n'a rien dit. Puis il a reporté ses yeux sur la route, conduisant prudemment sur la voie gelée.

En général, nous jouions en voiture. Soit aux cartes, soit au jeu des plaques d'immatriculation. Le temps du trajet passait vite tellement nous nous amusions. Mais là, il régnait une ambiance hostile et pesante. Était-ce parce que j'avais amené Jasmine ? J'étais sûr que tout le monde l'aimait bien. Personne n'avait jamais eu de problème avec elle quand elle m'accompagnait.

Jasmine a pressé sa bouche contre mon oreille.

– C'est toujours aussi tendu ?

– Non... y a un truc qui ne va pas.

– C'est moi ? demanda-t-elle en craignant le pire.

– Non.

Je l'ai embrassée tendrement sur la bouche. Quand je me suis écarté, j'ai vu que Skye nous regardait dans le rétroviseur. Elle a détourné brusquement les yeux comme si elle ne nous espionnait pas. *Ce voyage devenait vraiment glauque...*

Deux heures plus tard, nous sommes enfin arrivés chez mes parents dans le Connecticut. La neige recouvrait la pelouse et le pommier devant la maison. De la fumée s'élevait de la cheminée. Jasmine a regardé les lieux avec appréhension.

– Merci de nous avoir déposés, dis-je à Roland.

– De rien. T'as besoin d'aide pour les bagages ?

– Non, c'est bon.

J'ai regardé Skye, mais elle avait la tête tournée vers la fenêtre, m'ignorant volontairement. Je suis sorti et j'ai ouvert le coffre. Une fois que j'ai sorti nos affaires, je me suis adressé à Jasmine.

– Attends-moi deux secondes.

– D'accord.

Elle est restée près des sacs.

J'ai marché jusqu'à la portière côté passager et j'ai cogné au carreau.

Skye a évité mon regard tandis qu'elle baissait la vitre.

– Tout va bien ? demandai-je.

– Ouais, ça va.

Elle n'avait pas l'air d'aller.

– Pourquoi tu me mens ?

Ses joues ont rougi légèrement.

– Je t'ai dit que ça va. Alors, laisse-moi.

Je n'ai pas apprécié son hostilité.

– T'as un problème avec Jasmine ?

– Non... Je suis seulement surprise que tu l'aies invitée pour Thanksgiving.

– Pourquoi ?

Elle a pincé les lèvres et n'a pas répondu.

Skye ne s'était jamais comportée comme ça avec moi.

– Il était de notoriété publique que je détestais Zack — on le détestait tout —, mais on l'a supporté parce que tu nous l'as demandé. Tu pourrais au moins essayer de faire un effort avec Jasmine. Cette période de l'année n'est pas facile pour elle.

C'était la première fois que je m'en prenais ainsi à Skye. Je lui en voulais sans doute inconsciemment d'avoir manqué deux jours de cours d'affilée pour m'occuper d'elle. Je lui avais tout donné, et ça ne lui faisait visiblement ni chaud ni froid. Elle m'avait fait souffrir plus que n'importe quel mec, et elle s'en foutait.

J'ai ramassé nos sacs et je les ai portés jusqu'à la porte, sans me retourner.

– Qu'est-ce qu'elle a dit ? demanda Jasmine.

– Qu'elle ne se sent pas bien, mentis-je.

– Oh.

J'ai sonné à la porte.

Elle s'est ouverte en grand et mon berger allemand m'a sauté dessus, me faisant presque tomber à la renverse.

– Oh là, mon chien !

J'ai ri et je l'ai gratté derrière les oreilles.

Il m'a grimpé dessus, la langue pendante.

Jasmine lui a caressé la tête.

– Comment il s'appelle ?

– Popeye.

– Le marin ? demanda-t-elle en éclatant de rire.

J'ai haussé les épaules.

– Ma sœur et moi, on lui a donné ce nom quand on était petits.

Elle a souri à mon chien.

– Ravie de te connaître, Popeye.

Popeye a aboyé, puis a reposé ses pattes par terre.

Mon père est sorti et m'a pris par l'épaule.

– Content que tu sois à la maison.

– Moi aussi.

Il m'a serré fort, me brisant presque le dos, puis il s'est écarté pour saluer Jasmine.

– Ravi de te rencontrer. Cortland, le père de Cayson.

Elle lui a serré la main.

– Enchanté de faire votre connaissance. Je m'appelle Jasmine.

– Très joli nom.

Il a lâché sa main et s'est écarté.

Les yeux mouillants, comme d'habitude, ma mère m'a étreint. Elle mesurait trente centimètres de moins que moi, de sorte que sa tête était collée contre ma poitrine.

– T'es si beau, mon chéri.

– Grâce à toi.

Elle a reculé et m'a souri.

– À vrai dire, tu peux remercier ton père pour ça.

Mon père a gonflé son biceps.

– J'ai encore des muscles.

– C'est de la graisse, raillai-je.

– Hé, je suis encore un bel étalon. Je vais à la salle de sport tous les jours avec ton oncle Mike.

– Tu devrais t'entraîner plus dur, dis-je.

Ma mère s'est approchée de Jasmine et l'a embrassée.

– Bienvenue à la maison, ma chère.

L'accueil chaleureux de ma mère a désarçonné Jasmine.

– Merci…

Ma mère s'est reculée et lui a souri.

– Je m'appelle Monique.

– Ravie de vous rencontrer, madame Thompson.

– C'est le nom de ma belle-mère. Appelle-moi Monique.

– D'accord.

Jasmine ne semblait plus aussi nerveuse.

Ma sœur est sortie, elle était le portrait craché de ma mère. Elle avait la peau plus foncée que moi, et ses yeux bruns étaient lumineux et foncés en même temps.

– J'espérais que tu serais coincé par la neige et que tu ne pourrais pas venir.

– J'espérais que t'avais glissé sur du verglas et que t'étais à l'hôpital, rétorquai-je.

Elle m'a tiré la langue.

– Abruti.

– Morveuse.

– Arrêtez ça, nous tança mon père. C'est Thanksgiving.

– Inutile de me le rappeler, soupira ma sœur.

Je me suis tourné vers Jasmine.

– Je te présente ma petite peste de sœur, Clémentine.

Jasmine lui a serré la main.

– Ravie de te rencontrer.

– Ouais…

Clémentine a lâché sa main rapidement.

– Fais comme si elle n'était pas là, dis-je.

Nous sommes entrés dans la maison et avons posé nos sacs dans l'entrée.

– J'ai préparé ton ancienne chambre pour que vous soyez à votre aise, dit ma mère.

– Merci.

J'ai ramassé nos sacs et les ai portés dans ma chambre.

Jasmine m'a suivi.

– Ils vont nous laisser dormir ensemble ?

– Pourquoi ils ne le feraient pas ? demandai-je.

– Eh bien… c'est pas un peu gênant ?

– Ils savent qu'on couche ensemble.

Ses yeux se sont élargis.

– Tu leur as dit ?

J'ai haussé les épaules.

– Mes parents ne sont pas idiots. Ils savent que je ne suis plus un puceau rougissant.

Ses joues ont rosi.

– Il n'y a pas de quoi être gênés. Mes parents sont cool. Ils vivaient déjà ensemble avant de se marier.

– C'est quand même… gênant. Je pensais que ta mère verrait d'un mauvais œil que tu m'emmènes pour Thanksgiving.

– Ils sont au courant de notre relation.

Elle s'est assise sur le lit.

– Tu veux dire quoi ?

– Ils savent que ce n'est pas sérieux. Je leur ai dit que t'étais ma copine et que je ne voulais pas que tu sois seule à Thanksgiving.

– Alors… ils pensent que je ne suis rien pour toi ?

– Non, je n'ai pas dit ça. J'ai simplement dit que tu n'étais pas la fille que j'épouserai, alors qu'ils ne devaient pas en faire des tonnes.

Elle a tressailli à mes mots, puis sa respiration a changé. Elle a cligné des yeux plusieurs fois avant de se lever et de se diriger vers la porte.

– J'ai besoin d'aller aux toilettes…

Elle est sortie et a disparu dans le couloir.

J'ai immédiatement réalisé mon erreur.

– Merde.

Je me suis frotté les tempes en m'asseyant sur le lit. C'était idiot de lui dire ça et je me suis senti comme un con. Pourquoi je n'étais pas plus délicat ? Je lui avais fait clairement comprendre que notre histoire n'irait nulle part, ou du moins que c'était plus qu'improbable, mais je n'avais pas à lui jeter ça à la figure pendant les fêtes. J'aurais aimé avoir une machine à remonter le temps pour revenir quelques minutes en arrière. J'étais vraiment un idiot.

Je suis resté dans ma chambre, lui donnant le temps de se ressaisir. J'allais devoir ramer pour réparer les dégâts que j'avais causés. Elle connaissait les limites de notre relation, aussi mes paroles n'avaient pas dû la surprendre, mais c'était quand même stupide de lui avoir balancé en pleine face.

Après quelques minutes, j'ai remonté le couloir jusqu'aux toilettes et j'ai frappé timidement.

– Jasmine ?

– Je me rafraîchis. Donne-moi une seconde.

Elle avait des sanglots dans la voix.

J'ai appuyé la tête contre la porte et soupiré.

– S'il te plaît, ouvre-moi.

J'ai entendu un bruit de vaisselle dans la cuisine. Ma mère finissait de préparer le dîner et mon père dressait la table. Je voulais arranger les choses avant le repas.

– Laisse-moi tranquille, Cayson, dit-elle d'une petite voix.

– Ouvre, Jasmine. Je ne vais pas te parler à travers la porte.

Quelques secondes plus tard, elle a ouvert.

Je suis entré et j'ai refermé la porte. Elle s'était remaquillée et ne pleurait plus, mais ses yeux étaient rouges. Ils étaient voilés, sur le point de déborder de larmes.

Je me suis assis sur le couvercle des toilettes et je l'ai tirée vers moi, l'asseyant sur mes genoux. Elle n'a pas protesté.

– C'était stupide de dire ça, je n'aurais pas dû. Je le retirerais si je pouvais.

Elle a posé les mains sur mes épaules, s'accrochant à moi.

– Excuse-moi.

J'ai pris sa joue dans ma main et tourné son visage vers moi.

– Je ne voulais pas être indélicat.

– Ça va. J'ai réagi de façon excessive. C'est juste que…

Elle n'a pas fini sa phrase.

– Quoi, Jasmine ?

Elle a posé son visage contre le mien et a fermé les yeux.

– Rien.

Je lui ai caressé les cheveux et je l'ai serrée contre moi. Sa respiration s'est ralentie, elle se calmait. Si je la réconfortais quelques minutes, elle retrouverait une humeur normale pour le dîner.

– Tu es belle, Jasmine. Je me le dis chaque fois que je te regarde.

Elle m'a embrassé sur la bouche. C'était un baiser passionné et sensuel. Sa langue avait le goût salé des larmes. J'ai empoigné ses cheveux et approfondi notre baiser.

Puis elle s'est écartée, se sentant mieux.

– On devrait sortir de là avant que quelqu'un nous voie…

– Ouais. Je n'ai pas envie d'avoir à expliquer ce qu'on fiche ici.

Elle a souri.

– Les toilettes nous excitent.

J'ai ri.

– On a des fantasmes bizarres.

Nous sommes sortis pour aller nous installer dans la cuisine. Ma mère a posé tous les plats sur la table et s'est assise. Clémentine me faisait face, dans un pull rouge et une écharpe violette. C'était une jolie fille, mais son attitude était limite.

Mon père a rempli son verre et celui de ma mère.

– Jasmine, tu veux du vin ?

– Avec plaisir.

Il l'a servie, puis a reposé la bouteille sur la table.

Je l'ai regardé avec un air de reproche.

– Merci de m'offrir un verre.

– T'es une fille ?

J'ai levé les yeux au ciel, puis je me suis servi moi-même.

Jasmine a piqué une pomme de terre dans son assiette.

– Elles sont vraiment bonnes, Mme Thom… Je veux dire Monique.

– Merci, ma chère.

Elle a souri et découpé le poulet. J'ai senti un pied me frôler sous la table et j'ai réalisé que ma mère était en train de faire du pied à mon père. *Beurk.*

Mon père s'est tourné vers Jasmine.

– T'as rencontré Cayson à la fac ?

– En fait, je suis barmaid. Il est venu au bar avec ses amis, et c'est comme ça qu'on s'est rencontrés.

Elle ne posait pas les coudes sur la table et mangeait avec grâce.

– T'es barmaid ? dit Clémentine avec dédain. C'est ton boulot ?

Je lui ai lancé un regard noir.

– Ferme-la ou je te verse de l'essence sur les cheveux au milieu de la nuit.

Pourquoi ma sœur était-elle une garce pareille ?

Mon père m'a tancé du regard.

– Ne parle pas comme ça à ta sœur.

– Mais elle…

Il a levé la main.

– Je m'en occupe.

J'ai soupiré, puis j'ai fermé ma gueule.

Il s'est tourné vers Clémentine.

– Ne sois pas impolie avec notre invitée. Si tu te comportes mal, va-t'en. Et je ne veux pas simplement dire que tu sors de table. Tu pars de la maison.

Ouah… Papa fait encore la loi.

Clémentine a bu de l'eau et s'est tue.

– Présente des excuses à Jasmine, ordonna mon père.

Clémentine l'a ignoré.

– Excuse-toi ou tu prends tes clés et tu t'en vas.

– T'as cinq ans ? lançai-je. Parfois, j'ai du mal à croire que t'es adulte.

– Je m'excuse, bafouilla-t-elle. Voilà.

J'ai soupiré, puis je me suis tourné vers Jasmine.

– Je suis désolé pour elle. Normalement, elle n'est pas si méchante.

– C'est bon.

Jasmine a fait comme si elle n'était pas blessée.

– Incident clos, dit mon père. Alors, tu travailles où ?

– Le bar sportif à côté du campus.

Ma mère a hoché la tête.

– Tu dois t'y connaître en sport, alors.

– Un peu trop, dit Jasmine en riant. Mais c'est agréable d'avoir une passion commune avec Cayson.

– On regarde souvent le match de foot du lundi soir ensemble, dis-je.

– T'as une équipe favorite ?

– Les Chargers de Los Angeles, répondit-elle.

J'ai levé les yeux au ciel.

– Je ne sais pas pourquoi, parce qu'ils sont nuls.

– Ce sont des outsiders, plaida-t-elle. Il faut bien que quelqu'un les soutienne.

– C'est le raisonnement le plus bête que je n'ai jamais entendu, dis-je en riant.

Elle a haussé les épaules.

– Tant pis, je les aime bien.

Clémentine, concentrée sur son assiette, restait silencieuse, évitant de participer à la conversation.

– Tu as des hobbies ? demanda mon père. Tu skies ?

– Je veux faire une école de cosmétologie, répondit-elle. J'aime les cheveux et les ongles.

Clémentine a fait un sourire narquois, mais n'a rien dit.

– C'est chouette, dit ma mère. J'aime bien me faire mon brushing, mais je ne dirais pas que je suis une professionnelle.

– C'est tout comme, affirma mon père.

Il a essayé de lui faire du pied, mais a touché le mien.

Beurk.

– Comment se passent tes cours ? demanda mon père.

– Bien. Rien de nouveau à signaler.

– J'ai appris que Skye a eu une pneumonie et que tu t'es occupé d'elle.

Mon père a bu du vin.

– Est-ce qu'il vous arrive, entre vous les vieux, de vous voir sans parler de notre vie ? ironisai-je.

Il a secoué la tête.

– Non, jamais.

Au moins, il était honnête.

– Oh, c'est vraiment gentil de ta part, intervint Clémentine. Je suis sûre que Skye l'a apprécié.

OK... qu'est-ce que tu me fais ? C'était le changement d'humeur le plus rapide de l'Ouest.

Mon père a ignoré son commentaire déplacé.

– Sean n'était pas trop content d'être le dernier à être informé.

– C'est un psychopathe.

Je me suis souvenu de la façon dont il avait tabassé Zack devant un groupe d'étudiants.

Mon père a souri.

– Il n'est pas normal, c'est sûr.

– Et vous ? dis-je pour changer de sujet. Vous faites quoi de vos journées depuis que Clémentine et moi ne vivons plus ici ?

Mon père a haussé les épaules.

– La même chose qu'avant votre naissance.

Clémentine et moi avons grimacé.

– Je suis désolé, mes parents sont dégoûtants, dis-je à Jasmine.

Elle a ri.

– C'est pas grave. Ils sont mignons.

– Non, ils ne sont pas mignons, dit Clémentine avec fermeté.

On a fini de dîner, puis Jasmine s'est levée.

– Je vais vous aider à faire la vaisselle, Monique.

Clémentine a levé les yeux au ciel.

– Quelle fayotte… dit-elle à haute voix, sans honte.

Je lui ai donné un coup de pied sous la table.

– Ne fais pas ta sale garce, sifflai-je.

Mon père m'a tapé.

– N'insulte pas ta sœur.

J'ai grogné.

– Alors, empêche-la de parler comme ça.

Mon père a soupiré et s'est penché vers elle.

– Clémentine, quel est ton problème ?

– Rien.

Elle s'est levée de table et est sortie de la cuisine.

– J'apprécierais que ma propre fille me propose son aide, dit ma mère, suffisamment fort pour que ma sœur entende.

J'ai touché l'épaule de Jasmine.

– Je reviens tout de suite.

– D'accord.

Elle a continué de laver la vaisselle.

Je suis entré dans la chambre de ma sœur et l'ai saisie par le bras.

– Pourquoi tu te comportes comme une sale garce ?

Elle s'est dégagée de mon emprise.

– Parce que t'as amené une traînée ici, conne en plus.

Ma sœur avait disjoncté. Elle avait le don de m'énerver, mais elle n'avait jamais été perfide et méchante avant.

– Elle n'est pas conne et ce n'est pas une traînée.

– Je ne l'aime pas. Pourquoi tu l'as amenée ici ?

– Elle n'a pas de famille avec qui passer Thanksgiving. Tu ne peux pas être gentille et l'accueillir comme il se doit ?

Elle a croisé les bras sur sa poitrine.

– T'es sourd ? Je viens de te dire que : Je. Ne. L'aime. Pas.

– Pourquoi ? Tu ne la connais même pas.

J'avais du mal à garder ma voix basse.

– Et Skye, dans tout ça ?

Elle me regardait fixement.

Argh, j'en ai marre de parler de la seule nana que je ne peux pas avoir.

– Quoi, Skye ?

– Je croyais que tu l'aimais.

– Oui, mais elle ne m'aime pas. Ce n'est pas nouveau. Je dois l'oublier et passer à autre chose.

– Alors tu ramasses une poubelle ? Je sais qu'elle est un bouche-trou, mais t'aurais pu choisir mieux.

– Ce n'est pas une poubelle ! C'est une fille sympa.

– Une barmaid ? Putain, depuis quand tu t'intéresses à des filles comme elle ?

– *Des filles comme elle* ? Qu'est-ce que t'insinues, bordel ? Il n'y a rien de mal à être barmaid. Maman ne travaille pas. Elle reste à la maison toute la journée. Tu trouves ça mieux ?

– Maman était infirmière et elle a fait des études.

– Et qu'est-ce que tu fous de ta vie ? m'énervai-je. Où est ton diplôme universitaire ?

Ses yeux se sont étrécis.

– Je suis violoniste. Excuse-moi, mais j'ai de la grâce et du talent.

– Non, tu n'es qu'une sale hypocrite.

– C'est différent. Je ne sors pas avec toi.

J'ai haussé un sourcil.

– Qu'est-ce que ça veut dire ?

– Elle n'est pas assez bien pour toi, Cayson. T'es tellement intelligent, drôle, généreux et beau. Tu ne devrais pas être avec une looseuse.

– Primo, tu viens de me faire un compliment ou je rêve ?

Elle a levé les yeux au ciel.

– Deuzio, ce n'est pas une looseuse. Tu ne l'as pas aimée dès qu'elle a franchi la porte, mais tu ne la connais même pas.

– Je m'en fiche. Je ne l'aime pas. Je ne veux pas que tu l'épouses.

– Qui a parlé de mariage ?

– Tu ne l'aurais pas amenée ici, sinon.

Elle m'a regardé droit dans les yeux.

J'ai soupiré.

– Clémentine, je l'ai amenée ici uniquement parce qu'elle n'a pas de famille. Elle allait passer Thanksgiving toute seule dans son petit studio. Je l'ai invitée en amie. On sort ensemble, mais je ne suis pas amoureux d'elle et je ne le serai sûrement jamais. Et elle le sait.

Ma sœur s'est détendue.

– Alors, il y a encore de l'espoir pour Skye et toi ?

Le simple fait de formuler une réponse dans ma tête était douloureux.

– On ne sera jamais ensemble. Elle me considère comme un ami, rien de plus. Je sais que tu veux qu'on soit ensemble. Merde, tout le monde le souhaite, mais ça n'arrivera pas. J'essaie de tourner la page, en sortant avec Jasmine. S'il te plaît, sois sympa avec elle. Je ne l'aime pas et je ne vois pas mon avenir avec elle, mais je tiens beaucoup à elle.

Ma sœur a soupiré.

– D'accord. Je vais essayer.

– Merci. Mais si je rencontre quelqu'un et que tu traites la femme que j'aime avec un tel manque de respect, je n'hésiterai pas à verser du miel dans tes cheveux et à les bousiller.

Elle a fait un petit sourire.

– D'accord. C'est fair-play.

– Va t'excuser, s'il te plaît — je suis très sérieux —, et essaie de lui montrer qu'elle est la bienvenue.

– OK. Mais je le fais seulement pour toi.

J'ai souri.

– Et merci pour les compliments. J'ai toujours su que tu m'aimais bien.

– Ne prends pas la grosse tête.

Elle a levé les yeux au ciel.

Jasmine s'est présentée à la porte.

– Pardon, je vous dérange ?

– Non, dis-je. Entre.

Elle s'est avancée jusqu'à moi et a regardé Clémentine avec crainte.

J'ai fixé ma sœur, lui ordonnant en silence de s'excuser.

– Pardon d'avoir été désagréable avec toi, dit-elle sans conviction. Je protège mon grand frère, c'est tout. Je ne veux que son bien.

– J'accepte tes excuses. Et je suis contente que tu protèges ton frère.

– Jusqu'à la fin des temps.

J'ai entraîné Jasmine hors de la chambre.

– On regarde un film ?

– Avec plaisir.

Nous nous sommes assis sur le canapé avec mes parents. Clémentine est entrée dans le salon peu de temps après, et a pris le fauteuil.

– Qui veut voir un film de nanas ?

Ma mère a levé la main. Clémentine aussi, ainsi que Jasmine.

Mon père a soupiré.

– Et merde. Alors ce sera un film de nanas.

Ma mère a souri et choisi une comédie sentimentale.

J'ai attiré Jasmine contre moi, lui montrant de l'affection devant mes parents. Je me fichais qu'ils nous voient et me moquais de ce qu'ils pensaient. Jasmine était rétive au début, mais elle a fini par se laisser faire.

Alors que nous étions blottis sur le canapé, la neige s'est mise à tomber. Le feu qui brûlait dans la cheminée nous réchauffait. L'automne et l'hiver étaient mes saisons préférées. Il y avait une certaine beauté dans le froid. On pouvait s'amuser à faire des bonshommes de neige. La sensation de la soupe chaude qui descend dans l'estomac après avoir dégagé la neige de l'allée rendait la corvée moins pénible. Et passer les fêtes en famille me donnait l'impression d'avoir de la chance.

Mais je ne pouvais pas nier qu'elle me manquait. J'aurais aimé que Skye soit assise dans ce canapé avec moi, blottie sous une couverture. Je lui tiendrais la main et caresserais ses phalanges du pouce. Quand mes parents iraient se coucher, je lui ferais l'amour dans mon lit. Bien sûr, Skye protesterait, mais je n'en aurais cure.

Mais ce n'était pas la réalité. Et ce ne serait jamais réel.

16

SKYE

Le lendemain matin, je ne voulais pas me lever. C'était le pire Thanksgiving de ma vie. J'étais déjà blessée que Cayson ait une copine, mais le fait qu'il l'ait présentée à ses parents me rendait malade. Elle était bien plus importante pour lui que je l'avais cru. Quelle idiote j'étais de m'être présentée chez lui et d'avoir failli lui déballer ce que j'avais sur le cœur. *Tellement idiote.*

On a frappé à ma porte.

– Skye, est-ce que ça va ?

C'était ma mère.

– Ça va. Je faisais la grasse matinée.

– Le petit déjeuner est prêt et il refroidit.

– Je n'ai pas faim.

Ce qui était alarmant, car j'avais toujours faim.

– Ma chérie, j'entre.

Elle a ouvert la porte et s'est avancée à mon chevet.

Je n'ai pas bougé d'un poil. Les rideaux de ma chambre étaient tirés, bloquant toute la lumière matinale.

Ma mère s'est assise au bord de mon lit et m'a observée, inquiète.

– Est-ce que quelque chose te tracasse ?

Je ne voulais pas parler de Cayson. Comme elle était proche de son père, pour une fois, je ne pouvais pas lui faire confiance.

– J'imagine que je ne me suis pas tout à fait rétablie de ma pneumonie.

C'était un cruel mensonge à faire à ma mère, mais je n'avais pas d'autre choix.

Elle a posé la paume sur mon front.

– Tu n'as pas de fièvre.

– Ce n'est rien de sérieux. Je suis un peu ramollo, c'est tout.

– C'est tout ce qui te tracasse ?

Comment font les parents pour savoir lorsqu'on ment ? Chaque fois ?

– Oui, maman. Je me lève bientôt.

– Tout le monde arrive à quinze heures, alors sois prête avant.

– D'accord.

– Tu veux que je mette une assiette de côté pour toi ? J'ai préparé ton petit déjeuner préféré : du pain perdu à l'orange.

– Non, ça va. Je me garde de la place pour le dîner.

– D'accord, ma chérie.

Elle a passé la main dans mes cheveux avant de poser un baiser sur mon front.

Quand elle est sortie de ma chambre, je me suis sentie vide, et seule.

À QUINZE HEURES, LA PORTE D'ENTRÉE S'EST OUVERTE EN GRAND.

– J'ai du vin, de la bière, du lait de poule et du rhum. Tout ce qu'il faut ! s'exclama oncle Ryan en soulevant plusieurs sacs en plastique.

– Et j'ai apporté quelque chose de plus approprié… dit tante

Janice en entrant derrière lui, un plateau de purée de patates douces dans les mains.

Ma mère a regardé son frère, un sourire en coin aux lèvres.

– Tu sais qu'on n'a plus vingt ans.

– Mais nos gosses si, rétorqua oncle Ryan en remuant les sourcils.

– T'es une mauvaise influence, le taquina-t-elle.

– La ferme, râla-t-il. T'es jalouse parce que mes enfants m'aiment, contrairement à tes sales gamins qui te détestent.

– Ils ne me détestent pas, grimaça-t-elle en croisant les bras sur sa poitrine.

– J'ai une idée, dit tante Janice. Et si on s'embrassait ? C'est Thanksgiving, après tout !

– Tu veux dire le jour où les pèlerins sont débarqués aux États-Unis et qu'ils ont refilé la syphilis aux gentils autochtones ? dit oncle Ryan en secouant la tête. Ouais, tu parles d'une raison de célébrer.

– Fais-moi plaisir et embrasse ta sœur, s'énerva tante Janice.

Oncle Ryan a levé les yeux au ciel avant de poser l'alcool par terre. Puis il a pris ma mère dans ses bras. Malgré la façon dont il s'était moqué d'elle quelques instants plus tôt, il l'a serrée longtemps, lui murmurant quelque chose d'inaudible à l'oreille. Ma mère et son frère étaient proches. Lorsqu'elle n'était pas avec mon père, elle était avec lui. En fait, leurs chamailleries étaient leur façon de se montrer de l'affection.

Mon oncle a reculé le premier.

– T'es jolie aujourd'hui.

Ma mère a souri.

– Merci. T'es pas mal non plus.

Mon père est sorti de la cuisine et a enlacé oncle Ryan à son tour.

– Ça fait un bail.

– Je sais. Ça fait presque trois jours qu'on n'a pas joué au poker.

– Je veux ma revanche, dit mon père.

– Quitte ou double ?

– Que dis-tu de quitte ou triple ?

Oncle Ryan a esquissé un sourire narquois.

– Marché conclu. J'espère que ta banque voudra bien t'accorder un prêt pour payer les études de tes gosses, blagua-t-il.

– On verra bien, dit mon père vaguement.

Slade est entré ensuite, accompagné de Silke.

– Papa, où est la gnôle ?

– Après le dîner, dit mon oncle sans même le regarder.

– Allez, un petit verre de lait de poule au rhum, dit Slade en lui faisant un clin d'œil.

– Bon, d'accord.

Oncle Ryan lui a tendu un sac.

– Pas si vite, dit tante Janice en fusillant son mari du regard. J'ai dit pas d'alcool avant ce soir.

Slade a roulé des yeux.

– Ce que t'es rabat-joie, maman.

– Pose le sac, dit-elle fermement.

Il a soupiré.

– Ouh là, du calme, bon sang.

– Cesse de faire le bébé, rétorqua-t-elle.

Slade a ri en s'éloignant.

Mon oncle s'est approché de moi. Son regard s'illuminait toujours en ma présence. Il y avait une affection distante dans ses yeux, qui remontait à la surface chaque fois qu'il me voyait.

– Salut, Skye.

– Salut, oncle Ryan.

Il m'a prise dans ses bras et m'a serrée fort.

– T'es une si jolie fille. Parfois, j'ai du mal à croire que tu viens de ma sœur.

J'ai ri en reculant.

– Eh bien, mon père y a mis du sien. Je pense.

Il a remué les sourcils.

– J'imagine qu'on ne le saura jamais, n'est-ce pas ?

– Je ne suis pas sourd, résonna la voix de mon père derrière lui.

Oncle Ryan a levé les yeux au ciel.

– Je pourrais te casser la gueule — d'une seule main.

– Il est très fort, dis-je.

– Ma chérie, tu n'as rien vu, dit mon oncle en me tapotant l'épaule. Laisse-moi te serrer dans mes bras encore une fois.

J'ai pouffé.

– Pourquoi ?

– Parce que je t'aime tellement, Bon Dieu de merde !

Il m'a enlacée à nouveau, et cette fois, il m'a soulevée dans les airs.

J'ai ri alors qu'il me serrait contre sa poitrine.

– Mon vieux aime ses nièces et ses neveux plus que ses propres enfants, railla Slade.

– Je me demande pourquoi... le taquina tante Janice.

– Maman, je sais bien que tu m'aimes, dit-il en lui donnant un coup de coude. Je suis ton premier enfant.

– On est nés en même temps, imbécile ! dit Silke avant de ramasser sa crinière sur une épaule.

– Je serai toujours plus vieux que toi d'une minute.

Oncle Ryan m'a reposée par terre.

– Bon, où est mon beau gosse de neveu ?

– Ici, dit Roland en tapant son poing contre celui de notre oncle. T'as l'air en forme, mec.

– Eh bien, ta tante est insatiable au lit, alors je fais beaucoup de sport.

Il a bandé son biceps.

– Garde cette information pour toi ! dit mon frère.

Ryan a ri avant de l'étreindre.

– Heureusement que tu ne ressembles pas à ta mère, sinon t'aurais une sale tronche.

Roland s'est esclaffé.

– Ma sœur ressemble à ma mère et c'est un laideron.

Ryan a ri en reculant.

– Bonne blague, gamin.

Ils ont frappé leurs poings ensemble à nouveau.

– Alors, quand allez-vous me laisser vous tatouer la peau ?

Mon père a plissé les yeux.

– N'y pense même pas.

– Quoi ? Ils sont tous les deux adultes. Que dis-tu d'un tatouage dans le bas du dos pour Skye ?

Mon père a écarquillé les yeux.

– Si tu n'étais pas mon beau-frère, je remplirais une fiole de ton sang et j'en ferais une décoration pour le vestibule.

Ryan a levé un sourcil.

– C'est étrangement précis comme menace... tu y as beaucoup réfléchi ?

Roland et moi avons éclaté de rire.

– Ne touche pas à mes enfants, c'est tout, dit mon père.

Ryan a planté l'index dans l'épaule de mon frère.

– Ooh... je touche à ton fils.

Mon père a levé les yeux au ciel.

– Donne-m'en cinq ! dit Ryan à Roland.

– Y a que toi qui peux énerver mon père comme ça ! dit mon frère en lui tapant dans la main.

Mon oncle a esquissé un sourire en coin.

– Parce qu'il me laisse faire. Et il ne le fait pas avec tout le monde.

Oncle Mike et tante Cassandra sont entrés, suivis de Trinity et Conrad. Trinity avait un vase de fleurs dans les mains, et Conrad tenait un plat de verre avec un couvercle.

– Je sais que ce n'est pas encore Noël, mais on voit tellement rarement nos nièces et nos neveux qu'on vous a apporté des cadeaux, dit oncle Mike.

– Ooh… j'aime les cadeaux, dit Roland en se frottant les mains avidement.

Mon père a étreint oncle Mike le premier.

– Merci d'être venu.

– Je serais venu même si tu ne m'avais pas invité, dit oncle Mike, avec un sourire en coin.

– Mais moi, je t'aurais invité, dit ma mère avant de l'embrasser à son tour.

Elle semblait avoir un lien spécial avec tout le monde. C'était comme si elle était le liant qui unissait notre famille. Parfois, il me semblait même que mon oncle Mike préférait ma mère à son propre frère, l'homme qu'elle avait épousé.

– Maman, où je mets ça ? grogna Conrad.

– Dans la cuisine.

Conrad l'a écoutée.

Trinity s'est dirigée vers ma mère avec le vase de fleurs hivernales.

– Un cadeau d'hôtes de la part des Preston — pour les autres Preston.

Ma mère l'a pris, souriante.

– Merci. Je sais exactement où les mettre.

Oncle Mike tenait un sac rempli de cadeaux dans une main.

–Bon, je vais commencer à les distribuer…

Oncle Ryan est apparu à ses côtés, un sourire narquois aux lèvres.

– Salut, père Noël.

Il a empoigné son chandail rouge et a touché le tissu.

Oncle Mike l'a toisé.

– Je ne suis pas le père Noël. Cassandra aime quand je porte du rouge.

– Et que t'apportes une hotte de cadeaux ?

Oncle Ryan a toujours eu le sens de la répartie.

– Je n'ai pas un assez gros bide pour ça, rétorqua Mike.

Ryan a souri.

– Je sais que t'aimes les gaines…

Oncle Mike a regardé ma mère.

– Dégage d'ici avant que je te ridiculise devant tes propres enfants, lui dit-elle.

Oncle Ryan a regardé Trinity.

– Hé, tu veux un tatouage gratuit ?

Mike s'est empourpré de colère.

– Je vais te planter tes aiguilles à tatouage dans les yeux.

– Quelle ambiance festive… dit mon père sarcastiquement.

– Allez, distribue tes cadeaux ! dit Roland.

Oncle Mike en a sorti un de son sac. Il était enveloppé dans du papier d'emballage de Noël. Oncle Ryan l'a regardé du coin de l'œil.

– N'y pense même pas, dit-il en le fusillant du regard.

Roland a déchiré le papier d'emballage.

– Waouh… un drone avec caméra ? Sans blague !

– Maintenant, tu peux espionner le décolleté des filles, lui dit oncle Mike en lui faisant un clin d'œil.

Mon père semblait contrarié.

– T'aimerais qu'on fasse ça à ta fille ?

Mike a secoué la tête.

– Pas un seul mec n'oserait le faire. Sinon, il serait torturé dans une prison chinoise.

– C'est étrangement précis comme menace… dit Ryan en se frottant le menton. Tu dois y avoir réfléchi.

– J'ai trop hâte de jouer avec ce joujou. Merci, oncle Mike, dit Roland, les yeux rivés sur la boîte.

– Y a pas de quoi, gamin. Mais j'ai besoin d'un câlin en retour.

– D'accord.

Roland l'a enlacé, puis il a reculé.

– Je me demande si je peux survoler l'océan avec ça.

– Il peut monter jusqu'à dix kilomètres d'altitude.

– La vache ! s'exclama Roland avant de me montrer la boîte. Sympa, non ?

J'ai levé les yeux au ciel. Les garçons et leurs gadgets...

– Skye, viens ici, dit oncle Mike en sortant une petite boîte du sac. Pour la dame.

J'ai souri en déchirant le papier. C'était un petit écrin de velours. Je l'ai ouvert, et j'y ai trouvé un anneau en or blanc. Je l'ai sorti et examiné. Sur la surface extérieure étaient gravés des noms. *Sean. Mike. Ryan. Cortland. Flynn. Grand-papa Andrew.* Je n'en comprenais pas la signification.

– La prochaine fois qu'un mec se frottera à toi, tu n'auras qu'à lui montrer ça. Il saura à qui il aura affaire, dit-il en souriant faiblement.

J'étais touchée.

– Merci, oncle Mike.

– Je t'en prie, mignonne.

Il m'a étreinte chaleureusement avant de reculer.

Mon père s'est approché de lui.

– C'est attentionné.

– Que veux-tu dire ? Je suis un gars attentionné.

Mon père a souri en lui tapotant l'épaule.

– Merci.

– Qu'est-ce que tu m'as apporté ? demanda Slade, impatient comme d'habitude.

Oncle Mike a sorti un cadeau en forme de bouteille.

– Voici. Je pense que ça te plaira.

Il a déchiré l'emballage.

– Waouh... ce brandy a cent ans.

– Et je suis sûr qu'il est délicieux, dit oncle Mike.

– De l'alcool ? glapit ma mère. T'es sérieux ?

Oncle Ryan s'est emparé de la bouteille et l'a examinée.

– Tu vas la partager avec moi.

– D'accord, papa.

Slade a fait un câlin à oncle Mike avant de reposer les yeux sur la bouteille.

Oncle Flynn et tante Hazel sont entrés, accompagnés de leurs deux fils. Theo avait les mains dans les poches, et Thomas se tenait à côté de son père.

– La fête peut enfin commencer ! s'exclama oncle Flynn en se mettant à danser.

Hazel a soupiré.

– Il a bu pendant le trajet.

Oncle Ryan a opiné.

– J'ai toujours aimé ce type.

Oncle Mike a fait signe aux garçons d'approcher.

– Venez chercher vos cadeaux.

– Des cadeaux ? demanda Theo.

– Ouaip.

Il leur a tendu une boîte chacun.

Ils les ont ouvertes et en ont sorti des lunettes de soleil.

– Elles sont indestructibles, expliqua oncle Mike.

– Le genre qu'on peut rouler dessus avec une voiture sans qu'elles se brisent ? demanda Theo.

– Ouaip, opina oncle Mike.

– Trop cool.

Thomas a mis sa paire.

Oncle Mike les a serrés dans ses bras, puis Flynn et Hazel se sont approchés.

Flynn a levé un sourcil.

– On était censé se déguiser ?

– Non, dit oncle Ryan. Pourquoi ?

– Mike n'est pas déguisé en père Noël ? demanda Flynn.

Mike lui a lancé un regard furieux.

– La ferme, ou on verra si tu peux te faire écraser par une voiture sans que tu te brises.

– Ouh là… le père Noël est de mauvaise humeur, railla Flynn.

Oncle Ryan s'est moqué de l'air fâché de Mike.

Au même moment, les invités que je redoutais de voir sont entrés : oncle Cortland et tante Monique. Je les adorais, mais je savais que leur présence signifiait inévitablement que j'allais voir Cayson… et sa copine.

– Ma femme a fait la gelée de canneberge que tu aimes tant, dit Cortland à ma mère.

– Merci, c'est gentil, dit ma mère en lui faisant la bise.

– Joyeux Thanksgiving, Scarlet.

– Joyeux Thanksgiving, répondit ma mère.

– Thanksgiving est la fête la plus ridicule au monde, dit Flynn. C'est quand les Anglais ont pratiquement effacé une race entière. Pas de quoi célébrer.

– S'il y a de la bouffe et de l'alcool, y a de quoi célébrer, dit oncle Mike.

Oncle Flynn et tante Hazel m'ont enlacée chacun leur tour, puis oncle Cortland et tante Monique se sont avancés vers moi. Heureusement que mes parents avaient une énorme baraque pour tous nous accueillir. Sinon, on serait à l'étroit.

Puis Cayson est entré, tenant Jasmine par la main.

Mon estomac s'est serré.

– Salut, dit oncle Mike en le prenant dans ses bras. J'ai un cadeau pour toi.

– Un cadeau ? Pourquoi ? demanda Cayson.

– Parce que t'es mon neveu — voilà pourquoi.

Il a tendu son cadeau à Cayson, qui a tout de suite déchiré le papier. Puis il a ouvert la boîte et en a sorti un stéthoscope gris. Ses yeux se sont illuminés.

– Il a été fabriqué en 1816 par René Laennec…

– L'inventeur du stéthoscope ?

On aurait dit que les yeux de Cayson allaient sortir de leur orbite.

– Je ne m'attends pas à ce que tu l'utilises, mais je me disais que tu aimerais l'avoir.

Les mains de Cayson tremblaient.

– Je ne sais pas quoi dire…

– Ne dis rien.

Oncle Mike l'a serré fort dans ses bras.

Pendant un instant, j'ai oublié que Jasmine se tenait à côté de lui. Je n'ai vu que Cayson, l'homme humble et reconnaissant que j'avais toujours connu. Il se foutait des objets tape-à-l'œil ou hors de prix. Il chérissait les choses les plus importantes : les gens et l'histoire.

– Merci, oncle Mike.

Il a remis le stéthoscope dans sa boîte.

– Salut, ma jolie, dit oncle Mike en regardant Jasmine. J'ai quelque chose pour toi aussi.

– Moi ? dit-elle en se pointant elle-même, perplexe.

– Viens ici.

Il a sorti un autre écrin et il lui a tendu.

– Je sais que tu n'es pas ma nièce, mais si t'es importante aux yeux d'un de mes neveux, alors tu l'es à mes yeux aussi.

Sa main a tremblé lorsqu'elle a pris l'écrin.

Cayson a posé la main sur sa hanche et l'a caressée de façon rassurante.

– Ouvre-le.

Elle a ouvert le couvercle et a vu le collier à l'intérieur. Le médaillon arborait le symbole des Red Sox de Boston.

– Je sais que t'es fan de sports, expliqua oncle Mike.

– Je… je ne sais pas quoi dire…

Elle a pris la chaîne dans une main.

– Ne dis rien. Accepte-le, c'est tout.

– Merci, bredouilla-t-elle. On ne m'a jamais offert de bijou de ma vie…

Tout le monde dans la pièce s'est tendu tellement c'était triste à entendre.

Les yeux de Jasmine se sont emplis de larmes.

– Merci.

– Avec plaisir, dit-il en lui tapotant l'épaule.

Cayson a attaché le collier autour du cou de Jasmine.

Mince… maintenant, j'ai encore plus de mal à la détester.

– Et le dernier, mais non le moindre…

Oncle Mike a sorti la dernière boîte du sac.

– Pour Clémentine.

Elle a souri en s'avançant.

– Honnêtement, je ne les ai pas choisis moi-même… dit Mike.

Clémentine a ouvert la boîte, où se trouvait une paire de talons hauts.

– Oh mon Dieu ! Ce sont des Jimmy Choo !

Il a souri.

– Tu peux remercier tante Janice.

Elle s'est accrochée à son cou et l'a enlacé.

– Merci !

– De rien, miss.

Elle les a tout de suite essayés.

Puis grand-maman et grand-papa sont entrés, tout sourire.

– Joyeux Thanksgiving ! dit grand-papa.

– Joyeux Thanksgiving, lui répondit-on en chœur.

Mon grand-père s'est arrêté devant oncle Mike.

– Ho, ho, ho ! Joyeux Noël !

Oncle Mike s'est renfrogné.

– Va au diable, vieux chnoque.

Nous célébrions toujours les fêtes en grand chez nous. Le jour de Noël, nous passions trois heures à déballer les cadeaux. À Thanksgiving, nous avions toujours trop de nourriture et pas assez d'estomacs pour toute la contenir.

Nous nous sommes mis à table et avons rempli nos assiettes à grosses cuillerées. Je me suis assise à l'opposé de Cayson pour éviter d'interagir avec lui. Je savais que je m'isolais de mes cousins et mes amis, mais j'avais besoin d'espace. Je me suis assise entre oncle Mike et oncle Ryan, en face de mon père.

J'essayais de garder les yeux sur mon assiette, mais je jetais malgré moi des coups d'œil furtifs à Cayson et Jasmine. Il avait la main posée sur le dossier de la chaise de Jasmine et les deux étaient en pleine conversation. Je n'entendais pas ce qu'ils se disaient, car on parlait trop fort tout autour. Mais elle semblait boire les paroles de Cayson.

Quand j'ai senti qu'on m'observait, je me suis tournée et j'ai aperçu ma mère de l'autre côté de la table. Elle ne mangeait pas, se contentant de me fixer. J'ai vite détourné le regard et fait semblant que je ne pleurais pas un amour impossible.

À la fin du dîner, ma mère a soupiré de découragement.

– Je n'ai vraiment pas envie de faire la vaisselle...

– Je vais t'aider, bébé, dit mon père en lui tapotant la cuisse.

– Ta femme te tient toujours par les couilles, le taquina oncle Ryan.

J'ai grimacé.

– Dégoûtant.

– Ne soit pas grossier devant les enfants, d'accord ? dit mon père.

– Ils sont tous adultes. Tu ne penses pas qu'ils parlent déjà comme ça ? demanda oncle Ryan.

– Je laisse parfois les femmes me tenir par les couilles, dit Slade.

Il s'est esclaffé à sa propre blague.

Tante Janice lui a giflé le bras.

– Ne parle pas comme ça à table.

– Alors je peux parler comme ça n'importe où sauf à table ?

– Ne parle pas du tout, rétorqua-t-elle. Tais-toi.

– Peut-être que si j'avais un verre de lait de poule...

– Si tout le monde faisait un peu de vaisselle, ça serait vite fini, suggéra oncle Cortland.

– Vous savez quoi ? dit grand-papa. L'année prochaine, on mange dans des assiettes de carton.

– Papa, c'est de mauvais goût, dit ma mère.

– On s'en fiche ! dit-il. Mon petit-fils vient de parler de ses couilles. Côté mauvais goût, on ne peut pas faire mieux.

Oncle Ryan a éclaté de rire.

– C'est bien mon fils...

– Je vais vous aider à faire la vaisselle, dis-je.

Ce serait mieux que de regarder Cayson et Jasmine se rouler des pelles toute la soirée.

Ma mère m'a lancé le regard qu'elle me faisait depuis que j'étais toute petite, signifiant qu'elle savait que je manigançais quelque chose.

Nous avons débarrassé la table et commencé à empiler les assiettes vides.

– Je peux dire quelques mots ? demanda Jasmine.

Tout le monde s'est immobilisé, cessant d'entrechoquer les couverts et les plats, et le silence a empli la pièce.

– Je vous suis tellement reconnaissante de me laisser passer Thanksgiving avec vous. Vous êtes tous très gentils avec moi et je tenais à vous remercier.

Jasmine a souri légèrement avant de baisser les yeux.

Merde. C'est de plus en plus difficile de détester cette garce.

Ma mère a souri.

– Tu es toujours la bienvenue, ma chérie.

– Bien sûr ! dit oncle Ryan en levant son verre et trinquant avec Cortland.

Mon père a commencé à rincer les assiettes dans le lavabo.

– Je peux les laver, Sean. Ne t'inquiète pas, dit ma mère en lui caressant le dos.

– Je m'en occupe, bébé. Tu peux remplir le lave-vaisselle.

Elle l'a regardé fermement.

– T'as bossé dur toute la semaine. Laisse-moi le faire.

Il a fermé le robinet et s'est tourné vers elle.

– Être femme au foyer et élever nos enfants n'est pas bosser dur ?

– Eh bien, nos enfants n'habitent plus ici. Je ne peux plus m'en attribuer le mérite…

– Empile la vaisselle, bébé.

– Et si je…

Il a écrasé sa bouche contre la sienne, la faisant taire d'un baiser. Ils sont restés ainsi un moment avant qu'il recule. Ma mère avait des étoiles dans les yeux.

– Maintenant, ferme-la et empile la vaisselle.

Elle a rougi.

– Oui, monsieur.

Il a esquissé un sourire en coin en rouvrant le robinet.

Beurk.

Partout où j'allais, l'amour me talonnait. Pourquoi étais-je la seule personne à être aussi malheureuse dans son célibat ? Je voulais passer au salon, mais je savais que Jasmine serait là, assise sur les genoux de Cayson comme une maudite cowgirl. Et je ne pouvais pas rester dans la salle à manger, car mes oncles et mes tantes allaient m'assaillir de questions.

J'ai décidé d'aller rejoindre les autres dans le salon, où j'ai pris place sur le canapé. J'ai choisi de m'asseoir près de l'accoudoir, le plus loin possible de Cayson. Jasmine était assise à côté de lui, une main sur sa cuisse.

Le désir de l'étrangler fait-il de moi une chipie ?

Slade buvait son brandy à même la bouteille.

– Putain que c'est bon.

– Tu seras ivre mort avant la fin de la soirée, dit Silke.

– C'est mon but ! dit Slade avant d'avaler une autre lampée.

Theo avait ses nouvelles lunettes de soleil sur la tête, tout comme Thomas.

Trinity ne cessait de fixer Slade, le fusillant du regard.

– Quoi ? aboya-t-il.

– Rien. Tu m'emmerdes, c'est tout.

– Je t'emmerde toujours.

Il a roulé des yeux avant de détourner le regard.

Cayson a posé la main sur la nuque de Jasmine et l'a pressée doucement.

– Je t'avais bien dit qu'on s'amuserait.

– Et t'avais raison.

Elle lui a souri, les yeux débordants d'amour.

Cayson a dégagé quelques mèches du visage de Jasmine, comme il avait l'habitude de faire avec moi. Je me suis rappelé les nuits que nous avions passées ensemble. Il m'avait touchée de cette façon, et son contact m'avait endormie comme par magie.

Maintenant, c'était elle qu'il touchait et caressait. Je commençais à me sentir malade.

– Tu sais de quoi je suis reconnaissante ? murmura-t-elle.

– Quoi ? dit-il tout bas

– De t'avoir trouvé.

J'ai détourné le regard, incapable de supporter la scène une seconde de plus. J'avais besoin d'air frais. J'avais soudain du mal à respirer. Je ne pouvais pas rester là à les regarder roucouler comme deux tourtereaux. Pourquoi avais-je mis autant de temps à comprendre que j'avais des sentiments pour Cayson ? Il n'avait pas eu de copine depuis des années. Pourquoi était-ce maintenant qu'il en avait une que je réalisais à quel point il était merveilleux ? Remarque, même s'il avait été célibataire, il m'aurait sûrement rejetée. Sans doute était-ce voué à l'échec depuis le début.

Sans dire un mot, j'ai quitté le salon et je suis sortie dans la cour. La neige recouvrait la terrasse et l'herbe autour. Il faisait un froid de canard, et j'ai tout de suite vu la buée de mon souffle. L'obscurité m'enveloppait, m'apaisait. Les voix provenant de l'intérieur de la maison semblaient distantes. Quand je me suis retournée et que j'ai regardé par la fenêtre, j'ai vu ma famille réunie dans le salon, et personne ne semblait remarquer mon absence. Cayson n'avait d'yeux que pour Jasmine. Je n'étais qu'une amie, une sœur pour lui.

– Skye ?

J'ai instantanément reconnu la voix. Un son que je connaissais trop bien. Même sans voir ma mère, je sentais sa présence. Sa chaleur était comme un phare, un soleil dont le rayonnement touchait tout sur son passage, qu'on le veuille ou non.

– Maman ?

Elle s'est approchée de moi, et j'ai entendu ses pas s'enfoncer dans la neige. Puis j'ai aperçu ses traits dans la lumière tamisée provenant de la maison.

– Que fais-tu dehors toute seule ?

J'ai resserré les bras autour de ma poitrine, luttant contre le froid.

– Je suis sortie prendre l'air.

– Dans la neige ? demanda-t-elle incrédule.

– Il faisait un peu chaud à l'intérieur.

– Je vois...

Je me suis tournée vers l'océan, l'entendant sans le voir.

– Skye ?

– Hmm ?

– Dis-lui ce que tu ressens.

J'ai tressailli à ses mots.

Elle le sait ? Comment ?

– Quoi ?

– Cayson. Dis-lui ce que tu ressens. Ce serait bien plus productif que de rester debout au froid.

Je ne voyais pas l'intérêt de le nier. Visiblement, elle savait.

– Comment l'as-tu deviné ?

– Ça se voit à la façon dont tu le regardes. Tu le fais depuis un bon moment déjà. Mais ce soir, c'est plus évident que jamais. Si tu ne veux pas qu'il soit avec une autre, pourquoi tu ne lui dis pas ?

– Au cas où tu ne l'aurais pas remarqué, il a déjà une copine, dis-je amèrement.

– Ce n'est pas sérieux.

– Mais il l'amène à Thanksgiving ? glapis-je.

– Cortland m'a dit que Cayson l'avait invitée parce que ses parents l'ont abandonnée et qu'elle n'avait nulle part où aller. Il a aussi dit que Jasmine n'est pas la fille qu'il épouserait.

Je me suis sentie nulle d'avoir pensé toutes ces horreurs sur elle.

– Il a dit ça ?

– Ouais, chuchota-t-elle. Je ne sais pas à quel point elle est importante pour lui, mais il n'est pas amoureux d'elle. Si t'as l'intention de lui parler, fais-le maintenant. Avant que ses sentiments changent.

J'ai soupiré.

– Je ne vais pas lui dire. Ils sont en couple, et je m'en voudrais de les faire rompre par mon égoïsme.

– C'est bien d'être égoïste de temps en temps — et pour des raisons très valables. Skye, es-tu amoureuse de lui ? Ai-je vraiment besoin de te poser la question ?

– Je… Je ne me suis jamais sentie comme ça avant. Mais maintenant, chaque fois que je le vois avec elle, j'ai envie de mourir.

– Bon, ça répond à ma question. Tu devrais lui dire.

– J'ai débarqué chez lui l'autre jour pour lui dire… c'est elle qui a ouvert, dans un de ses t-shirts. J'étais tellement bouleversée que je suis partie.

– Alors, réessaie.

– Maman, je doute qu'il ressente la même chose pour moi. J'ai trop peur de ruiner notre amitié et de créer un froid entre nous.

– Votre amitié n'est-elle pas déjà ruinée — d'une certaine façon ?

Sa voix était toute douce. Étrangement, sa présence me réchauffait assez pour me faire oublier le froid.

– Je ne peux pas. Jasmine a l'air tellement bonne et gentille… et à l'évidence, elle est folle amoureuse de lui.

– Mais il n'est pas amoureux d'elle. Et s'il ressentait la même chose pour toi, mais que tu ne lui disais rien ?

– S'il était amoureux de moi, il me l'aurait déjà dit.

– Ou peut-être qu'il ne l'a pas fait pour les mêmes raisons que tu me donnes là. Skye, je sais que tu as peur. Je le comprends. Mais si Cayson est l'homme de tes rêves, tu dois agir. Crois-moi, les relations ne sont pas faciles. Ce que ton père et moi avons est le fruit de vingt ans de mariage et dix ans d'amitié avant ça. On n'en est pas arrivé là du jour au lendemain. Nous avons fait beaucoup d'essais et d'erreurs.

– Mais c'est différent. Vous êtes faits l'un pour l'autre.

– Qu'est-ce qui te fait croire que Cayson et toi ne l'êtes pas ? Vous avez toujours eu un lien spécial. Tout le monde le sait.

J'ai reculé.

– Maman, j'en ai marre de parler de lui. J'apprécie ton aide, mais tu ne peux rien faire pour moi.

– Skye...

– Maman, j'ai dit non.

Elle s'est tue, mais s'est rapprochée de moi.

– Pense à ce que j'ai dit, c'est tout.

Elle a tourné les talons et est rentrée dans la maison, me laissant toute seule dans le froid hivernal.

17

CAYSON

– Merci de m'avoir emmenée chez toi pour Thanksgiving, dit Jasmine en s'asseyant sur le divan. Ça m'a fait plaisir de ne pas être toute seule cette année.

– De rien. Je t'avais dit que ma famille t'aimerait bien.

J'étais assis à côté d'elle dans mon appartement. Le week-end magique était fini et nous étions de retour dans la vraie vie. J'aimais l'université, mais chaque fois que je rentrais à la maison, je n'avais plus envie d'en partir.

– T'es invitée pour Noël, si tu veux.

– Cette fête donne lieu à une telle débauche, dit-elle avec un grand sourire.

– C'en est ridicule. Les adultes achètent tellement de jouets aux enfants que les cadeaux ne rentrent pas dans la voiture.

– T'as tellement de chance.

Ses yeux ont scintillé.

– Je sais.

Je l'ai toujours su. Par les hasards compliqués de la vie, j'avais dix parents. Jasmine n'en avait aucun.

Elle a pris ma main tandis que nous nous blottissions sur le canapé.

– Tout va bien avec Skye ?

J'ai haussé les épaules.

– Elle était bizarre, non ?

– J'ai l'impression qu'elle me déteste.

– Mais non, m'empressai-je de dire. Je ne sais pas ce qu'elle avait, mais ce n'est pas ça.

Jasmine est restée pensive de longues minutes.

– L'autre jour, elle...

Je me suis tourné vers elle, soudain attentif.

Mais elle n'a pas fini sa phrase.

– Peu importe.

Je n'ai pas relancé le sujet.

– Je suis contente que ta sœur ait changé d'avis.

J'ai levé les yeux au ciel.

– Clémentine est une diva. Je la déteste et l'adore en même temps.

– Je la trouve mignonne. Elle protège son grand frère, c'est chou.

– Et moi, je la trouve insupportable.

– Pourquoi elle me détestait autant au début ?

Je n'avais pas le cœur de lui dire. Je l'avais déjà fait pleurer une fois et je ne voulais pas recommencer.

– T'es plus jolie qu'elle.

– C'est faux. Elle ressemble tellement à ta mère.

– Ma mère est belle, mais Clémentine est horrible. Si tu la voyais au réveil ou le soir quand elle se met des masques bizarres sur la figure.

Jasmine a ri.

– Je suis sûre que t'exagères.

– Nan. C'est Halloween tous les jours avec elle.

Elle a secoué la tête.

– Je sais que j'ai passé tout le week-end avec toi, mais ça t'ennuie si je reste ici ce soir ?

– Non. T'es toujours la bienvenue.

– Tant mieux. Parce que mon chauffage est merdique et tu me tiens bien plus chaud que lui.

J'ai souri.

– Oh, maintenant je comprends mieux.

– Puis t'es rapide à t'allumer — sans mauvais jeu de mots.

Je l'ai soulevée dans mes bras et l'ai portée jusqu'à la chambre.

– Je ferais mieux de commencer tout de suite.

Elle a pouffé pendant que je la portais.

– J'ai hâte de voir ça.

Une fois au lit, nous nous sommes dévêtus et enlacés. Nous n'avions pas fait l'amour du week-end parce que c'était trop gênant d'être dans le même couloir que la chambre de mes parents. Mais maintenant, j'avais hâte de me retrouver en elle.

Elle était allongée sous moi, et je l'ai pénétrée lentement. Elle était toujours excitée pour moi, m'agrippant et se mordant la lèvre tout en me fixant intensément. Même si je ne l'aimais pas, c'était certainement un bon coup. Je l'ai pilonnée, martelant la tête de lit contre le mur à plusieurs reprises. J'étais mal pour mes voisins.

– Je t'aime...

Elle l'a dit tout bas, à peine un murmure.

Je n'étais pas certain de l'avoir entendu. Était-ce mon imagination ? Quand je l'ai regardée, son visage était le même. J'ai continué à bouger en lui donnant autant de plaisir qu'elle m'en donnait.

La semaine suivante a été un vrai calvaire. Après le congé de Thanksgiving, j'étais impatient que le semestre se termine vraiment. Mais ce ne serait pas avant les vacances de Noël. La grasse matinée me manquait. Je devais aller en cours, étudier les substances chimiques et veiller à ce que le brome liquide ne tache pas mon cahier de TP.

Je n'ai pas vu Skye sur le campus. Elle était habituellement à la bibliothèque avec Trinity ou une autre amie. Mais on ne s'est jamais croisés. J'avais beau essayer, je n'arrivais pas à me la sortir du crâne. Je repensais à son comportement étrange et me demandais ce qui n'allait pas. La dernière fois que nous étions ensemble, elle ne voulait pas que je la quitte et elle a dormi avec moi trois soirs de suite. Et maintenant, elle semblait complètement indifférente. Son côté imprévisible et sa capacité à tirer un trait sur moi me blessaient et m'irritaient à la fois. Qu'avais-je donc fait pour la mettre en colère ?

Le vendredi soir, Roland a organisé une soirée poker. D'habitude, Skye et Silke jouaient avec nous tandis que Trinity s'occupait du repas. Mais quand je me suis pointé avec une caisse de bière sous le bras, Skye n'était pas là.

Les gars étaient assis autour de la table, cartes et jetons prêts.

– Alors, tu lui as fait l'anguille visqueuse ? demanda Slade en me faisant un clin d'œil.

J'ai levé les yeux au ciel.

– Si c'était le cas, je ne te le dirais pas.

– Alors, ça veut dire oui, dit Roland en hochant la tête. Bien joué, mec.

Je n'ai pas pris la peine de discuter.

– Où est ta sœur ?

Il a haussé les épaules.

– Retranchée dans son monde à elle.

– Pourquoi elle n'est pas venue ?

– Elle a dit qu'elle avait un autre plan, dit Roland.

– Avec qui ? demandai-je.

Il m'a regardé fixement.

– T'es détective ? C'est quoi cet interrogatoire ?

J'ai pris un air excédé puis je me suis assis, pour commencer la partie.

– Tout le monde aime bien Jasmine, déclara Theo. Mes parents n'en disent que du bien.

– Elle est gentille, c'est normal, dis-je.

– Elle n'a pas de famille ? demanda Roland.

J'ai secoué la tête.

– Ses parents l'ont abandonnée et tous les membres de sa famille sont morts.

– Merde... c'est brutal.

Slade a distribué les cartes.

Trinity a posé des chips et de la sauce piquante sur la table.

– Tu veux dire que Skye, c'est de l'histoire ancienne ?

Tous les regards se sont tournés vers moi, dans l'attente de ma réponse.

J'ai haussé les épaules.

– Je ne veux plus souffrir. Je veux juste tourner la page et l'oublier.

Silke a soupiré.

– Tu dis ça depuis des années.

– Je sais...

Sa remarque m'a déprimé encore plus.

– Peut-être que tu n'aurais pas dû dormir avec Skye trois soirs de suite, dit Roland sarcastique.

– Je ne pouvais pas dire non, d'accord ?

J'ai senti mes épaules se tendre.

– Elle me l'a demandé.

– Oublie-la, dit Slade. Elle a besoin qu'on s'occupe d'elle, parce que Zack n'est plus là. Je ne sais pas ce que tu lui trouves. C'est juste une égoïste...

Je lui ai lancé un regard menaçant.

– Un dragon, conclut Slade.

Tout le monde a regardé Slade sans comprendre.

Il s'est couché.

– C'est une longue histoire. Pas le temps de la raconter ce soir.

Tout le monde s'est couché et a pris de nouvelles cartes. L'ambiance était plombée, ou peut-être étais-je le seul à être abattu. Je ne savais pas. J'ai essayé de ne pas penser à Skye jusqu'à la fin de la partie. Mais évidemment, je n'ai pas réussi.

Une nouvelle semaine s'est écoulée sans le moindre contact avec Skye. Chaque fois que la bande se réunissait, elle était absente. Elle avait mystérieusement toujours d'autres projets. Mais je ne savais pas avec qui, puisque nous étions tous là.

J'ai commencé à m'interroger sur la cause de son absence. Est-ce que quelque chose l'embêtait ? Un truc n'allait pas ? Avais-je fait quelque chose ? Elle me disait tout et maintenant, je n'étais plus rien pour elle. Quel était son problème ? Je m'étais plié en quatre pour elle et elle me remerciait ainsi ?

Je me suis rendu à la bibliothèque, mais Skye n'était pas dans notre coin habituel. Ni ailleurs. Mais je savais qu'elle avait un trou entre deux cours, donc qu'elle devait étudier quelque part. La bibliothèque était immense, alors j'ai parcouru les différents rayons en regardant à toutes les tables. Par chance, j'ai fini par la trouver, seule à une table, lisant un livre. Si elle s'était isolée à ce point, c'était à l'évidence qu'elle nous évitait tous.

J'ai posé mon sac par terre et me suis assis face à elle.

Elle a sursauté, ne s'attendant pas à me voir. Ses yeux se sont étrécis légèrement avant de s'élargir à nouveau. En quelques secondes, elle a retrouvé son sang-froid.

– Pourquoi tu m'évites ?

– Je ne t'évite pas...

Elle a glissé une mèche de cheveux derrière son oreille, puis a baissé les yeux.

– Tu préfères t'asseoir seule dans ton coin avec les toiles d'araignée ?

– J'étudie mieux sans aucune distraction.

– C'est ce que t'as fait ces deux dernières semaines ? m'exclamai-je. Étudier ?

– Oui...

Sa voix a trahi sa nervosité.

– Skye, qu'est-ce qui ne va pas ? Je t'emmène à l'hôpital, je m'occupe de toi, et maintenant tu agis comme si on n'était même pas amis.

– J'étais occupée, c'est tout.

– Tu ne m'as pas adressé la parole à Thanksgiving. Et chaque fois que la bande se voit, tu n'es pas là. J'ai fait quelque chose pour que tu sois fâchée ?

– Non, bien sûr que non.

– Alors quel est ton problème ? On était les meilleurs amis du monde et maintenant, tu agis comme si tu ne me supportais plus.

– Ce n'est pas toi...

– ça veut dire quoi ?

Je détestais être dur avec elle, mais son comportement puéril me tapait sur les nerfs. Je me suis éloigné d'elle à une époque, mais j'avais une bonne raison. Et je n'ai jamais été impoli avec elle. Je lui parlais et je faisais attention à elle.

– Je suis juste occupée... d'accord ?

– Tu n'as jamais su mentir.

Je l'ai regardée fixement, sentant ma colère monter.

Elle a refermé son livre en soupirant.

– Je dois y aller.

– C'est pratique comme excuse.

Elle ne m'a pas regardé tandis qu'elle remballait ses affaires.

Elle a affiché un air indifférent, comme si je ne comptais pas pour elle. Elle a mis son sac sur son épaule, puis s'est retournée.

– Tu me disais tout, avant. Maintenant, j'ai l'impression de ne plus te connaître...

Elle s'est figée, mais ne s'est pas retournée. Puis elle est partie.

18

CAYSON

J'ÉTAIS ASSIS sur mon lit et je tapais mon rapport de labo. Mon cahier était couvert d'acide et de je ne sais quoi. Il devenait nécessaire d'en acheter un neuf. Ma porte s'est ouverte brusquement, me tirant de mes pensées.

– Mec, il faut qu'on parle.

Slade est entré et a claqué la porte.

– Vas-y, fais comme chez toi, dis-je d'un ton sarcastique.

J'ai posé mon ordinateur et je me suis levé.

– Si tu ne veux pas être dérangé, t'as qu'à fermer ta porte à clé.

– Ou tu pourrais frapper ?

Il est entré dans ma chambre et en a fait le tour.

– Qu'est-ce que tu fous, bordel ?

Il est revenu vers moi.

– Jasmine est là ?

– Non.

– Elle doit venir ?

– Non. Qu'est-ce qui se passe ?

Il était mal à l'aise, presque incapable de tenir en place.

– Il faut que je te dise un truc, mais en fait, je ne peux pas te le dire.

– Chouette…

– Alors il va falloir que tu le devines.

– Pourquoi tu ne peux pas me le dire ?

– Parce que j'ai promis de me taire. Alors, concentre-toi, mec. C'est important.

– Mais pas assez important pour que tu me le dises ?

– Ne fais pas le malin. Ce n'est pas le moment.

J'ai croisé les bras sur ma poitrine et j'ai soupiré. Ça devrait être intéressant.

Il s'est frotté les mains.

– Bon… laisse-moi réfléchir.

– C'est une grande première, ironisai-je.

– D'accord.

Il a frappé dans ses mains.

– Je l'ai.

Je l'ai observé avec attention.

– Donc, toi et Jasmine, vous couchez ensemble, d'accord ?

– Oui…

– Avec qui d'autre t'aimerais le faire ?

Ses yeux étaient écarquillés, comme prêts à sortir de leur orbite.

– Tu veux dire, un plan à trois ?

Il a grogné.

– Non. Pour qui d'autre t'en pinces ?

– Heu… Skye.

– Ouais ! Bien !

J'étais un peu perdu.

Il s'est frotté le menton.

– Bon… donc tu sais que Jasmine est amoureuse de toi ?

Je n'arrivais pas à suivre son raisonnement.

– J'imagine…

– Très bien. Peut-être que l'autre personne qu'on a mentionnée ressent la même chose.

Il a bougé les sourcils en me regardant.

– Quoi ?

Il a formé un cercle avec le pouce et l'index, puis l'a pénétré de l'autre index d'un geste obscène.

– Et si l'autre personne voulait faire ça avec toi ?

Je me suis pris le crâne entre les mains.

– Putain, de quoi tu parles ?

– Tu sais qu'oncle Sean et tante Scarlet sont comme des âmes sœurs et tout ça ?

Sérieusement, je vais le frapper.

– Et si Skye et toi étiez pareils ?

– Mais ce n'est pas le cas...

– Oui, mais imagine que ce soit le cas.

Il sautillait sur ses pieds.

J'en avais marre.

– Slade, sors de ma chambre.

– Non ! T'as presque deviné !

– Je vais vraiment t'étrangler.

– Skye est amoureuse de toi !

J'ai vacillé.

– Quoi ?

Il a soupiré.

– Je lui ai promis de ne pas te le dire, mais merde, il faut que tu le saches.

– Attends... quoi ?

– Elle nous l'a dit tout à l'heure.

– Elle a vraiment dit ça ?

Mon cœur battait la chamade. J'avais soudain les mains moites.

– Oui ! C'est ce que j'essaie de te faire comprendre.

– Non… t'as fait des gestes obscènes et parlé d'un plan à trois.

– Peu importe. Tu le sais maintenant. Va voir Skye et parle-lui.

– T'es sûre de l'avoir entendue dire ça, hein ?

J'avais du mal à le croire.

– Oui. Trinity et Roland l'ont entendu aussi. C'est pour ça qu'elle est bizarre en ce moment. Elle ne supporte pas de te voir avec Jasmine.

Ça expliquerait beaucoup de choses… mais c'était trop beau pour être vrai.

– Slade, t'es sûr que tu ne déformes pas ses propos ?

– Non ! Je sais que je ne suis pas le mec le plus intelligent du monde, mais fais-moi un peu confiance.

Je n'arrivais pas à le réaliser. C'était mon vœu le plus cher. Est-ce que c'était vraiment réel ?

– J'ai… j'ai du mal à le croire.

– Je l'ai entendu de mes propres yeux.

– Tu veux dire tes oreilles ?

– Peu importe ! Va la voir, mec.

J'ai pris ma tête entre mes mains et j'ai déambulé dans la chambre. Cela pouvait-il vraiment arriver ? Elle était la femme de mes rêves, la fille que je voulais depuis toujours. Elle ressentait enfin la même chose ? Qu'est-ce qui avait changé ?

– Depuis combien de temps ?

– J'en sais rien. Mais elle s'en est rendu compte avant Thanksgiving.

– Slade, tu dois en être absolument sûr. Parce que si je vais la voir, je vais passer pour un idiot si tu te trompes.

– Mec, c'est la vérité.

Il m'a regardé droit dans les yeux.

J'ai continué à arpenter la pièce, sentant la panique monter.

– Qu'est-ce que t'attends, mec ?

J'ai pris mon téléphone et mes clés.

Slade a souri.

– Va la retrouver et baise-la comme un malade.

C'était la dernière chose que j'avais en tête.

– Je dois faire quelque chose d'abord.

– Quoi ? Tu dois vraiment aller au magasin maintenant ?

Il a plongé la main dans sa poche.

– T'as besoin de capotes ? J'en ai plein.

Il me les a jetées.

– Non. Je vais rompre avec Jasmine.

– Tout de suite ? Ça ne peut pas attendre ? T'es amoureux de cette fille depuis cinq ans et tu peux enfin te la taper.

– Mais je ne peux rien faire si j'ai une copine. Même si je n'aime pas Jasmine, je la respecte. Je ne parlerai pas à Skye avant d'avoir rompu.

Slade a roulé des yeux.

– Eh bien, magne-toi et finissons-en.

J'ai marché jusqu'à la porte et je l'ai regardé.

– Tu viens ?

– Tu veux que je sois là quand tu vas larguer Jasmine ?

– Non. Je veux que tu sortes de chez moi.

– Oh.

Il a fait un crochet par la cuisine pour prendre une bière.

– Très bien. Je suis parti.

J'ai fermé la porte à clé.

– Bonne chance, mec.

– Ouais, merci.

Sans l'attendre, j'ai foncé dans ma voiture et j'ai démarré.

– QUELLE JOLIE SURPRISE.

Jasmine a ouvert la porte, des étoiles dans les yeux.

– Salut.

Je redoutais ce moment. Je détestais rompre. Ça craignait. Si j'étais plus lâche, je lui enverrais juste un texto.

Elle a vu la tristesse dans mes yeux.

– Tout va bien ?

– Je peux entrer ?

– Oui, bien sûr.

Elle a fait un pas de côté pour me laisser passer.

Je l'ai regardée, rassemblant tout mon courage. Je ne voulais pas lui faire de mal, mais je n'avais pas le choix.

– Qu'est-ce qu'il y a, Cayson ?

J'ai pris une grande respiration avant de commencer.

– Jasmine, je ne vais pas y aller par quatre chemins. Je t'ai promis de toujours être honnête et je vais respecter ton souhait.

– D'accord…

– Notre histoire est finie.

Sa respiration s'est légèrement accélérée et des larmes ont affleuré à ses paupières.

– Pourquoi ?

– Je viens d'apprendre que Skye a des sentiments pour moi. Et tu sais ce que je ressens pour elle… S'il y a une chance que ça marche, je dois la prendre. Je sais qu'être avec elle met fin à notre relation, mais… c'est ce que veut mon cœur.

Elle a opiné lentement, puis a refoulé ses larmes.

– Eh bien, je suis heureuse pour toi.

Je ne la croyais pas, mais je ne l'ai pas dit.

– Je suis désolé, Jasmine. T'es une fille magnifique et t'as beaucoup à offrir. On a passé de bons moments ensemble. Mais mon cœur est destiné à une autre.

– Je sais.

Elle a cligné les yeux de nouveau, retenant ses sanglots.

– Je suis désolé.

– Alors, elle t'a dit qu'elle t'aimait ? Tu lui as déjà parlé ?

– Non. Slade me l'a dit. Je ne l'ai pas encore vue. Je voulais te parler d'abord.

– Oh...

J'ai dégagé une mèche de cheveux de son visage et je l'ai coincée derrière son oreille.

– J'aimerais que les choses soient différentes.

– Moi aussi.

Je l'ai attirée contre moi et l'ai regardée dans les yeux.

– Tu trouveras quelqu'un de bien mieux que moi.

– J'en doute, murmura-t-elle d'un filet de voix.

Je ne savais pas quoi répondre.

– Bon, je ferais mieux d'y aller...

– Cayson ?

– Ouais ?

– Je peux te demander une dernière chose ?

– Tout ce que tu veux.

– Tu pourrais me serrer dans tes bras avant de partir ?

Sa demande m'a ému.

– Bien sûr.

Je l'ai prise dans mes bras et l'ai serrée contre moi. Elle a posé sa tête contre ma poitrine, ses cheveux recouvrant son visage. Elle respirait fort, essayant de ne pas pleurer. Ses bras m'encerclaient la taille. Je l'ai laissée m'étreindre un moment, sachant que c'était dur pour elle. Je n'ai jamais voulu qu'elle s'attache à moi. Elle a accepté les conditions de notre relation, mais ça ne l'a pas empêchée de se brûler les ailes.

Quand elle s'est écartée, elle a essuyé ses larmes, incapable de les retenir.

– Si ça ne marche pas... et que tu te sens seul au monde... appelle-moi.

Même après ce que je lui faisais, elle ne m'en voulait pas. Je n'y croyais pas.

– Parce que ce que tu ressens pour Skye, c'est ce que je ressens pour toi.

Elle m'a jeté un dernier regard avant d'entrer dans sa chambre et de fermer la porte.

Je suis resté là, sentant un grand vide en moi. J'étais un salaud de lui faire ça, de l'avoir laissée tomber amoureuse de moi sans pouvoir l'aimer. Je m'en voulais terriblement.

Je suis sorti de son appartement et j'ai descendu l'escalier. Arrivé en bas, je me suis arrêté. La fille de mes rêves était chez elle, ignorant encore que j'allais venir la retrouver et lui avouer mes sentiments. Mais c'était mal.

J'avais été avec Jasmine pendant des mois. Je ne l'aimais peut-être pas, mais elle était importante pour moi. C'était mal de me précipiter dans les bras de la fille que j'aimais vraiment juste après avoir rompu. C'était comme si elle ne comptait pas, or ce n'était pas vrai.

Je me suis assis sur la dernière marche et j'ai repensé à mon histoire avec Jasmine. J'ai fait le deuil de notre relation, chérissant nos rires et les bons moments. Je n'avais rien à lui reprocher. Elle avait un corps qui attirait l'attention de tous les mecs. Un sourire qui les faisait tomber en pâmoison. Elle avait une véritable joie de vivre, parvenant à me faire sourire, même quand je pensais que c'était impossible.

La neige a commencé à tomber, poudrant paisiblement le sol. Je soufflais de la vapeur en expirant et sentais le froid en inhalant. Mais je suis resté là, assis dans le noir, à écouter le silence du monde. Je ne voulais pas oublier Jasmine et notre relation. Je savais au fond de moi que j'aurais pu tomber amoureux d'elle si je n'aimais pas déjà une autre.

Au bout d'une heure, je me suis levé et dirigé vers ma voiture. J'étais prêt à saisir ma chance, à obtenir ce que j'avais désiré toute ma vie. J'étais prêt à être avec la fille que je voulais depuis des années. Je ne serais plus seulement son ami, sa famille. Je serais bien plus.

Je serais enfin celui que j'étais censé être.

J'AI TOQUÉ À LA PORTE, ELLE N'A PAS RÉPONDU. J'AI FRAPPÉ PLUS fort, toujours pas de réponse. La neige poudrait mes épaules et s'infiltrait dans le tissu. Sa voiture était sur le parking, ensevelie sous trente centimètres de neige. Je savais qu'elle n'avait pas bougé depuis plusieurs heures.

J'ai ouvert avec mon double et je suis entré dans l'appartement. Elle m'évitait probablement, mais je n'allais pas la laisser faire.

Elle était assise sur le canapé. Elle a levé des yeux tristes vers moi. Elle s'est levée, laissant la couverture tomber par terre. Elle portait un t-shirt et un bas de survêtement. Son visage n'était pas maquillé, mais je le préférais au naturel. Elle était belle dans n'importe quelle tenue, avec ou sans peinture sur le visage.

J'ai avancé dans son appartement, les bras le long du corps. Je n'ai rien dit, attendant qu'elle me fasse un signe, qu'elle parle.

Elle a fait le tour du canapé, les bras croisés sur la poitrine. Elle se retranchait, gardant ses distances.

– Je peux t'aider ?

Sa voix était éteinte, comme si elle était indifférente à ma présence.

– Je veux seulement te parler.

Elle s'est adossée au canapé, me regardant à peine.

– Me parler de quoi ?

Je l'ai fixée, scrutant son visage et ses yeux sombres. J'attendais qu'elle me regarde pour lire ses émotions. J'ai attendu jusqu'à ce qu'elle se tourne enfin vers moi. Quand elle a croisé mon regard, elle a baissé les yeux à nouveau.

– Skye, regarde-moi.

Elle a tressailli, puis s'est tournée vers moi, en restant sur ses gardes.

– Tu sais pourquoi je suis là.

Ses yeux se sont élargis et ses pupilles se sont dilatées. Elle était encore plus tendue, plus méfiante.

– Non, pas du tout.

J'ai fait un pas vers elle, les épaules carrées et les poings serrés. Mon cœur battait dangereusement vite, et mes paumes transpiraient. J'ai caché mon trouble. Je la voulais tellement que j'avais envie de la prendre dans mes bras et de ne plus jamais la laisser partir. Je me retenais, ne laissant pas mon cœur prendre le dessus. Il était encore possible que Slade se soit trompé.

– J'ai rompu avec Jasmine.

Sa poitrine s'est soudain soulevée à ces mots, comme si elle respirait enfin. Une petite explosion a illuminé ses yeux, puis a disparu tout aussi rapidement.

– Pourquoi ?

Je me suis approché d'elle, envahissant son espace personnel. Sa respiration s'est accélérée. Elle a resserré les bras autour de sa poitrine. Elle a détourné les yeux comme si elle était nerveuse ou effrayée. Je ne lui avais jamais fait cet effet avant.

– Tu sais pourquoi, Skye.

Elle a respiré à fond et s'est tortillée sous mon regard.

– Ah oui ?

Je me suis mis devant elle, mon visage près du sien. Puis j'ai posé les mains sur le canapé, de chaque côté de son corps, l'emprisonnant entre mes bras.

– Ouais.

Incapable de bouger, elle m'a regardée. Elle a baissé les mains sur le côté, mais elle gardait encore ses distances.

– Est-ce que tu m'aimes, Skye ?

J'ai sondé son regard en parlant, plus attentif à sa réaction qu'à sa réponse.

– Et toi, est-ce que tu m'aimes ?

– Je t'ai aimée toute ma vie.

Elle a inspiré à fond et ses yeux se sont embués. Ses paupières ont papillonné, tentant de masquer son émotion.

– Ça a toujours été toi. Je ne pensais pas que tu ressentirais la même chose. Je pensais que j'étais juste un frère, un ami pour toi. Chaque fois que je te voyais, tu me regardais avec une expression amicale. Je rêvais que ça changerait un jour. Parce que je crois honnêtement que toi et moi, on est destinés à vivre autre chose. On est des grands amis, et on sera des amants encore plus grands.

Elle respirait fort en me regardant.

– Tu l'as aimée ?

– Jamais. J'ai dit à Jasmine ce que je ressentais pour toi dès le début. Elle a compris que notre relation ne durerait pas. J'espérais désespérément t'oublier. Chaque fois que je te voyais avec Zack, j'avais envie de crever. Je détestais ça. Non seulement je pensais que c'était un connard, mais je détestais voir que tu le préférais à moi. Avec moi, tu ne souffriras jamais. Avec moi, tu ne connaîtras que la joie.

Elle a cligné plusieurs fois des yeux, mais n'a pu contenir ses larmes.

– Je suis désolée d'avoir mis si longtemps à comprendre ce que je ressentais pour toi. Je crois que j'ai toujours eu ces sentiments... mais je ne l'avais pas réalisé avant aujourd'hui.

– C'est ce que j'ai toujours espéré.

– Alors... t'as envie d'essayer... avec moi ?

J'ai fait un petit sourire.

– Je vais faire plus qu'essayer. J'ai l'impression d'être arrivé à destination. Je n'ai pas besoin de sortir avec toi pour savoir que t'es la femme de ma vie. Je n'ai pas besoin de vivre avec toi pour savoir qu'on vieillira ensemble.

Gonflé de courage, j'ai posé la main sur sa joue.

– T'es à moi pour toujours, Skye. Je ne te laisserai pas partir.

– Je ne veux pas que tu me laisses partir.

– Je n'arrive pas à y croire. Je dois me pincer pour être sûr de ne pas rêver.

– Moi aussi…

Je voulais l'embrasser, sentir mes lèvres sur les siennes et savoir qu'elle était mienne.

– Il faut que je te dise quelque chose.

– Quoi ?

– Quand t'étais à cette fête d'étudiants il y a des mois, je t'ai ramenée chez toi. Après t'avoir mise au lit, tu m'as dit que j'étais un homme meilleur que Zack, que je te rendais d'une certaine façon plus heureuse que lui. Et après, tu m'as embrassé.

Ses yeux se sont arrondis.

– J'ai fait ça ?

– Tu m'as embrassé pendant longtemps. Puis tu t'es déshabillée et tu m'as attiré contre toi. Tu t'en souviens ?

Elle avait les yeux dans le vide, tentant de se souvenir.

– Vaguement… on a couché ensemble ?

– Non. Mais c'était notre premier baiser.

– C'est pour ça que t'étais si distant avec moi après ?

J'ai hoché la tête.

– J'ai cru qu'on allait enfin être ensemble. Mais le lendemain, tu ne t'en rappelais pas et ça m'a blessé.

Ses yeux se sont adoucis.

– Je suis désolée, Cayson. Je n'ai jamais voulu te faire de mal.

– Je sais bien. Mais j'aurais dû comprendre ce jour-là que tu m'aimais.

– Je pense que je t'aimais.

– Tu ne te souviens pas de notre premier baiser, mais je vais m'assurer que tu n'oublies jamais celui-ci.

J'ai pris son visage entre mes mains et réduit l'espace entre nous. Quand ma bouche a touché la sienne, je me suis senti vivant. Mon corps entier s'est enflammé. Son contact m'a brûlé les lèvres. Elle a soupiré et gémi dans ma bouche, ressentant la même alchimie que moi. Elle était ivre la dernière fois, ça aurait pu être un hasard. Mais cette fois, c'était encore meilleur.

Elle m'a agrippé les épaules en approfondissant le baiser, voulant plus de moi que je ne pouvais en donner. Elle a aspiré ma lèvre inférieure, puis l'a relâchée, avant d'écraser sa bouche contre la mienne, me laissant à peine respirer.

Mes mains ont enserré sa taille, s'accrochant fermement à elle. Elle était si petite entre mes mains. J'avais l'impression d'être un géant en comparaison. Je ne pouvais pas croire que je l'embrassais… et qu'elle me rendait mon baiser.

– Je t'aime, souffla-t-elle dans ma bouche en me serrant dans ses bras.

– Je t'aime, Skye.

Je l'ai poussée contre le canapé et j'ai plaqué ma poitrine contre la sienne. Des larmes brûlantes ont roulé sur ses joues jusqu'à nos lèvres. J'ai goûté leur sel, ressenti son émotion. Je n'arrivais pas à croire qu'elle m'aimait aussi fort que je l'aimais, avec la même intensité et le même désir.

Je l'ai saisie et l'ai soulevée du sol pour la porter dans sa chambre au bout du couloir. Elle continuait de m'embrasser, sans rompre le rythme. Je l'ai allongée sur le lit et me suis mis sur elle.

Elle a levé des yeux pleins d'émotion vers moi. Ses mains ont caressé ma poitrine, puis mes épaules. Elle a enfoncé les ongles dans le muscle, me touchant pour la première fois. Son expression était différente. Elle ne me regardait pas comme si j'étais son ami. Son désir était évident, tout comme son amour. J'ai frémi en la regardant.

Je ne pouvais pas croire que c'était réel.

– Reste avec moi ce week-end, chuchota-t-elle en me passant

les doigts dans les cheveux.

– C'était mon intention, que tu m'invites ou pas.

– Tant mieux.

Elle a reposé ses lèvres sur ma bouche et m'a embrassé.

– Parce que je ne te laisserai pas partir.

J'ai passé la nuit à réaliser mon plus grand fantasme. Je l'embrassais sur son lit, la caressais et la sentais me toucher. Nos cœurs battaient à l'unisson, et pour la première fois de ma vie, je me suis senti entier. Elle était ce qui me manquait. Elle était ce dont j'avais besoin. Elle était mon âme sœur, ma moitié. Et désormais, j'étais à elle.

– Ne pars pas. Reste avec moi.

Elle m'a éloigné de la porte, a enroulé ses bras autour de mon cou et m'a embrassé.

J'ai eu du mal à ne pas me liquéfier sur place.

– Skye, je dois y aller.

– Non...

Elle a attrapé ma lèvre inférieure et l'a suçotée.

– Je reviens dans quelques heures.

– Tu vas où ?

– Je te le dirai à mon retour.

Elle a râlé, puis m'a embrassé encore.

– Alors, reviens vite.

– Crois-moi, je le ferai.

Elle a passé les bras autour de ma taille et m'a serré fort.

– Je crois que je vais faire la sieste. On n'a pas beaucoup dormi.

J'ai souri.

– Bonne idée, bébé.

– Tu dors ici ce soir ?

– Je vais dormir là tous les soirs — tant que je serai le bienvenu.

– T'as une clé ?

– Oui.

J'ai pris son visage en coupe et l'ai embrassée au coin des lèvres, sur son grain de beauté.

– Repose-toi un peu.

– D'accord. Dépêche-toi de revenir.

Je l'ai embrassée sur le front.

– Je fais le plus vite possible.

Je l'ai regardée une dernière fois, puis je suis parti et monté en voiture. J'ai pris la route, conduisant dans la neige.

Deux heures plus tard, je suis arrivé devant la maison. Le ciel était couvert, il faisait sombre. Il y avait de la lumière derrière les fenêtres, et je voyais la lueur de la télé, m'indiquant qu'ils étaient chez eux.

J'ai soupiré en m'approchant de la porte, puis j'ai frappé.

Une seconde plus tard, oncle Sean a ouvert.

– Cayson ? Qu'est-ce que tu fais là ?

– Je voulais te parler.

Son regard s'est voilé d'inquiétude.

– Tout va bien ?

– Oui. Tout va bien.

Tante Scarlet est apparue derrière la porte.

– Bonjour, Cayson. Tu veux entrer ?

– Avec plaisir.

Une fois à l'intérieur, ils m'ont dévisagé d'un air interrogateur.

– De quoi s'agit-il ? s'enquit oncle Sean.

J'ai regardé tante Scarlet.

– J'aimerais parler seul à seul avec mon oncle, tu veux bien ?

– Bien sûr. Je serai en haut.

Elle a tapoté l'épaule de son mari avant de disparaître.

Oncle Sean m'a fixé, attendant que je parle. Il était toujours chaleureux avec moi, mais là, il se tenait sur ses gardes. Je ne lui en voulais pas. Je savais qu'il n'aimait pas les surprises. Il voulait tout contrôler. J'espérais sincèrement que ça allait bien se passer parce que son approbation comptait énormément pour moi.

– Je suis amoureux de ta fille depuis aussi loin que mes souvenirs remontent. Je ne vis que pour son sourire et sa chaleur m'empêche d'avoir froid. Elle est ma meilleure amie. Je la respecte et je l'aime passionnément. Je suis venu aujourd'hui pour te demander la permission de sortir avec elle. Je promets de prendre soin d'elle et de la traiter avec respect. Je ne te décevrai pas. Ta bénédiction est très importante pour moi.

Ses yeux se sont adoucis tandis que je parlais. Il a pincé légèrement les lèvres avant de parler.

– Cayson, t'es comme un fils pour moi. Je ne souhaite personne d'autre pour ma fille. Et tu m'honores en me demandant ma permission. Ça me va droit au cœur.

J'ai relâché l'air que je retenais dans mes poumons.

– Mais je dois te poser une question.

– D'accord.

– Tu es toujours avec cette fille ?

– Non. J'ai rompu avant d'avouer mes sentiments à Skye. Elle est la seule femme que j'aime, monsieur.

Son regard s'est adouci de nouveau.

– Ne m'appelle jamais autrement qu'oncle Sean.

– Excuse-moi.

Il m'a attrapé par les épaules et m'a serré dans ses bras.

– T'es trop jeune pour comprendre ça maintenant, mais quand tu deviendras père à ton tour, tu comprendras. S'assurer que ta fille est avec l'homme qu'il lui faut est une chose qui te consumera et te terrifiera. Je ne veux que le bonheur de mon bébé. Le fait qu'elle te choisisse me facilite grandement la vie.

Il s'est écarté et m'a souri.

– S'il te plaît, épouse-la.

J'étais sans voix. Je savais que mon oncle m'aimait, mais je ne savais pas à quel point il me respectait. Il était pratiquement en train de me donner sa fille sans aucune appréhension. Il me confiait la personne qu'il aimait plus que tout.

– C'est mon intention.

Oncle Sean s'est tourné vers l'étage.

– Bébé, viens voir.

Tante Scarlet a descendu l'escalier.

– La discussion entre hommes est finie ?

Oncle Sean a passé un bras autour de sa taille.

– Cayson m'a demandé la permission de sortir avec Skye.

Le visage de tante Scarlet s'est fendu d'un grand sourire.

– C'est absolument merveilleux.

Elle s'est approchée pour me prendre dans ses bras.

– J'ai toujours espéré que ma fille trouverait un homme assez bien pour son père.

– Je ne sais pas si je suis à la hauteur de son exigence, dis-je en riant, mais je ferai de mon mieux.

Elle a posé la main sur ma joue.

– T'es le meilleur, mon chéri.

J'ai rougi à son compliment.

– Merci. Je ferais mieux d'y aller avant qu'il fasse trop sombre.

Oncle Sean m'a tapoté l'épaule.

– Bonne idée. Conduis prudemment.

– Je le ferai.

Tante Scarlet m'a fait la bise.

– À bientôt.

Je suis sorti et remonté dans ma voiture. Ils se tenaient sur le porche et m'ont suivi des yeux jusqu'à ce que je quitte l'allée. J'ai repris la route en essayant d'arriver le plus vite possible chez Skye.

Quand j'ai passé la porte, elle m'a sauté dans les bras.

– T'es à la maison.

J'ai ri et l'ai serrée contre moi.

– Je t'ai manqué ?

– À la folie.

J'ai frotté mon nez contre le sien.

– Tu m'as manqué à la folie aussi.

– Alors, tu vas me dire ce que t'as fait ?

– Oui. Je suis allé voir ton père.

Elle a tressailli.

– Pourquoi ?

– Pour lui demander la permission de sortir avec toi.

– Il a dit quoi ?

– Qu'il n'aurait pas pu choisir un meilleur gars.

Ses yeux se sont adoucis.

– Mon père t'aime, Cayson.

– Je sais. Je n'avais pas réalisé qu'il m'aimait autant jusqu'à aujourd'hui.

Elle m'a serrée.

– Je n'arrive pas à croire que tu sois allé jusque là-bas pour lui demander.

– Tu n'es pas une fille comme les autres, Skye. Tu es l'amour de ma vie. Et je veux faire les choses bien.

Elle a pressé son front contre le mien.

– Tu l'as fait.

Je la tenais contre moi dans l'entrée, serrant son petit corps entre mes bras. J'avais du mal à croire qu'elle était bien réelle. J'avais rêvé de cette intimité, rêvé de la toucher, et maintenant, je l'avais enfin. Elle était à moi.

Et je n'allais pas la laisser partir.

DU MÊME AUTEUR

Si t'aimer est mal

Série *Pour toujours* : tome 2

Disponible maintenant

Cliquez ici pour l'acheter

À PROPOS DE L'AUTEUR

Tu veux me suivre ?

Abonne-toi à ma newsletter pour être tenu au courant des nouvelles parutions, des cadeaux et recevoir mon billet d'humour mensuel. Tu y trouveras tout ce que tu dois savoir. Inscris-toi dès aujourd'hui.
www.eltoddbooks.com

Tu n'as plus aucune raison de ne pas me suivre. Pigé ?